The Triumphs of Eugène Valmont
by Robert Barr

ロバート・バー
平山雄一＝訳

ウジェーヌ・ヴァルモンの勝利

国書刊行会

目次

ウジェーヌ・ヴァルモンの勝利

ダイヤモンドのネックレスの謎

The Mystery of the Five Hundred Diamonds

我輩の名前はヴァルモン、といっても読者諸君はご存じないだろう。我が生業はロンドンの私立探偵である。しかしパリで誰でもいいから警察官にヴァルモンとは何者か尋ねてみたまえ。新米でもない限りとうとうと語ってくれるはずだ。もっとも今ヴァルモンはどこにいるのかと尋ねても、知らないと答えるだろうが、今でもパリ警察とは頻繁に連絡は取っておる。

我輩はフランス政府の刑事局長を七年間務めていた。偉大なる犯罪ハンターである証拠をご覧にいれられないのは、我輩の経歴資料がパリ警察の機密書類庫に封印されているからだ。

最初は我輩もこれを認め、不平をぶちまけようとは思わなかった。ところがフランス政府は我輩を首にしようと画策し、そして本当に首にしおったのだ。まあ連中の持つ権限の範囲内で行われたことであり、それに我輩が文句を言う筋合いではない。

しかしである。我輩にだって実際になにが起こったのかを発表する権利があり、この事件についてのはさまざまな間違ったうわさが飛び交っているのだから、なおさらなのだ。しかし最初に言ったように、我輩は不平不満があるわけではない。パリにいたときよりもずっと、我輩の商売は繁盛しているのだ。我輩がロンドンで開業して以来、この都市とイギリスを深く理解している我輩にはたくさんの事件が舞い込んで、けっこうな成功を収めているのだ。

前置きはこんなところにしておいて、十年あまり前に全世界の注目を捕らえて放さなかったあの事件のことを早速語ろう。

一八九三年という年は、フランスにとって実り多き十二ヶ月であった。天候に恵まれ、田畑は豊作、その年のヴィンテージ・ワインは今になっても誉めそやされておる。誰も彼もが豊かで幸せそのものだった。ドレフュス事件で国を二分する争いになったその数年後とは天と地の差だった。

新聞の愛読者だったら、一八九三年にフランス政府が思いもかけない財宝を国有財産にできる権利を得て、世間が騒然としたのを憶えておいでだろう。特に歴史に興味のある人々は驚いたものだ。事件はショーモン城の屋根裏部屋で、一世紀ものあいだガラクタのなかに眠っていたダイヤモンドのネックレスが発見されたことに端を発する。このネックレスこそまさに、王室御用達宝石商ボメールが、マリー・アントワネット王妃に売りつけようとしていたものだったのだ。ところがどういうわけだかショーモン城に紛れ込んでいたのだ。この百年間、このネックレスはロンドンでばらばらにされて、五百個の大小とりまぜた宝石は売り払われてしまったのだと思われていた。その宝石の売却で巨額の利益を得たと思しきド・ラ・モット・ヴァロア伯爵夫人は、どうして金を手に入れ次第国を売って逃亡しなかったのだろうかと、我輩はかねがね不思議に思っていた。ぐずぐずしていれば発覚するのは時間の問題だったからだ。実際彼女は逮捕、投獄され、その後困窮のなか、とあるロンドンの建物の四階の窓から身を投げて自殺してしまったのは、山のような負債から逃れるためだったと言われておる。

我輩は迷信など信じてはいないのだが、この宝物の発見に関係した者全員が、実際とんでもない災難にみまわれている。不肖この文章を書き記しておる我輩にしたところで、この輝くばかりの宝石をほんの一目見ただけだというのに、免職という恥辱を味わわされてしまった。このネックレスを作った宝石商は破産した。献上する相手になるはずだった王妃は断頭台の露と消えた。これを購入したルイ・レネ・エドゥアール公爵つまりロアン枢機卿は、牢獄に叩き込まれた。ネックレスを処分する仲介役だったとされる伯爵夫人は、ロンドンの窓枠に五分間もしがみついて恐怖の時間を過ごし、ついには下の石畳に墜落した。そして百と八年たった今、この悪魔の花火とも言うべき呪われたネックレスが再びその姿を現したのだ！

問題の古ぼけた箱を発見した労働者のドゥルイヤールは、箱をこじ開けてはみたものの、これがなにかよくわからなかった。たぶん生まれてこのかたダイヤモンドを見たことがなかったのだろう。しかしお宝を手にしたことだけはわかった。この呪われた宝は、最近科学者が発見した謎の光線のように、彼の脳髄を破壊してしまったようだ。そのままポケットに入れてすまして城の正門から歩いていけば、誰にも疑われず不審尋問も受けずに出ていけたはずだった。ところがこの男、なんと屋根裏の窓から急な角度の屋根の上に出て、ひさしを踏み外して地面に叩きつけられ、首の骨を折って死んでしまったのだ。その一方でネックレスは傷一つなく、その死体の脇で光り輝いていたのだった。

発見のいきさつはどうにせよ、政府はこの宝石は共和国の国有財産であると主張した。実はショーモン城は歴史的建造物としてフランス政府の所有であるから、ネックレスの所有権が誰にあるかも疑う余地がなかったのだ。政府はただちにネックレスの回収を命じて、信頼厚い軍人がパリまで護送するよう手配した。当局まで護送の任に当たったのは、アルフレッド・ドレフュスという若い砲兵将校だった。

高い塔の上から落ちたのに、ケースも宝石もまったく壊れていなかった。箱の錠はドゥルイヤールの死体とともに発見された手斧もしくはナイフでこじ開けられていた。地面に落ちたときに蓋が開いてネックレスは転がり出ていた。

この呪われた財宝について内閣で喧々諤々の議論が行われたようだ。ある者は歴史的価値から鑑みて博物館で展示するのがよかろうと主張し、また別の者はネックレスを解体してダイヤモンドを売却して、必要な物品の購入にあてるべきだと主張した。しかし、国庫にもっとも多くの収入を見込める方法として、ネックレスをそのまま売却したほうがいいという第三者からの意見が上がった。なにしろいまや世界中の珍しいものを集めまくる大金持ちたちが、歴史的価値のおかげでただの宝石よりもずっと価値がつりあがったこのネックレスを、金に糸目をつけずに狙っていたのだ。売却ということで意見は一致し、ネックレスは一ヶ月後にクレディ・リヨネ銀行近くのイタリアン通りにあるマイヤー・ルノー社でオークションにかけられることになった。

この通告には世界各国の新聞がさまざまな意見を掲載した。少なくとも財政上の観点から言うと政府の決定は賢明であった。そしてオークションが行われる十三日（我輩にとっては厄日だった！）にはパリに有名な金持ちが数多く集まった。しかし我輩たちにとっては、このオークションのおかげで不穏な状況も生まれてしまったと言えよう。世界中からこの美しい都市へ、まるでハゲタカが集まるように手だれの犯罪者がわっと集まったのだ。我がフランスの危機であった。あのネックレスを誰が競り落とそうと、国外へ持ち出すまでその者の安全は確保せねばならぬ。その後はどうなろうと知ったことではないが、フランスにいるあいだは購入者の生命も財産も危険にさらすわけにはいかないのだ。というわけで、ネックレスの購入者が我が国にいるあいだ、殺人、強盗、もちろん強盗殺人事件も防ぐために我輩にすべての指揮権が与えられた。そしてフランスの全警察が我輩の意のままに動かせるようになった。我輩が失敗したときにはもちろん自分で責任を取らねばならぬ。だから先ほど述べたように、政府が我輩を首にしても文句を言っていないのだ。

ケースの壊れた錠は速やかに専門の鍵職人が修理した。ところが職人はその作業中に壊れた金具で指を切り、そこから感染を起こしてしまった。命は助かったものの、退院したときには右腕を失っていて職人としての人生を断たれてしまった。

ボメールがこのネックレスを製作したときには、十六万ポンドの値段をつけていた。しかし数年後には六万四千ポンドにまで値引きしてロアン枢機卿に売却せざるを得なかった。三回払いという条件だったが、一回として支払われることはなかった。値引き後の値段は五百十六個の宝石それぞれを合計した値段に近いものだと思われる。そのうちの一個は非常に大きくまさにダイヤモンドの王様と言っていいもので、ハシバミの実ほどもある十七個の宝石に囲まれて中心で光り輝いていた。この虹色のとてつもない価値のかたまりは我輩の管理下に置かれ、ネックレスになんの害も及ばないよう、そして未来の所有者が安全にフランス国境を越えられるようにしなくてはならなかった。

十三日までの四週間は実に忙しくまた心休まらぬ日々であった。何千人という人々が、単なる好奇心に突き動かされてこのダイヤモンドを見せろとつめかけた。そういった連中を選別するうち、時には間違った人選をしてしまうこともあり、非常に不愉快な思いをさせられた。金庫を破ろうという試みも三度あったが失敗に終わり、ようやくその月の十三日を無事に迎えることができた。

オークションは午後二時に開始される予定だった。その日の朝、我輩はいささか強引ではあるが、我が国の凶暴なる悪党どもを予防拘束し、できる限りの容疑をでっちあげて外国人の泥棒どもも牢獄に放り込んでやった。とはいっても、用心すべきはこういったごろつきどもではないことはよくわかっていた。非の打ち所のない紹介状を手に一流ホテルに宿泊して王侯のような暮らしをする、人当たりのいいきちんとした身なりをした紳士が一番危ないのだ。そんな連中の多くは外国人で、我輩たちはなんの手がかりも持ち合わせず、万一逮捕しようものなら国際問題になりかねなかった。それでもなお我輩はそういった連中を尾行しつづけ、十三日の朝には辻馬車の料金でもめただけでも三十分後には牢屋に叩き込んでやるつもりだったのだが、紳士連中は縮みあがって一瞬たりとも隙を見せなかった。

このネックレスを購入する可能性のある世界中の人間のリストを、我輩は作った。その多くはオークション・ルームに本人は顔を見せないだろう。連中は代理人を使って入札をするのだ。これでかなり助かった。代理人は常に取引の目的を我輩に報告してくれていたし、高額の財宝類を日常的に扱うので仕事に熟達していて、素人に必要な警護などいらないのだ。素人連中は十中八九、自分が危険にさらされているなど気が付いておらず、物騒な地域の薄暗い裏道に行ったりしたら身ぐるみはがされるなどとは、夢にも思っていないのだ。

この日のオークションに自ら参加して購入する顧客は、十六人だという連絡を受けた。イギリスから参加するワーリンガム侯爵とオックステッド卿は有名な宝石収集家だった。また少なくとも六人の億万長者がアメリカからやってくるはずで、さらにドイツ、オーストリア、ロシアから数人、イタリア、ベルギー、オランダから一人ずつの予定だった。

オークション・ルームへ入場できるのは入場券を持っている人間のみで、一週間前にはきちんとした身分証明書を添付して購入しなくてはいけなかった。その場に集まった多くの金持ちは、イギリスやアメリカの悪名高い泥棒どもと隣合わせになっていると知ったら、さぞや驚いただろう。しかし我輩は二つの理由からそのままにしておいた。まず第一にこうした詐欺師連中を、誰がネックレスを落札するかはっきりするまで我輩の監視下に置いておきたかった。第二に、連中に自分たちが疑われていると知らせたくなかったのだ。

建物の外のイタリアン通りには信頼の置ける部下を張り込ませ、ネックレスを購入する可能性のある人物の顔をしっかりと覚えさせておいた。オークションが終了したら我輩はこのダイヤモンドの新たなる所有者とともに通りに出ることにし、用心深く保険をかけて信頼できる輸送会社に住居まで輸送を依頼するか、それとも銀行に預ける場合以外は、その人物がフランスから出国するまで、我輩の部下どもが一瞬たりとも目を離さずに監視する手はずになっていた。実際我輩は考えられるあらゆる予防措置をしておいた。パリ中の警察が非常警戒中となり、世界中の悪党どもを相手に待ちかまえているようだった。

オークションが開始されたのは、あれこれの理由から二時半近くになってしまった。かなりの遅れが生じた理由は偽の入場券だった。客が来るたびに入場券を微に入り細に入り調べあげていたので、予想していたよりもかなり時間がかかってしまったのだ。すべての席が埋まり、さらにかなりの立ち見客が出た。我輩はホールの端の自在ドアの入り口に陣取り、その場の人々全体を見渡せるようにした。我輩の部下数名が壁を背にして立ち、またそのほかの部下は私服で席のなかに紛れ込んでいた。オークションのあいだ、ネックレスそのものは展示されなかったが、ケースが競り人の前に置かれて制服警官が三人脇を固めておった。

競り人は非常に静かな調子で、これから競りにかけられる財宝がどういうものなのか説明するまでもないだろう、と述べて前置きとし、いよいよ競りの開始をうながした。誰かが二万フランの声を上げると、その場は笑いに包まれた。そして競り値は九十万フランまでは一本調子で上がっていった。しかしその値段では政府がこのネックレスに設定した保留価格の半分にも満たないのを、我輩は知っていた。百五十万に達するまではいささかゆっくりと値は上がり、しばらくはもたついていた。競り人は、この価格ではネックレスを作った職人が最終的に受け取らざるを得なかった報酬にもならないと言った。さらに一拍おいて、これでは保留価格に満たないのでこのネックレスはオークションから引きあげられて、もう二度と市場には出ないだろう、とも付け加えた。そうして彼は入札をためらっている人々に次の一声をうながしたのだった。これで再び入札は活況を呈して二百三十万フランまで値は吊りあがった。これでネックレスは誰かに落札されるだろうと我輩は確信した。三百万フランに値が近付き、競りに参加する客がハンブルクから参加した数人とイギリスのワーリンガム侯爵に限られてきたとき、初めてオークション・ルームで聞く声が、いささかいらついたような声音で響いた。

「百万ドル！」

その瞬間一座は静寂に包まれた。そして鉛筆の音がそれに続いた。全員がその金額が、イギリスポンド、フランスフラン、ドイツマルクなど自国の通貨でいくらになるのかいっせいに計算しはじめたのだ。問題の入札者は攻撃的な口調と端正な顔立ちから、見るからにアメリカ人だったし、使った通貨単位から考えても明らかだった。彼の入れ値は二百万フランよりも遥かに高いことはすぐにわかり、正しい値段がわかると聴衆のあいだからはため息が漏れた。この大オークションも終わりを告げたのだ。

それでもなお競り人はハンマーを机の上で止めたまま、しばらくのあいだ自分を見つめる顔また顔を、じっくりと見回した。ハンマーを振り下ろすのをためらっているようにも見えたが、このとんでもない金額に対抗しようとする人間は現れなかった。そしてついに鋭い音を立ててハンマーは振り下ろされた。

「お名前は？」と彼は落札した客のほうへかがみこんで尋ねた。

「即金だ」とそのアメリカ人は答えた。「ここに小切手がある。ダイヤモンドは持っていくぞ」

「お申し出は通常の手続きと異なりますので」と競り人は慇懃に反論した。

「言いたいことはわかっている」とアメリカ人は言葉をさえぎって、「小切手が不渡りかもしれないって言うんだろう。見てみろ。クレディ・リヨネ銀行の振り出し小切手だ。すぐ隣じゃないか。俺は宝石を自分で持っていかなくちゃいけないんだ。おまえのところの使い走りに銀行まで小切手を持って行かせろ。不渡りかどうかすぐわかるはずだ。ネックレスは俺のものだ。だから持っていくんだ」

競り人はいささかためらいながらも小切手を、その場にいたフランス政府の代理人に手渡した。その役人は自分で銀行へ行った。ほかにも競売予定の品物がいくつかあったので、競り人は競売を続けようとしたが、誰も関心を示さなかった。

そのあいだ我輩は、本来なら今直面している思ってもみない事態に対応すべきところではあったが、このとんでもない値段で落札した男の顔を観察していた。この男のことを我輩たちはまったく知らなかったのだ。すぐに我輩はこの男は犯罪界のプリンスであるという結論に達した。そしてまだ我輩が見抜いていないなにかしらの犯罪計画どおりに、宝石をまさに手に入れんとしているところなのだ。小切手を渡したのは明らかになんらかのトリックに相違ない。あの役人は戻ってきて、この小切手は大丈夫だと言うだろうと確信していた。我輩は奴めの計画を見破って、ケースを渡すまいと決意した。我輩はすばやくドアの近くから競り人の机のところまで移動した。実は二つの心積もりがあったのだ。まず第一に、競り人に簡単に宝石を渡してはいけないと警告すること、そして第二に問題の男を近くからじっくり観察することだった。悪人のなかでもアメリカ人はもっとも警戒せねばならぬ。奴らの犯罪計画は入念で、地球上のほかの悪党どもに比べ平気で危険なことをやってのけるのだ。

我輩は新しい場所を占めて、二人の男を相手にせねばならぬことがわかった。落札者の顔は鋭く知的であり、両手は女性のように綺麗で白く、仕事はしていただろうが、長いあいだ手を使った肉体労働をしていないように見えた。冷静で落ち着き払った態度は見事だった。その男の右側に座っている連れは、まったく違ったタイプの人間だった。そいつの両手は毛むくじゃらで日焼けしていた。冷酷なまでに意志が強く大胆さを持つ顔をしていた。こういった違うタイプの人間が一緒になって行動するのはよくあることだ。一人が計画を練り、もう一人が実行するのだ。二人はいつも徒党を組んで、歯向かうには危険であり裏を掻くのも難しいチームワークを発揮するのだ。

その二人の男が低い声で話し合う声が、切れ切れに聞こえてきた。そのとき我輩は我が人生でも最大の危機に直面していたのである。

競り人は我輩がささやきかけると頭を傾けてきた。彼は我輩が何者かをよく知っていたのは言うまでもない。

「ネックレスを渡してはいけない」と我輩が言いかけた。

競り人は肩をすくめた。

「私は内務省の担当官の管理下にあります。そちらにお話しください」

「もちろんそちらにも話す」と答えた。「とにかく、すぐにケースを渡してはならん」

「どうしようもありませんよ」と彼はまた肩をすくめて抗弁した。「私は政府の命令に従うだけです」

これ以上競り人とやり合っても無駄のようだった。我輩は来たる非常事態に対処するために知恵をしぼることにした。我輩は小切手は本物だと証明されるはずだと確信していた。だからこの詐欺を暴いて当局が被害を被るのを未然に防ぐことはできないと判断した。落札者と落札品から一時たりとも目を離さずにいることが目下の我輩の任務だ。もちろんこの落札者をただ単に怪しいからといって、逮捕することなどできるわけがない。宝石を売却して品物を渡した相手をその場で拘留してしまったりしたら、我が国の政府は世界中の笑い者になるだろう。冷笑こそは我が祖国フランスがもっとも恥じるべきものなのだ。パリに座する政府を倒したいなら大砲よりもあざ笑う声のほうが効率的なのである。だから我輩の責務は我が政府に最大限の警告を発して、同時に部下どもに奴がフランスから出国するまで決して目を離さないよう命じることだ。出国さえすれば我輩の責務も終了するのだ。

我輩は私服の部下を呼びつけてこう言った。

「ネックレスを落札したアメリカ人を見たか？」

「はい」

「よろしい。こっそり外に行ってな、そこで見張りに立て。奴は宝石を持ってすぐに出てくるはずだ。奴と宝石から決して目を離すな。我輩は奴を尾行する。出てくる奴のすぐ後ろをついて行くから、貴様は我々を尾行せよ。万一奴と宝石が別々になったら、貴様は我輩の命令にしたがって、男か宝石かのどちらかを追え。わかったな？」

「わかりました」と彼は答えて部屋から出ていった。

まったく予見ができなかった事態だったので、我輩たちは大いに困惑していた。すべてが済んでから思い起こせばなんのことはない、我輩は部下を二人行かせればよかったのだ。イタリア政府は常に警察官を二人一組で行動させていたが、なんと優れた決まりだろうと、それ以来我輩は何度も思い起こしたものである。もしくは我輩は部下に応援を呼ぶ許可を与えておけばよかったのかもしれない。

しかしそうしていたとしても期待していた働きの半分しかできなかったにちがいない。部下の大失敗の原因はほんの一瞬の躊躇だったのだ！　いや、いまさら部下を叱ってみたところでなんの意味もない。結果は変わりはしないのだから。

　我輩の部下が折り戸を通って姿を消したちょうどそのときに、内務省の役人が入ってきた。我輩はドアから競り人とのあいだのちょうど中間地点で彼を捕まえた。

「その小切手は本物だったのでしょう？」と我輩はささやいた。

「そのとおりだ」と役人は即座に答えた。この男は尊大で偉ぶっていて実に扱いにくい種類の人間だった。その後政府はこの役人が我輩に警告したのだと言い張ったのだが、この権威を傘にきた空っぽ頭のロバめは、イギリスの詩人が言うように、賢明さの権化とでも言うべき存在であった。

「ネックレスを絶対に渡してはなりませんぞ」と我輩は続けた。

「どうして？」と役人は聞いてきた。

「あの落札者は犯罪者であると我輩は確信を持っているからであります」

「証拠があるんだったら逮捕すればいいじゃないか」

「今現在は証拠はありませぬが、品物を渡すのを遅らせていただきたいのであります」

「そんなわけにはいかない」と彼はイライラしたように叫んだ。「ネックレスは彼のものであって、我々のものではない。代金はもう政府の口座に振り込まれている。五百万フランを払ってもらって、商品を渡さないわけにはいかない」と言ってこの男は、困惑して心配で心を痛めている我輩をそこに残したまま行ってしまった。この短い会話のあいだ、人々の目はみな我輩たちに向けられていた。そしてついにこの役人はいかにももったいぶった態度で部屋の奥へと進み、一礼するとわざとらしく手を振って、芝居がかった宣言をした。

「宝石はこの紳士のものとなったのであります」

二人のアメリカ人は同時に立ちあがり、背の高いほうが手を伸ばしてとんでもない金額を支払ったケースを受け取った。アメリカ人は平然として箱を開けた。初めて宝石が見物人の目にさらされるとあって、一同は鶴のように首を伸ばしてのぞき込もうとした。

我輩にはこれほど無謀な行為はないように思えた。彼はしばらくのあいだ宝石をじっくりと確かめると、再び蓋をぴしゃりと閉めて、平然と外ポケットにしまい込んだ。彼が着ていたコートのポケットが、このケースをしまうためのように特別に大きく作ってあるのを、我輩は見逃さなかった。そしてこの大胆な男は、ネックレスの一番小さいダイヤモンドのために他人の喉を掻き切るのをなんとも思わないような悪党どものあいだをぬって、部屋から顔色一つ変えずに出ていった。ケースが入っているポケットに手を突っ込んだり、宝石を守ろうとしたりしなかった。その場にいた一同は彼の大胆不敵さに圧倒されていた。彼の連れはそのすぐ後に続いた。そしてその背の高い男は折り戸を通って姿を消した。ところが連れの男はさっと振り向いて、ポケットから二挺の拳銃を取り出すと、あっけに取られている一同に突き付けたのである。みなが部屋から出ようと動きはじめていたのだが、凶器を目の前になすすべもなく縮みあがって元の席へと戻った。

この男はドアを背にして乱暴な大声で、これから自分が言うことをフランス語とドイツ語に訳すよう競り人に命令した。彼は英語を話していたのだ。

「宝石はとんでもねえ値段だ。そいつは今出ていった俺の連れのもんだ。みなさんを疑うわけじゃねえが、実際俺の連れが会いたくねえ『悪党』が半ダースはこのなかにいるからな。そういうわけで、正直者のみなさんには申し訳ねえが、俺の連れが宝石を持っていなくなるまで五分間いただきてえ。これに文句があるのは『悪党』だけのはずだよな。嫌だっていう奴は撃たせてもらうぜ」

「我輩は清廉潔白である」と我輩は叫んだ。「そしてこの扱いに抗議するぞ。我輩はフランス政府の刑事局長である。さあ、道をあけたまえ。警察当局が君の友人を護衛する」

「おい、動くなって言ってるだろう」とアメリカ人は拳銃を一挺我輩に突き付け、もう一挺を振り回しながら部屋中の人々をねらってみせた。「俺の連れはニューヨークから来たんだ。警察なんかうす汚い政治家と同じで信用しちゃいねえ。いくら刑事を連れてこようが、あの時計が三時の鐘を打つまでは、大人しくしてもらう、いいか、わかったな」

決死の取っ組み合いのうちに死に直面するという場合もあるが、ぴったりとピストルの銃口を向けられて逃れるチャンスなど万に一つもない場合、あっさりあきらめるという選択もある。その男の目に宿る猛々しい光を見て、我輩は奴の決意のほどを知った。というわけで、自分の人生と引き換えにするわけにもいかないので、それから五分間、我輩はすっぱりとあきらめて言うとおりにすることにした。誰も彼もが同じ意見だったようで、一人として時計がゆっくり三時を告げるまで、微動だにしなかった。

「ありがとうよ、みなさん」とアメリカ人は言って、折れ戸のあいだに消えた。我輩が消えたという場合には、その言葉の意味どおりである。つまり外にいた我輩の部下は誰一人として、その男の姿を目撃していなかったのだ。奴はあたかも存在していないかのように消え去った。奴がどういう手を使ったのか判明したのは、数時間後のことだった。

我輩は彼のすぐ後を追いかけていき、見張りについていた部下に問いただした。部下たちは背の高いアメリカ人が暢気に出てきて西の方角へと歩いていったのを目撃していた。この男はかねてから目をつけていた人物ではなかったので、連中はそれ以上注意を払わなかった。これがパリ警察のやり方というものなのである。部下たちは命令されたものにしか注目せず、こういった習慣に上司は悩まされ続けてきたのだ。

我輩は通りを走っていった。頭のなかはダイヤモンドとその所有者のことでいっぱいだった。ホールにいた部下はあのピストルを持った悪党の跡をつけているだろう。ちょっと行ったところで、さっき派遣した馬鹿な部下がミショディエール通りの角でうろうろしているのを見つけた。脇道とオペラ座の方向をかわるがわる見ていた。どう見ても奴はまかれてしまったようだ。

「あのアメリカ人はどこに行った?」と我輩は問い詰めた。

「この通りを下っていきました」

「では、なんでおまえはここに馬鹿みたいに突っ立っておるのだ?」

「自分は奴をここまで追いかけてきました。すると一人の男がミショディエール通りに来たんです。そうしたらあのアメリカ人はなにも言わずにケースをその男に渡して、そいつがやってきた通りのほうへ曲がっていってしまいました。ケースを渡された男は辻馬車に飛び乗ってオペラ座のほうへと行ってしまったのです」

「それで貴様はなにをしているんだ？　ここにポストのように直立不動というわけか？」

「どうしていいのかわかりませんでした。あっという間の出来事だったのです」

「どうして辻馬車を追わなかったのだ？」

「どっちを追いかけていいのかわからなかったんです。それにアメリカ人を見ていたら馬車は行ってしまいました」

「ナンバーは？」

「わかりません」

「この馬鹿！　どうして仲間を呼ばなかったのだ。誰でもいいから近くにいる奴を呼んで、そいつにアメリカ人をつけさせて自分は辻馬車を追えばよかったのだ」

「一番近くの奴を呼びました。でもそいつは、ここにいてイギリス人貴族を監視するように命令されているから、と言うのです。そうこうしているうちにアメリカ人も馬車もいなくなりました」

「ケースを受け取ったのもアメリカ人か？」

「いいえ、フランス人であります」

「なぜわかる？」

「外見と言葉からであります」

「なにも言わずに、とさっき言ったじゃないか」

「アメリカ人とはなにも話しませんでしたが、御者には『大急ぎでマドレーヌ広場まで行ってくれ』と言っておりました」

「容貌は？」

「例のアメリカ人よりは頭一つ分背が低く、きちんと手入れした顎ひげと口ひげを生やしていました。職人の親方風でした」

「辻馬車のナンバーはわからなくても、御者の顔はまた見たらわかるか？」

「はい、大丈夫であります」

　この部下を連れて、我輩は人気《ひとけ》のなくなったオークション・ルームに戻った。我輩の部下が全員集まってきた。それぞれ手帳に、この無能な部下が説明する問題の御者とその客の特徴をメモした。次に我輩が二人のアメリカ人の容貌を詳しく説明した。そして彼らはパリから出発する列車がある駅へと散っていった。厳しく職務質問を行って、運よく今特徴を述べた四人のうち誰でも見つけることができたならば、ただちに逮捕することを命じた。

　さて、我輩はようやくあのピストル男が見事に消えうせた方法がわかった。オークション・ルームにいた我が部下が見事に謎を解決したのだ。オークション・ルームの正面入り口の左側に、建物の裏に通じるドアがあったのだ。そこを担当している係員を尋問したところ、その日早くアメリカ人に賄賂を渡されてこの脇のドアの鍵を開けておき、裏の通用口から出られるようにしていたのだ。だからこの悪党は大通りには姿を見せず、また誰にも見られずに消えることができたのだ。

　無能な部下を連れて我輩は役所に戻った。そして市全域に、本日午後二時半から三時半のあいだにイタリアン通りにいたすべての御者は、即座に我輩のもとに出頭するように、と命令を出した。こうした連中の首実検は実にあきあきとするものであるが、他国からなんと言われようと、我らがフランス人は忍耐強い国民なのであり、干草の山も辛抱強く探せば針も必ず見つかるのだ。そして我輩が探していた針ではないが、同じぐらい重要な手がかりを発見することができたのである。

　夜の十時にならんとしていたときであった。再三の我輩の呼びかけに、一人の御者がやってきた。

「貴君はクレディ・リヨネ銀行近くのイタリアン通りで三時を何分かまわった頃に客を拾ったかね？　その客は短い顎ひげを生やしていたかな？　その男は小さな箱を手に持って、マドレーヌ広場まで行くように命じたのだね？」

　その御者は困惑しているようだった。

「そのお客さんは馬車に乗ったときは、短くて黒い顎ひげはなかったんです」

と答えた。

「どういうことだね？」

「あっしが運転しているのは箱型馬車でして。そのお客さんが乗ったときはひげなしの紳士でした。ところが降りたときには短くて黒い顎ひげを生やしていたんでさ」

「フランス人だったかね？」

「いいえ、外国人でした。イギリス人かアメリカ人のどちらかでしょう」

「箱は持っていたか？」

「いいえ。小さな皮鞄を持っていました」

「どこまで運転していけと言った？」

「前を走っている辻馬車の跡をついていけと言われました。ちょうど目の前をものすごいスピードでマドレーヌ広場のほうへ走っていく馬車がいたんです。つまりね、旦那がおっしゃったような格好の男が、御者にマドレーヌ広場まで行ってくれと言っているのが聞こえて、その男が辻馬車を呼ぶのに手を上げたから、あっしが縁石まで行ってくれと言ってくれと馬車を寄せたんですがね、別の無蓋馬車が目の前に割り込んできたんですよ。そのとき、あっしの客が乗り込んできて、フランス語で『あの辻馬車がどこに行こうが追いかけてくれ』と言ったんですがね、アクセントは外国人風でした」

我輩はむっとしながら無能な部下へと向き直った。

「おまえのさっきの説明では、アメリカ人は脇道を歩いていったというではないか。しかし明らかに奴は第二の男と会ってそいつから鞄を受け取り、方向転換をしておまえのすぐ後ろにいた箱型馬車に乗ったのではないか」

「ええと」と、どもりながら部下は答えた。「一度に二つの方向は見られませんから。アメリカ人が脇道に入ったのは間違いないであります。しかしもちろん自分は宝石が乗せられた馬車のほうを見ていたのであります」

「それで目の前にいた箱型馬車のことはまったく見ていなかったんだな？」

「通りは辻馬車だらけだったんであります。歩道は通行人でいっぱいでありまして、あの時間はいつもそうなんで、なにしろ自分の頭には目玉は二個しか付いていないのであります」

「おお、そんなにたくさんあるのかね。そりゃあ結構。一個も付いていないのかと思ったよ」

こうは言ってみたものの、この部下を責めてみたところでどうしようもないことはわかっていた。なにしろ今回の失敗はまったくもって、宝石とその持ち主が別行動を取るなど思いもよらず、部下を二人派遣しなかった我輩の責任だったからだ。しかしそれでもなお、我輩の手中には一片の手がかり有り。一刻の猶予もならず追跡を続けなくてはならないのだ。というわけで我輩は御者の取り調べを続けた。

「もう一台の辻馬車は天井がない無蓋馬車なんだな？」

「そうです」

「尾行は上手くいったのか？」

「もちろんでさ。マドレーヌ広場で前を走っていた男は御者に再び指示を出して、馬車は左に曲がってコンコルド広場方向へ行きました。そしてシャンゼリゼ通りを凱旋門のほうへと向かい、さらにグランダルメ通り、ヌイイ通り、ヌイイ橋へと行き、そこで止まりました。あっしのお客もここで降りたんですが、そのときには短くて黒い顎ひげをつけていました。どう見たって馬車のなかで付けひげをつけたにちがいありません。で、気前よく十フランくれましたよ」

「で、尾行していた相手はどうした？」

「そいつも馬車から降りて御者に料金を払って、川の堤防を降りていって、どうやらそいつを待っていたらしい蒸気ランチに乗りました」

「そやつは振り返ったり、尾行されていることに気が付いている様子はなかったか？」

「ありませんでした、旦那」

「で、貴君のほうの客は？」

「あっしのお客は尾行していた男の跡を走って追いかけて、やっぱり蒸気ランチに乗り込みました。

するとすぐ船はすぐに出発して川を下っていきました」

「それが貴君が見た最後の姿だったんだな」

「はい、旦那」

「ヌイイ橋に到着したのは何時だった？」

「よくわかりませんです。あっしはスピードは出してはいたんですが、距離は七、八キロはありますからね」

「一時間はかかっていないな？」

「それは確かです。一時間以内です」

「するとヌイイ橋に到着したのは四時ごろに間違いないな？」

「そのとおりです、旦那」

背の高いアメリカ人の計画はいまや我輩には明々白々となった。法律に違反するところはまったくなかった。彼は自分の荷物を朝のうちに蒸気ランチに乗せておいた。皮鞄の中身は変装用の道具で、おそらく脇道の商店に預けておいたか、誰かを待たせておいて受け取ったのだろう。宝石を別の人物に託したのも、よく考えればさほど危険とは思えない。なぜならば彼自身がそのすぐ後をついていっているのだし、託した相手はおそらく信頼の置ける召使だったのだろう。川は蛇行してはいるものの、土曜日の朝にアメリカ行きの客船が出発するまでには、蒸気ランチはル・アーヴル港に余裕を持って到着できるだろう。客船がル・アーヴル港を出発せんとする直前に、ランチを海側に横付けして、陸からは誰にも見られずに乗船するつもりなのだろうと、我輩は推測した。

こうした行動はもちろん完璧に合法的であり、人目を避けるにはまことに優れた計画であった。跡をつけられるかもしれない唯一の危険があったのは、辻馬車に乗り込むときだけだった。イタリアン通り周辺から姿を消してしまえば、尾行は完全に振り切ることができた。だから彼の友人がピストルを振り回して五分間という時間を稼いで、マドレーヌ広場まで行かせてやったのだ。後は実に簡単だった。しかし仲間が、力ずくでその五分間を稼いでいなければ、彼を逮捕する口実に我輩は困り果てていたところだ。いや実際、背の高いアメリカ人はあの不法行為の共犯者なのは間違いない。オークション・ルームの客に向かってピストルをつきつけた男と共謀していた罪を犯している。そしてさらにその犯人は我輩とその部下に対して公務執行妨害罪を働いているのだ。そういうわけで我輩は、蒸気ランチの乗組員全員を逮捕する権利を有したのである。

我輩は川の地図を目の前に置き、いくつかの計算をした。早や夜の十時近かった。例のランチは最高スピードでもう六時間も走っている。このような小さな船では、いくら下りだからといっても時速十マイルも出ることはないだろう。むしろ岩があったり平坦な土地なのだからたいした速度は出ないはずだ。六十マイル行けばムーランの先にいる。ムーランはロワイヤル橋からは五十八マイルだが、もちろんヌイイ橋からの距離はもっと短い。とはいっても川の航行というのは難しいもので、暗くなってからではほぼ不可能に近い。船が座礁する危険が常にあり、岩礁による遅延は避けられない。そこで我輩は、このランチはまだムーランには到着していないと推定した。ムーランまでは列車でパリから二十五マイル足らずであった。時刻表を確かめてみるとまだムーラン行きの列車は二本あった。次のが十時二十五分発でムーランには十一時四十分に到着する。ということで我輩はサン・ラザール駅に間に合うと計算し、さらに列車が出発する前に何本か電報を打つこともできるだろうと考えた。

部下を三人引き連れて、我輩は辻馬車に乗り駅へと向かった。到着するやいなや部下を一人向かわせて列車を引き止めておくあいだ、我輩は電報局に行き、通信線を確保し、ムーランの水門所長に連絡を取った。彼によれば日没の一時間前から、一隻も蒸気ランチは通過していなかった。そこで我輩は、ヨットは水門を通過させてもよいが、上流の門を閉めて水を半分排出し、例のランチを我輩が到着するまで足止めしておくよう命令した。さらに地元ムーラン警察には、この命令を実行するための十分な人数を派遣するように命令した。そして最後に川沿いの全警察に、蒸気ランチが通過したかどうか列車中の我輩に連絡するよう命じた。

十時二十五分発の列車は鈍行で、すべての駅に停車した。とはいっても、どんな欠点にも利点はあるもので、こうして停車してくれたおかげで、我輩は電報を受け取ったりまた打ったりすることができたのである。ムーラン行きは無駄骨に終わるかもしれないと、重々承知していた。蒸気ランチは一マイルも行かないうちに針路を変えパリに戻ってしまったかもしれない。しかし十時二十五分発の列車を捕まえるには、それを確かめる時間もなかった。それに乗客は川沿いのどこにでも上陸することができた。しかしこのどちらの可能性も低いだろうと我輩は考えていた。そして蒸気ランチの動きに関する我輩の計算は非常に正確であった。しかしながら細心の注意で罠を仕掛けても、不注意から事前に露見してしまったり、またよくあるのは我輩の指示をちゃんと理解していない馬鹿者が余計なやる気を起こしてしまったり、また理解していたとしても勇み足をしてしまったりすることがあるのだ。ムーランの上流約十三マイルのところにあるドゥヌヴァル水門から、気がかりな電報が届いた。地元の警察官が水門に到着したときには、ちょうど一隻の船が通過したところだった。馬鹿者の警察官は船長に戻ってくるよう大声で叫び、拒否すればさまざまな法律を総動員して罰してやると脅した。船長は拒否してフルスピードで疾走し、闇のなかに消えてしまった。この下っ端の馬鹿者が余計なお世話をしてくれたおかげで、蒸気ランチに乗っていた連中は追跡されていることに気が付いてしまった。我輩はドゥヌヴァル水門長に電報を打ち、命令があるまでパリ方面へ一隻の船も通さないように命令した。これで連中のランチは水上十三マイルのあいだのどこかに閉じ込められたことになったのだが、そうはいってもその夜は闇夜で、乗客はどこでも堤防に上陸すればその前にはフランスの国土が広がっており、好きなほうへ逃亡できたのである。

我輩がムーラン水門に到着したのは真夜中だった。そして予想していたとおり、例のランチの影も形もなかった。我輩は少々安心して、あのドゥヌヴァルの馬鹿警官に電報を打ち、ムーランまで川を堤防沿いに歩いてランチがいたら報告するよう命令した。我輩たちは水門の番人の家に本部を置いて連絡を待った。夜のこんな時間に田舎に部下をばらまいて捜査させるなど無意味だった。なにしろ逃亡者は警戒しているのだから、いったん上陸したならば、そうやすやすとは捕まるはずがなかったのだ。また一方で、ランチの船長が連中の上陸を許さない可能性も十分あった。なにしろ自分の船を逃れようのない罠が待ちかまえているのを知っていて、ドゥヌヴァルの警察官の命令にはなんの根拠もなかったものの、船長はそんなことを知る由もなく、むしろ警察当局の命令に逆らえばどういうことになるか気付いているにちがいなかった。その場は逃げおおせても結局は逮捕され、受ける刑罰も厳しくなるのはわかっていたはずだった。唯一可能な弁明は、戻ってこいという命令が聞こえなかったとか、理解できなかったということだけだった。しかしこの弁明も、警察が追いかけている二人の男の逃亡を助けたという事実の前には、なんの意味もなさなかった。そういうわけで我輩は、乗客が岸につけてくれと頼んでも、船長が自分の身に及ぶ危険性を省みる時間が十分にあれば、その要求を拒否するであろうと踏んだのだった。我輩の推理は正しいことが判明した。一時近くになって水門管理人がやってきた。そしてこちらに向かってくる船の緑と赤の明かりが見えたと報告したのだ。その船は水門を開けてくれと汽笛を鳴らしたそうだ。我輩は水門管理人が門を開けているあいだ、ずっとその脇に立っていた。我輩の部下と地元警察は、水門の両脇に隠れていた。ランチがゆっくりとなかに入り、入りきったところで我輩は船長に上陸するよう命令した。彼はそれに従った。

「貴君に話がある」と我輩は言った。「ついてきたまえ」

我輩は彼を水門管理人の家まで連れていき、ドアを閉めた。

「目的地は?」

「ル・アーヴルですよ」

「どこから来た?」

「パリ」

「どの埠頭だ?」

「ヌイイ橋の」

「出発時間は？」

「今日の午後四時五分前」

「昨日の午後ということか？」

「そう、昨日の午後になりますね」

「船を出すよう貴君を雇ったのは誰だ？」

「アメリカ人です。名前は知りません」

「かなりの船賃をはずんだんだろう？」

「言い値を払ってくれましたよ」

「もう金は受け取ったのか？」

「ええ、旦那」

「貴君に言っておくことがある、船長。我輩はウジェーヌ・ヴァルモン、フランス政府の刑事局長である。今現在、全フランスの警察は我が指揮下にある。そういうことだから、くれぐれも返答には気をつけるように。貴君はドゥヌヴァルで警察官に戻ってくるよう命令されたはずだ。どうして従わなかったのかね？」

「水門の管理人が戻ってこいとは言いましたが、俺に命令する権限はないんで、そのまま行ってしまいました」

「貴君に命令したのは警察であることはよくわかっていたはずだぞ。その命令を無視したのだ。もう一度訊くぞ、どうしてそんなことをしたのだ」

「警察だとは知らなかったんですよ」

「そう言うだろうと思っていた。しかし貴君は本当は知っていたのだ。しかしその危険を冒すくらい十分な金を受け取っていた。結局は貴君はとんでもない犠牲を払うことになるのだぞ。貴君は二人の乗客を乗せていたな？」

「はい、旦那」

「ドゥヌヴァルからここまでのあいだに連中を上陸させたか？」

「いいえ、旦那。でもそのうちの一人は船から飛び降りて、それから二度と姿を見ていません」

「どちらが飛び降りたんだ？」

「背の低いほうの男です」

「では例のアメリカ人はまだ乗っているんだな」

「どのアメリカ人ですって？」

「船長、我輩を馬鹿にしてはいけない。貴君を雇った男はまだ船に乗っているかと訊いているんだ」

「いいえ、旦那。その人は船には乗っていません」

「ヌイイ橋で君のランチに乗った二人目の男は、貴君を雇ったアメリカ人ではないというのか？」

「違います、旦那。雇い主のアメリカ人には髭はありませんでした。この男には黒い顎ひげがあります」

「あれは付けひげだ」

「それは知りませんでした、旦那。そのアメリカ人から、一人乗客を乗せてくれと言われていたんです。手に小さな箱を持った男がまずやってきました。もう一人は小さな鞄を持っていました。二人とも自分がその乗客だと言い張ったんです。どうしていいやらわからなくなりまして、しょうがないから二人とも乗せてパリを出発したんです」

「すると黒い顎ひげの背の高い男はまだ貴君と一緒なのだな？」

「ええ、旦那」

「それでだ、船長、まだ貴君は我輩になにか言うことがあるんじゃないのかね？　この際すべてを吐き出して、すっきりしたほうがいいんじゃないか」

船長はもじもじしながら帽子を両手でしばらく回し続けていたが、ようやく口を開いた。

「最初に来た客が自分で船から飛び降りたかどうかわからないんです。警察がドゥヌヴァルで止まれと言ったときに……」

「おや、警察だとわかっていたんじゃないか？」

「その場を離れた後、もしかしたらと心配になったんです。それでですね、アメリカ人の雇い主と契約の話し合いをしていたときに、ル・アーヴルに時間通りに到着できたら千フランのボーナスをくれると言ってたんで、できるだけ早く到着しようと必死だったんです。夜中にセーヌ川を航行するのは危険だとは言ったんですが、かなりの報酬をはずんでくれましたんで。ドゥヌヴァルで警察官に止められた後、小さな箱を持った男がかなり興奮した様子で、岸に下ろしてくれと頼み込んできましたが、断りました。背の高いほうの男はずっと彼を監視していて、絶対に目を離しませんでした。なにかが飛び込む水の音が聞こえたのであわてて走っていってみると、背の高い男が小さな箱を自分の鞄につっこもうとしていました。しかしそのときは自分はなにも言いませんでした。俺たちはもう一人の男が水に落ちたあたりを行ったり来たりして探しましたが、見つかりませんでした。そういうわけでムーランに着いたら自分が見聞きしたことを届け出るつもりだったんです。自分の知っているのはこれで全部です、旦那」

「宝石を持っていた男はフランス人か？」

「宝石ですって？」

「小さな箱を持っていた男のことだ」

「ああ、はい、旦那。フランス人でした」

「さっき貴君は背の高い外国人がその男を突き落としたかのように示唆しておったが、取っ組み合っているのを見たわけでもないのに、どうしてそう思うのかね？」

「なにしろ今夜は真っ暗闇ですから、なにが起こっても見えやしません。それにランチの船首のほうにある舵輪を握っていたから二人には背を向けていました。叫び声が聞こえて、それから水音がしました。残った男が言っているように、フランス人の男が自分から川に飛び込んだんなら、叫び声を上げるはずはありません。そこでさっき言ったように船尾のほうへ走っていってみると、あの外国人が小さな箱を自分の鞄に入れようとしていたんです。俺に見られたくなかったようで、あわててその口を閉めてしまいました」

「なるほどよくわかった、船長。正直になんでもしゃべれば、この後の捜査も順調に行くのだぞ」

我輩は部下の一人に、鞄を持ち黒い付けひげをつけている外国人を連行してくるよう命令した。奴を尋問する前に、我輩は鞄を開けるように命令したが、あきらかにためらっている様子だった。そのなかには付け頬ひげ、付け口ひげ、さらにはさまざまな瓶が入っていたが、なによりもまずあのケースが入っていた。我輩はその蓋を開けて、問題のネックレスを確認した。我輩はその男をじっと見つめた。奴はそこに何事もなかったかのようにして立ち、圧倒的に不利な証拠だらけだというのになにも言わなかった。

「付けひげをはずしてくれるかね？」

外国人はすぐに言うとおりにして、開いたままの鞄のなかにひげを投げ込んだ。その瞬間彼はあのアメリカ人ではないことが判明した。つまり我輩の理論はまさに最重要部分で崩壊してしまったのだ。我輩は自分の身分を明かして、真実を述べるように警告し、どこでこの宝石を手に入れたのか質問した。

「俺は逮捕されたのか？」と彼は訊いた。

「そのとおり」と我輩は答えた。

「なんの容疑で？」

「君の容疑は、第一に、君の所有物でない財産を所持していることだ」

「その容疑には言うことがある。で、第二はなんだ？」

「第二に、君は殺人事件の容疑者である」

「第二の容疑に関しては俺は無実だ。あの男は自分で飛び込んだんだ」

「それなら、どうして飛び込むときに叫び声を上げたりしたのだ？」

「バランスを失って落ちたからだ。俺はこの箱だけはようやくつかみ取った」

「落ちた男がこの箱の正当な持ち主なのだ。なにしろ箱の所有者が彼に渡しておるのだから」

「それは認めるよ。所有者が落ちた男に渡したのを見たからな」

「ではどうしてその男は川に飛び込んだりしたのだ？」

「そんなことは知らない。さっきの水門で警察が戻ってくるように命令したのを聞いて、パニックになったようだった。船長に船を岸につけてくれるよう頼み込んでいたんで、そのときから奴から目を離さないようにしていたんだ。船長は接岸を断ったから、陸地に近付いたら奴は船から逃げ出そうとするかもしれなかったからな。それから三十分ほどはおとなしくして船端の折りたたみ椅子に座っていたが、両目はずっと岸のほうを向いていた。たぶん闇のなか岸までの距離を測っていたんだろうな。すると急に奴は立ちあがり、飛び込もうとした。俺の予想どおりだったんで、すぐに奴の手から箱をもぎ取った。奴はバランスを取り戻そうとしたのか、箱を取り戻そうとしたのかはわからないが体を少しひねった。でも叫び声を上げて水のなかに落ちていった。奴が椅子から立ちあがってから落ちるまで一瞬の出来事だったよ」

「すると、君は彼の溺死に関して間接的な責任があることは、少なくとも認めるのだな？」

「あの男が溺れたと決めつける理由はないんじゃないか。泳げれば、川岸にたどり着くのは簡単だ。泳げなくったって、箱で手がふさがっていたわけじゃないんだから、泳ごうとするだろう？」

「君の意見では落ちた男は逃亡に成功したということかね？」

「そう思う」

「だとすれば君にとっても幸運なことだろうな」

「確かにな」

「しかし一体全体どうしてあの船に乗ることになったのかね？」

「一切合財話すことにするよ。俺はロンドンに事務所を構えている私立探偵だ。このネックレスの所有者をねらって、おそらくは犯罪者のなかでも選りすぐりの奴が事件を起こすだろうと思っていた。そこで俺はパリに来て事件が起こりはしないかと、ずっと箱から目を離さずにいたんだ。もし宝石が盗まれたら、その事件は歴史に名を残すことになるからな。俺はオークションのあいだずっとそこにいて、買い手とネックレスを見つめていた。銀行に行った役人の跡をつけ、あの小切手はちゃんと現金の裏づけがあることも確かめた。その後俺は外に立ったまま買い手が出てくるのを待っていた。買い手は箱を手にしていた」

「ポケットのなかに入れていたんじゃないのか？」と我輩は遮った。

「俺が見たときは、片手に持っていたよ。で、後で川に飛び込むことになる男が買い手に近付いてきた。飛び込んだ男はなにも話さずに箱だけを受け取り、手を上げて辻馬車を呼んだ。無蓋馬車が歩道に寄ってくると奴は乗り込んで『マドレーヌ広場まで』と言った。俺も箱型馬車に乗って、御者に前のをつけるよう命じた。そして手持ちの付けひげをつけて、なるべく前を走っている男に似せようとした」

「どうしてそんなことをしたんだ？」

「刑事なんだから、俺がどうしてそんなことをしたのか、あんたには知る権利があるな。前を走っている男になるべく似せようとしたのは、必要なら自分がケースを運ぶ仕事を言い付かった人間になりすまそうとしたからさ。実際辻馬車を降りたところで争いになった。船長はどっちが本物の乗客かわからなかったんだ。だから二人ともランチに乗せてしまった。これで事件全体がわかっただろう」

「ほとんどあり得ないような話だな。君自身の証言からは、君がこの捜査に首を突っ込む権利などまったく認められない」

「あんたの言うとおりだ」と彼はあっけらかんと答え、手帳から一枚の名刺を取り出して我輩に渡してよこした。

「これが俺のロンドンの住所だ。ここに問い合わせれば、俺の身元と、嘘はついていないのはわかるだろう」

ムーラン発パリ行きの一番列車は早朝四時十一分発だった。このときまだ二時十五分だった。我輩は船長、乗組員、そしてランチを部下二人の監視下に置き、夜が明け次第パリへと帰港するよう命じた。三人目の部下と我輩はこのイギリス人の囚人と駅で列車を待ち、パリには朝五時半に到着した。

このイギリス人の囚人は判事の手でかなり厳しく取り調べを受けたが、頑として自分の話を貫き通した。警察がロンドンに問い合わせてみたところ、彼が言っていたことは本当だとわかった。しかしこの事件は、ランチの乗組員のうち二人が、彼がフランス人を船から突き落としたのを目撃したと断固として証言したことから深刻な事態になっていった。我々はそれから二週間というもの、行方不明の男の正体と、そして二人のアメリカ人の行方を懸命になって捜査した。あの背の高いアメリカ人が生きていれば、高価な宝物を失ってしまったのだから届け出るにちがいなかった。クレディ・リヨネ銀行に持ち込まれた小切手から彼の身元を調べようとしたが、それも空振りだった。銀行はいかにも我輩に全面的に協力しているふりをしていたが、果たしてそれも怪しいものだった。事件のおかげで銀行にはかなりの儲けが出ているのは明らかであり、そういった優良顧客を裏切るとはとうてい思えなかった。

パリで行方不明になった男をしらみつぶしに捜査したが、これもまたなにも得るものがなかった。この事件は世界中の注目を浴び、アメリカの新聞で詳細に報じられたのも当然だった。例のイギリス人探偵は三週間ものあいだ拘置されていたが、パリ警察署長が次のような手紙を受け取ってようやく釈放されたのだった――。

拝啓　イギリスの客船ルカニア号にてニューヨークに到着後、新聞でフランス人とイギリス人の探偵の活躍が報じられている記事をおもしろく拝見いたしました。そのうち一人しか監獄に入っていないことは、しごく残念です。あのフランス人の刑事局長殿も同じように投獄されるべきと小生は考えております。非常に残念なことに、ルアン市ジュイフ通り三七五番地に住む我が友マルティン・デュボアが溺死した、といううわさが流れております。もしこれが事実ならば、彼が亡くなったのは警察のミスのせいです。それはともかく、上記の住所の彼の家族に連絡を取り、小生は一家を今後支援する用意があるとお伝えください。

小生の職業は模造ダイヤモンド製造で、大量の広告を打ったおかげで何百万ドルという富を蓄えることができました。あのネックレスが発見されたとき、たまたま小生はヨーロッパ滞在中であり、また千個以上の自分が製造した模造ダイヤモンドを持っておりました。そのとき、空前絶後の広告を打つ機会が訪れた、と小生はひらめきました。小生はネックレスを見学し、そのサイズを入手し、さらにフランス政府が撮影した写真も手に入れました。そして我が社の職人であり友人のマルティン・デュボアに模造宝石を渡して本物そっくりのネックレスを作らせたのです。それが今あなたがたが偽物とも知らず手にしているものなのです。小生は悪党どもも、同じく悪者連中にねらわれているのではないかと鳴り物入りで警備にあたる無能な警察も、気にはしませんでした。刑事連中は目の前の証拠は見逃して、小生が捏造した偽の手がかりに飛び付くのは目に見えていたからです。そして小生は計画を練りました。ご存知のようにマルティン・デュボアをルアンから呼び寄せて、小生が渡したケースをル・アーヴルまで運ぶ役目を言い付けました。小生はもう一つ箱を用意して茶色の紙で包み、ニューヨークの私の住所を書きました。小生がオークション・ルームから出て、カウボーイまがいの友人が一同にピストルを突き付けているあいだ、小生はドアのほうを向いたまま本物のダイヤモンドをケースから取り出し、郵便で出せるようにしてある箱に移し入れたのです。本物のケースのほうに小生は模造ダイヤモンドのネックレスを入れました。本物のケースをデュボアに渡したあと、小生は脇道に入り、さらに名も知らない裏通りへ行って、そこの店で封蠟と紐をかけて本物のダイヤモンドを郵便で出せるようにしました。小生は小包の内容物は「本」と書いて一番近くの郵便局に行って送料を支払い、まるでなんの価値もないもののように書留にもせずに渡してしまいました。その後小生は一ヶ月以上も本名で滞在しているホテルの自室に戻りました。翌朝小生はロンドンまで列車で行き、その次の日にリヴァプールからルカニア号に乗船しました。ル・アーヴル港を土曜日に出港したガスコイン号よりも前に到着して、税関で例の箱を受け取り、関税を支払い、今は小生の金庫のなかに納まっております。本物と寸分たがわぬ模造品を作りましたので、誰一人として区別が付かないでしょう。小生はまたヨーロッパに行って二つを並べて展示会を催して、模造ダイヤモンドのすばらしさを喧伝すれば、これほどの宣伝はないものと愚考いたします。

敬具

ジョン・P・ハザード

我輩はただちにルアンに連絡を取り、マルティン・デュボアが元気に生きていることを確認した。彼の最初の言葉は「わしは絶対に宝石は盗んでいません」だった。

彼は岸まで泳いで行き、ルアンまで歩いていった。そして我輩がパリでむなしく捜査していたあいだ、びくびくしながら息を潜めていたのだった。ハザード氏の当初の予定よりもイミテーションのネックレスの展示会をするのは遅れ、数年後彼は両方のネックレスを持ってあの悲劇の船バーゴイン号の船客となったのだ。そして今彼はネックレスとともに大西洋の海底に沈んでいる。

数え切れぬほどの宝石の安らかな輝きは
海底のはかりしれぬ闇のなかにて放たれる

シャム双生児の爆弾魔

The Siamese Twin of a Bomb-Thrower

　先に述べた「ダイヤモンドのネックレスの謎」事件のおかげで、我輩はフランス政府に首を切られてしまった。首になった理由は無実の男を逮捕したからではない。そんなことは何十回もやっておったが、なんの文句も言われたことはなかった。それに間違った手がかりを追ったり、五百個のダイヤモンドの謎を解決できなかったからでもなかった。今も昔も間違った手がかりを追う刑事は山ほどおるし、どんな刑事だって失敗しようと思って失敗しているわけではない。そうではないのだ。そんなことでは我輩の地位は揺るぎもしない。ところが新聞がこの事件をおもしろがって、何週間もパリ中が我が捜査とその失敗を笑いものにしてしまったのだ。フランスの刑事局長が、イギリスで有名な私立探偵を牢獄にぶちこみ、しかもいんちきの手がかりをせっせと追いかけ素人にしてやられたというので、フランス全土が大笑いしたのだ。政府は激怒した。イギリス人探偵は釈放され、我輩は首になった。というわけで一八九三年以来我輩はロンドンに居を構えておる。

外国に住むようになった人間はその国の悪口を言わないようになる、と言われておる。我輩はこの奇妙な国民を熱心に研究し、しばしばびっくりさせられた。そしてようやくイギリス人とフランス人の違いを発見したのである。我輩はまったくもってフランス人側に立っているとはいえ、イギリス人を批判するつもりはさらさらない。だからそうした違いを、我輩は常に心にとどめておくようにしている。なぜなら我輩がロンドンに住んだ最初の一年間、その違いを理解していなかったために、あと少しで成功をつかみ取るところを逃してしまったことが何度もあったからだ。イギリス人は奇妙なこと……とはいっても我がフランス人の視点からの見方なのだが……をするのが好きだという傾向を理解することができずに、ソーホーで幾度となく飢え死に寸前のところまでいったのは事実であった。

たとえば、逮捕された容疑者は有罪が証明されるまで無実として扱われる、ということがある。イギリスではたとえ手を血まみれにして死体につかみかかっているところを逮捕された殺人犯でさえ、判事が判決を言い渡すまでは潔白であると見なされるのだ。フランスではそのような馬鹿馬鹿しい仮定など設けたりしない。まあ無実の人間がときには誤って罰せられることもないとは言えないが、我輩の経験からすると、そのような間違いが起きるのは一般で思われているよりもずっと少ないのは確かである。百ある事件のうち九十九件では、無実の人間はただちになんの問題もなく無罪を証明できる。本物の犯罪者を逮捕するためには、無実の人間を投獄するというちょっとしたリスクを冒してしまうというのも、国家への義務を果たす一環に過ぎないと我輩は固く信じておる。ところがこれをイギリス人に理解させようとしてもさっぱりだめなのだ。まったく！　我輩はもう何度も試みたのだが。

グリニッジ公園殺人事件に関連してイタリア人アナーキストのフェリーニを逮捕したときも、我輩はひどい失望を味わわされた。これを告白するのをまったく恥じてはいないが、その当時我輩は困窮のどん底にいてソーホーに住んでいた。長年フランス政府に奉職していたので、我輩は将来はスコットランド・ヤードで同じ地位とは言わないまでも、少なくとも警察でそこそこの地位を得て自分の能力を発揮し、さらには昇進していきたいという馬鹿げた考えを持っていた。当時我輩は公務員以外の仕事で巨額の富を築くことを、まったく考えなかったのだ。よく言われるように外国人への軽蔑か、それともこの国特有の無関心さなのか、イギリス政府の役人は上から下までフランスやドイツやロシアのことを真剣に考えずに、次から次へと間違いばかりを犯し続けている。たとえば、ヨーロッパの新聞のイギリスに対する激しい攻撃を見よ。このおかげで国際関係は悪化し、一度ならずイギリスは戦争になる寸前まで追いつめられたではないか。イギリスは国防に何百万ポンドという税金を浪費しているが、我輩ならばたった五十万ポンドで、ブリタニアは白き翼の天使だとヨーロッパ各国でほめたたえられるようにしてやれるのだ。

我輩がちょっとしたコネを使って、スコットランド・ヤードに面接に行ったときのことである。いつものように証明書を提出するように求められた。我輩は自分はフランス共和国の刑事局長であったと自己紹介した。ここまではよかったのだが、フランス政府はその証明書も推薦状も年金も発給することを拒否していると告げたとたんに、役員が官僚主義上見せていた同情も形勢逆転、取り付くしまもなくなってしまった。我が祖国の人間は決してこんなことをしない。この二つの国のあいだの大きな違いの一つと言っていいのではないだろうか。

我輩はその場で不採用が決まった。我輩が失敗して首になっていたからだと言われるかもしれない。それもまた事実ではあり、例の王妃のネックレス事件では我輩は確かに失敗をした。しかし見方を変えれば、我輩は目の前にあった証拠を的確に追跡したのであって、その結論が事実とは反していたとはいえ、論理的には破綻はしていなかったのである。我輩が首になったのは失敗のせいではない。どんな仕事にも失敗はつきものであって、我輩もその例に漏れなかっただけだ。我輩が失職したのは、ヨーロッパとアメリカでフランスを一時笑いものにしてしまったからなのだ。フランスが笑いものになったから我輩は首になったのだ。フランス人は自分自身が冗談の的にされるのは我慢できないが、イギリス人はそうではないようだ。ともかく失敗に関しては、我輩がフェリーニ相手に犯した失敗ほどひどいものはなかっただろう。奴は狡猾な犯罪者でフランス人の勇敢さとイタリア人の巧妙さを併せ持った男だった。我輩は奴を三回逮捕した。二度はパリで、そして一回はマルセイユだった。そして毎回まんまと逃げられたのだが、それでも我輩は首にはならなかったのである。

我輩がシニョール・フェリーニをフランス人のように勇敢だ、と表現したのはいささか言いすぎだったかもしれない。奴はある人物を死ぬほど恐れていた。それはなにを隠そうこの我輩なのだ。フランスで奴と最後に対決したときのことは忘れられない。最後に奴は我が手を逃れたものの、奴は一番速い列車と船でびくびくしながらイギリスへと逃げ出していき、我輩がフランス警察の頂点に立っていたあいだは、二度とフランスの地を踏もうとしなかったのだ。奴は悪党にしては教養があってトリノ大学を卒業しており、スペイン語、フランス語そして英語を自由自在にあやつった。おかげで奴は教養ある犯罪者として、輪をかけて危険な人物になったのだった。

　さて、殺人にせよ強盗にせよ、我輩はフェリーニの手口を白い紙に書く自分自身のサインのごとく熟知していた。だからこそグリニッジ公園で殺人被害者の死体を見るなり、フェリーニが犯人にちがいないと確信したのだった。そのときイギリスの警察当局は、我輩のことを同情といささかの軽蔑をもって遇していた。

　スタンディッシュ警部は我輩に対して、好きにさせておけばいずれはこんがらがって自分の首を締めるだろう、という態度だった。彼は我輩が興奮しやすいたちだと思っていたらしく、同僚相手に理路整然と話をするというよりも、まるで聞き分けのない子供をあやすように話していた。何度も何度も我輩は真実を指し示していたのに、彼はいつまでたってもぬるま湯につかったような無知無学のままであり、そういった態度でまるで我輩が手に負えない狂人であるかのように接してくるので、実に腹立たしかった。それでも我輩は我慢に我慢を重ねてやったのだから、自分をほめてやりたいぐらいである。とはいっても、彼の偏狭な島国根性からくる偏見を大目に見てやるのは不可能であった。彼はいつも我輩のことをすぐかっとなって暴力を振るう人間だと見なしていたので、我輩が捜査にどれだけ役に立つか証明することができなかった。

　このフェリーニ事件は我輩の才能をアピールする最後のチャンスだった。スタンディッシュ警部に面会を許されたとき、全ロンドンがこのグリニッジ公園の悲劇で騒然とし、警察は事件や犯人についてなんの手がかりも得られていないというのに、彼は非常に愛想がよかった。スタンディッシュ警部は慈愛に満ちた微笑をたたえ、どっしりと構えて重々しく話し、身振り手振りなどもせず、発する言葉は年輪を重ねた知恵を感じさせる大男だった。我輩の態度はいささか興奮しすぎており、さまざまなジェスチャーをまじえたところなど、彼から見れば軽薄に映っていたのかもしれない。

「スタンディッシュ警部」と我輩は叫んだ。「容疑者を逮捕する権限は貴君にあるのですかな?」

「もちろんありますよ」と彼は答えた。「しかし逮捕する前に容疑を固めなくてはいけませんな」

「我輩には確信がある」と大声で言った。「グリニッジ公園殺人事件の犯人は、フェリーニというイタリア人なのだ」

フェリーニがいるはずの部屋の住所まで伝え、さらにそいつの理解しがたい性格について注意を与えた。奴は我輩に三回捕まったが、その三回とも我が手から逃れ出たということも付け加えた。そう言ったらスタンディッシュ警部は我輩の言葉を信用しないようになったような気がする。

「そのイタリア人だという証拠はあるのですか?」と警部はゆっくりとした口調で尋ねた。

「証拠は被害者の遺体にあるのだ。しかしそれよりも、フェリーニをいきなり我輩と会わせれば、奴は驚愕と恐怖で自白するのは間違いない」

我輩の自信たっぷりの態度が当局に強い印象を与えたと見えて、逮捕命令が下された。そして警察官がフェリーニ逮捕に向かっているあいだに、我輩は警部に自分の計画を詳細に説明した。実のところ彼はまったく我輩の言っていることを聞いていなかった。我輩のしゃべった内容を熱心にメモしているのかと思っていたのに、しゃべり終えてもずっとペンは止まらず、我輩のぬか喜びだったというのがわかった次第である。二時間以上たってようやく警官が、びくびく恐れおののいているイタリア人を連行して戻ってきた。我輩は奴の前をぐるぐると歩いて回りながら、こう叫んで脅しつけた……。

「フェリーニ！　我輩を見ろ！　貴様はヴァルモンを甘く見るとどういう目に遭うかよくわかっているだろう！　グリニッジ公園の殺人事件について白状したまえ！」

警官が両腕の下から支えてやらなければ、このイタリア人は崩れ落ちて床の上に伸びてしまったことだろう。顔は真っ青になり、どもりながら告白しはじめた。するとここでフランスでは信じられないようなことが起こったのだ。スタンディッシュ警部が人差し指を立てて、「ちょっと待った」と重々しく警告を与えたのだ。「君の発言はすべて証拠として採用されることを忘れないように」

きょときょとしたビーズのようなイタリア人の目が、スタンディッシュ警部から我輩のほうへ、そして再び警部のほうへと動いた。その瞬間彼は状況を把握した。つまり我輩は言ってみれば蚊帳《かや》の外になってしまったのだ。我輩にはなんの権限もないということを、奴はその足りない頭で瞬時に理解したのだ。イタリア人は鋼鉄製の罠のように口をしっかりと閉じてしまい、一言もしゃべらなくなってしまった。そして有罪の証拠がなにもないというのですぐに釈放されてしまった。のろまなイギリス警察がようやく完璧な証拠を手に入れたのは、このすばしっこいフェリーニがアペニノ山脈中にある刑務所に収監されてからのことだった。奴は現在とある上院議員暗殺の罪でイタリアで終身刑に服しているが、その上院議員の名前は思い出せない。

このような人々とうまくやっていかなくてはいけないのか、と我輩が絶望に暮れたとしてもなんの驚きがあるものか。しかし今の話はイギリスに来た当初の頃の話であって、現在では我輩もイギリス人との付き合いを深めた結果、最初の印象はかなり変わりつつある。

こういう話をしたのは、どうして我輩が私立探偵業を始めてイギリス警察が見向きもしない事件を引き受けるようになったのか説明するためなのだ。ロンドンでもっとも危険な地域に凶悪な犯罪者を逮捕しに行くというのに、ピストル一挺も持たせず丸腰の警官を派遣するなど、フランスやイタリアやスペインやドイツでは信じられないことだ。我輩がロンドンで私立探偵として成功しはじめてポケットには十分な金が貯まるようになってきた頃、容疑者に対するイギリス人のわけのわからぬ優しさは認めぬぞ、と決意した。そして我輩は自分のアパートを改造して、中心部分にバスチーユ監獄と同じぐらい強靭な独房をこしらえた。十二フィート四方の大きさで、そのなかには棚、隅のトイレ、そして床の藁布団以外にはなんの家具もない。天井の中心部にある二本の通気管で換気をし、そのうち一本には電動の送風機がつけられている。その部屋に犯人を押し込めて、通気管から臭い空気を送り込み、もう一本から新鮮な空気を排出させる仕組みなのだ。この独房の出入り口は我輩の寝室に通じているが、どんなに調べたとしてもドアのありかはわかりはしない。ドアは分厚い鋼鉄製で、我輩のベッドのヘッドボードで半分隠されている電動ボタンによって開閉する。たとえボタンが見つかってもなにに使うかわからないだろう。なにしろこのボタンは一回ひねっただけではベッドの枕元の明かりがつくだけであり、二回ひねっても明かりが消えるだけなのだ。いくら右方向にひねってもそれが繰り返されるだけだ。ところが左方向へゆっくりと三回ひねると、鋼鉄のドアが開くのだ。その継ぎ目はパネルで完璧に隠されていた。今まで我輩は何人もの悪党をこの難攻不落の小さな独房に閉じ込めて尋問してきた。

ロンドンのビルに関する法律に詳しい方ならば、この近代的な大都市のまんまんなかにバスチーユ監獄を再現するにあたって、どうやってお役所の査察をくぐりぬけたのだろうと不思議に思われるかもしれない。簡単なことである。イギリス人にとって「臣民の自由」とはまず最初に尊重されるべき重大な規則であり、そのおかげで数多くの悪党どもが刑罰から逃れてきた。そこで我輩はこの金科玉条を破るための計画を立てた。そしてそのために利用したのは、イギリス人の第二の金科玉条、すなわち「私有財産の尊重」であった。我輩はビルの所有者に対して、自分は大金持ちなのだが銀行をまったく信用していないので、自分の部屋に貴重品をしまう金庫室を作りたいと言ったのだ。そして我輩は銀行やシティの会社によくあるような金庫室を作り、この部屋にたとえ一年間住んでも独房の存在には気が付かないよう工夫したのだ。独房内で蒸気機関車がキーッと音を上げても、ドアが閉まっている限り周りの部屋には一切音は漏れないのである。

さて、今でもパリの放蕩児のような豪華な衣装を身にまとい、インペリアル・フラットの最上階に居住するウジェーヌ・ヴァルモン氏以外に、もう一人ご紹介したい人物がいる。彼もロンドンに住むフランス人で、その名はポール・デュシャルム教授。ソーホーのもっともみすぼらしい地域の、一番安いむさくるしい奥まった部屋に住んでいた。ヴァルモンは自分はまだ若いと調子のいいことを言うが、一方でデュシャルムは、そのまばらで灰色の顎ひげを見れば、年がいっているのは言うまでもない。ヴァルモンは見るからに成功者だが、デュシャルムはぼろぼろの洋服を着て、困窮している。デュシャルムは通りを身をすくめながら足を引きずってうろつき、同国人も眉をひそめている。たくさんのフランス人が母国語で説教をしてみるのだが、結局ささやかな生活費をめぐんでやって終わりになるだけだった。しかしあのおしゃれなヴァルモンが、この落ちぶれたデュシャルムと一緒に歩いている姿は一度として目撃されたことはないのである。

「やっぱり！」と諸君は叫ぶのだろう。「調子に乗ったヴァルモンは、不運な同国人のことなど忘れ去っているようだ」と。

いやいや、我が友よ、それはちがう。いいかね、読者諸君には正直に言うが、この洗練されたヴァルモンとみすぼらしいデュシャルムは、なにを隠そう同一人物なのだ。二人が同時に姿を現さないのは、そういうわけなのだよ。それに我輩がこの気の毒なデュシャルムを演じるようになるまでには、長々しい物語があるのだ。我輩が初めてロンドンに来たときのことだ。我輩はみすぼらしい貸し部屋で飢えたくないので、我と我が手でドアに「デュシャルム教授、フランス語教えます」という看板を打ち付けたのだ。我輩はその後成功して、イギリス当局には秘密の恐怖の独房があるインペリアル・フラットに引っ越した後も、この部屋を貸りていた。ソーホーの部屋を確保しておいたのは、主にこういう理由からだ。ポール・デュシャルムは実を言えば危険人物であり、ときには我輩もそんな人物に変装する必要があったのだ。彼はインターナショナルの中心グループの一員であり、アナーキストのなかのアナーキストであった。この極悪組織の本当の本部はロンドンにあり、ヨーロッパの諜報機関に関わっていた我々は、一度ならずこのような毒蛇の巣をほったらかしにしているイギリス政府を呪ったものだった。今では我輩もイギリス人も同じ人間だということがわかっているが、以前は、アナーキストがイギリスでは騒ぎを起こさないからイギリス政府は関与しようとしないのだ、と誤解しておった。イギリスはヨーロッパで唯一、公開法廷での審理に耐えうるだけの証拠がなければアナーキストを監獄にぶち込むことができない国なのだ。アナーキストはこれ幸いとロンドンで犯罪の計画を練り、パリ、ベルリン、ペテルブルクそしてマドリッドで実行に移しているのだ。今では我輩も、このイギリス政府の寛大さの根底にあるのは決して悪意ではなく、「臣民の自由」というわけのわからない政治目標だとわかっておる。何度となくフランスはアナーキストの排除を求めたのだが、いつも決まって、

「で、その証拠は?」

と聞き返されてしまうのだ。犯人だという確証を得、しかも裁判で使える証拠もそろってはいるがあれやこれやの理由から、その証拠を公にしたくない場合もあるのだ。そういう事情があるときでも、イギリスの当局はなんの配慮もしてくれない。連中はどんな凶悪な犯罪者でも裁判に耐えうる証拠をもとにして逮捕しようとして、決してあきらめない。それはその犯罪に政治が絡んでいる場合でも同じなのだ。

我輩がフランス政府に奉職していたあいだ、政治秘密結社に関する任務ほど気疲れするものはなかった。もちろん秘密諜報部の資金のほとんどを我輩は自由に使えたので、ベテランのスパイから情報を仕入れることができたし、さらにはアナーキスト本人から情報を得ることもできた。しかしアナーキストの連中はいつも多かれ少なかれ信頼できなかった。我輩は今まで心から信頼できるアナーキストというものにお目にかかったことがない。そういった連中が秘密の情報を警察に売り込んできても、そいつが飢えをしのぐための数フランが目当てなのか、それとも我々を罠にはめるための偽情報をつかませようとしているのかはわからなかった。我輩は常に、虚無主義者やアナーキストや殺人をもいとわない秘密組織のメンバーとの取引は、刑事が行う最も危険な仕事であると見なしていた。それでもなお、当局はこうした秘密組織がなにを行っているのかを知らなくてはならないのだ。情報を得る

には三種類の方法がある。まず第一に、定期的に容疑者をひっ捕まえて、家宅捜索をしてすべての書類を押収して調べる方法だ。このやり方はロシア警察の好む方法である。我輩はこの方法はまったく役に立たないと思っている。まずアナーキストも馬鹿ではないのだから、計画を文書にして残したりするわけがない。そして、そんなことをしたら報復されるからだ。家宅捜索をやるたびに、警察の手を逃れた一部の連中がいつも新たに事件を起こしてくれるのである。第二の方法はアナーキストに金を握らせて仲間を裏切らせるのだ。連中はいつも金に不自由しているからできる業だが、我輩の意見ではこの方法ではたいていあまりたいしたことはない情報か、不正確なものしか得られない。最後に残った三番目は、連中のなかにスパイを潜り込ませるというやり方である。スパイ捜査というのは刑事にとっては決死の捜査である。ある年など我輩は三人もの部下をアナーキスト捜査で失った。その犠牲者のなかには、我輩の右腕とも言うべきアンリ・ブリッソンもいた。このブリッソンは、何ヶ月ものあいだ危険な仕事を無事にやり通したものの、ほんのちょっとしたミスが命取りになってしまったという、典型的な例をたどった。ブリッソンは参加した最後の集会で、緊急の非常に重要な情報をつかみ、集会が行われた地下室から出てくるなり、自分の部屋があるファルガリー通りではなく、我輩の家へと直行したのだ。管理人によれば彼がやってきたのは午前一時ちょっと過ぎで、その時間帯なら彼は自分がつけられていたことがわかってしかるべきだった。しかし彼を追ってきたのは獰猛な人間豹フェリーニであったから、不運なブリッソンは避けようもなかったのである。

当時我輩が住んでいた部屋がある高いビルに着いたブリッソンは、呼び鈴を鳴らした。するといつものように管理人が半分寝ぼけ眼で、いつものようにベッドの頭のところに垂れている紐を引いて、ドアのかんぬきをはずした。ブリッソンはしっかりと巨大なドアを閉めたのだが、その瞬間にフェリーニは気が付かれないようにして石畳の中庭に滑り込んだにちがいない。ブリッソンがもしなにもしゃべらず自分の名前を言わなかったら、管理人はすぐにパッチリ目が覚めたはずだ。それとも管理人は、知らない名前を告げられたらやはり目を覚ましていただろう。ブリッソンが大声で「ブリッソンだ」と叫んだからこそ、フランスの刑事の総元締めヴァルモンのアパートの管理人は「どうぞ！」とつぶやいてまたすぐに眠りに落ちてしまったのだ。

その当時フェリーニはブリッソンとは友達同士だったが、亡命ロシア人のレヴェンスキーという名前だと思い込んでいた。ブリッソンは若い頃はずっとロシアで暮らしていたので、ロシア人と同じように流暢にロシア語をしゃべれたのだ。ブリッソンが自分の本名を口にした瞬間、彼は自分の死亡宣告書にサインをしてしまったも同然だった。我輩の部屋は三階にあるのだが、フェリーニは彼を二階の踊り場までつけてきて、長くて細い鋭いナイフを肩下へと突き立てて心臓を貫くという彼独特のやり方で、命を奪ったのだった。この恐ろしい殺害方法の利点は、犠牲者が一瞬にしてうめき声も上げずに殺害犯の足元に崩れ落ちるということだ。残った傷跡は見てもわからないぐらいの青あざで、出血もほとんどない。マルセイユの市庁舎で見つかった死体にもこの傷跡があった。そしてその後ブリッソン以外にも、パリでもう一件同じ死体が発見された。そしてグリニッジ公園で発見された男の死体にもこの同じ印があったのだ。左の肩甲骨の直下を背後から襲っていた。フェリーニの仲間によれば、フェリーニはいつも裏切り者を処刑する前には公明正大に必ず弁明の機会を与えていたと言っていた。しかし我輩はフェリーニにそんなささやかな騎士道精神などあるはずがないと思っている。それどころか奴がブリッソンをつけて中庭まで入ってきたのは、逃亡する時間を稼ぐためだったのだ。奴は管理人のやり方を熟知していた。そこに横たわっている死体は朝まで発見されないことを知っていた。そして実際そのとおりであって、そのおかげで奴は逃亡する時間をたっぷり得ることができたのだ。そんな男に対してイギリスの法律は、自分に不利になるようなことを言うなと勧めたのだ！なんて連中なのだ！　なんて連中なのだ！

ブリッソンが横死した後、我輩はさらに優秀な人物をアナーキストの追跡捜査の任に当たらせることにした。すなわち我輩自身が余暇を利用してその任務に当たることにしたのだ。我輩はインターナショナルの地下活動を注意深く見守り、ポール・デュシャルムという名前でこの組織に加盟した。過激思想を持つおかげでナント大学を首になった教授というふれこみだった。実際ポール・デュシャルムという人間は存在し本当に首になっていたのだが、記録によると本人はオルレアンのロワール川で溺れて死んでしまっていた。万一のために我輩はナント警察からこの頭のおかしい老人の写真を入手し、彼そっくりに変装した。いかに我輩の変装が完璧だったかというと、パリで開かれた年次総会に参加したナント代表が我輩のことをこの教授だと信じ込み、しばらく会話を続けてもまったく疑うことがなかったくらいだ。彼の最期はオルレアン警察以外には知られていなかったのだ。最初の数分間はいささかとまどいはしたものの、このナント代表が我輩のことを、主義のために世俗の地位を犠牲にしてもいとわない見あげた人物であるとほめ称えてくれたおかげで、我輩は同志のあいだでかなりの信用を得ることができた。そのすぐ後、我輩はロンドンの同志へメッセージを伝える役目を命じられ、この困難な役目を無事務めとおした。

我輩がフランス政府から首を言い渡されてロンドンに来た当時、名前と外見をポール・デュシャルムと変えてフランス語の教師をしていた理由もこれでおわかりいただけたのではないだろうか。この仕事のおかげで我輩はかなり助かった。なにしろ教師は生徒のいるところに出張するものだから、何時間も部屋を留守にしていても怪しまれなかった。万一アナーキストの同志が、我輩がみすぼらしい格好をしてヴァルモンが住むインペリアル・フラットから出てきたところを目撃しても、生徒のところから帰るのだろうと思ったにちがいあるまい。

そういうわけで豪華なアパートのほうは金持ちの依頼人を迎える事務所であり、ソーホーのみすぼらしい部屋は我輩に託された仕事を成し遂げるための作業部屋と言っていいだろう。

話を現在に戻そう。我輩はインターナショナルのスパイと頻繁に接触を繰り返していた。

イギリス国王は広範囲に平和を維持することを目的としてヨーロッパ各国の首都を歴訪していたが、我々はもしかしたらいまだに、その偉業を理解も評価もできていないのかもしれない。国王のパリ訪問は現在の英仏協商のきっかけになった。そして我が母国でありかつて我輩が住まいしていた都市の政府が、国王の短い公式訪問に気をもんでいた、ということを明かしても裏切りでもなんでもないだろう。アナーキストはあらゆる政府に反逆しており、各政府が争って自滅すればいいと思っているのであって、イギリス政府に対してもそう思っているのは間違いなかった。

エドワード国王のパリ訪問に際しての我輩の任務は、まったく非公式のものだった。かつてちょっとした事件を解決してやったとある貴族が、国王がフランスの首都に足を踏み入れる二週間前に、我輩のアパートにご機嫌うかがいにやってきたのだ。この貴族の名前を明かさなくてもお許しいただけると思う。今回の訪問で国王は不愉快な事態に直面させられるであろうと我輩は考えていた。その貴族はパリのアナーキストの集団の活動の目的と、今新聞の主な話題になっている国王が列席する式典にどういう行動に出るかということについて、我輩がなにを知っているかそしてなにか嗅ぎ付けられないかと訊いてきた。それに対して我輩は、四日以内にこの件について完璧な報告書を提出できると返答した。彼はそっけなく一礼すると去っていった。四日目の晩に我輩は、上機嫌でその貴族閣下のロンドンはウエスト・エンドの屋敷にいた。

「これがお申し付けの報告書でございます、閣下」と我輩は言った。「パリのアナーキストは国王陛下の訪問に関していささか意見の対立があります。少数派は数には劣りますが、その意見の過激さにおいては等閑視できない存在でありまして、奴らは……」

「ちょっと待ってくれたまえ」とこの貴族は厳しい声で口を挟んだ。「その連中は国王に危害を与えるつもりなのか、そうではないのか？」

「そのつもりはありません、閣下」と我輩は失礼な中断にもかかわらず、いつものごとく優雅な調子で答えた。「国王陛下が攻撃されることはございませぬ。連中がおとなしくしているそのわけは……」

「そのわけなどどうでもいい」と閣下はぶっきらぼうに言った。「それは絶対に確かなのだな？」

「絶対です、閣下」

「予防策は必要ないのだな?」
「まったくもって、閣下」
「よろしい」とこの貴族は簡潔に結論付けた。「帰りに隣の部屋にいる余の秘書に、余が、君には感謝していると言っていたと告げたまえ。そうすれば小切手を渡してくれる」そして我輩は退去させられた。

二つの国で最も高い地位の人々と接しており、常に礼儀正しくあれとしてきた我輩にしてみれば、このような高慢ちきな態度には怒りが爆発しそうになった。しかし我輩は黙って儀礼どおりに一礼し、隣の部屋で二倍の値段を請求してやったところ、なんの文句も言わずに支払われた。

さて、この貴族がもう少し聞く耳を持っていたとしたら、普通の人間だったら興味を示すはずの話を聞けたことだろう。もっとも彼との短い会話だけからしてみても、この貴族は、我が母国の北の辺境を出自とする自分の血筋がいかに偉大かということしか関心がないのは間違いなかった。

国王の訪問はアナーキスト連中にとって青天の霹靂であり、一体なにをしたらいいのか見当もつかずなにもしなかった。パリの共産主義者は実力行使が大好きだったが、ロンドンからは神の名において行動を控えるようにという命令が出ていた。連中の指摘では、犯罪者だと証明されない限り、イギリスはアナーキストにとって一番安全な亡命先なのだからだそうであり、実際今までそうであった。

国王のパリ訪問はつつがなく終わり、また大統領のロンドンへの返礼訪問も同様だった。表面上はすべてが平和で善意に満ちていた。しかし水面下では過激な計画とそれへの対抗策が練られ、舞台の裏側では二つの大国の政府が緊張の頂点に達し、諜報機関の高官は眠れぬ夜を過ごしたのだった。

「厄介な事件」は起こらなかったので、海峡の両側の当局はほっと一息ついたのだが、もし本当に敵のことをよく知っていたなら、そのときこそ警戒を倍加しなくてはいけなかったのだ。アナーキストという連中は、いい子にしているように見えるときが、一番気を付けなくてはならんときなのだ。連中の反応に目配りしておかねばならぬ。桧舞台に上がれるまさにそのときだというのに大人しくしているのは、奴らにとってはとんでもない苦痛であり、絶好の機会を逃したときに奴らは、イギリス人の言う「悪い子」になりやすいのだ。

国王のパレードがパリの目抜き通りで行われると発表されたとき、パリとロンドンの頭に血が上っている数人が行動に出ようと画策した。しかし連中は同じ組織のまともなメンバーに抑え付けられた。アナーキストだからといって、頭のおかしい連中の集まりだと思っては困る。連中のなかには頭の切れるのもいるし、そういった生まれながらのリーダーの才能を持った連中は、日常生活と同じように、虚無主義の裏世界を当然のように支配しているのだ。連中はちょっと心が捻じ曲がった人間にすぎない。こういう連中は過激派を冷静に抑え付けはするものの、イギリスとフランスとのあいだの友好回復を望んでいるわけではない。もしフランスとイギリスとの関係が、フランスとロシアのような友好的なものになったとしたら、イギリスがアナーキストを亡命者として受け入れてきた事実が過去の話になるかもしれない、というわけだ。自慢するわけではないのだが、我輩がポール・デュシャルムの変名でこうした集会に参加したとき、アナーキストとして尊敬されているおかげで、実は路線の中庸化に一役買っていたのだ。もちろん我輩はあまりべらべらしゃべったり目立ったりするわけにはいかない。だからといって集会ではまったくの傍観者でいられるわけでもなかった。自分の安全を考えて、我輩は非常に慎重に行動した。なにしろこの集団は自分たちが住む国の法律を破るために集まってきているのだから、お互い疑心暗鬼の塊であり、うっかり漏らした言葉がとんでもない悲劇を生むこともあったのだ。

我輩がこういう堅実な考え方をしていたから、インナー・サークルでも我輩の助言を求めるようになったのだろう。このインナー・サークルというのはアナーキスト団体を支配する幹部連中のことである。奇妙に思えるかもしれないが、この組織はすべての規則や命令が独断的に下される非常に厳格な支配構造であって、あるロシア人公爵を議長に戴いていた。彼は非常に有能な人間であるものの、我輩からしてみれば彼が選ばれたのはその能力が評価されたからではなく、単に貴族だったからにすぎなかった。そしてもう一点我輩が興味を引かれたのは、この公爵がならず者の部下たちを支配するやり方は、今自分が住んでいる国の自由主義的なやり方ではなく、ロシアの独裁制に倣っているということだった。彼が多数決で決せられた結果に対して情け容赦なく異議を唱え、足を踏み鳴らし、巨大な拳で机を叩いてあれこれ文句を言って、投票結果など関係なくそんなことをしてはならないと宣言する姿を一度ならず見てきた。そして結局計画は中止に追い込まれるのだった。

今我輩が話題にしている時期のロンドンのアナーキストの議長は気が弱く煮え切らない人物で、メンバーを掌握しかねていた。難局に直面して、我輩はあの頑固なロシア人の固い拳と大きなブーツの足音を懐かしく思ったほどだった。我輩はたった一回しか集会で発言しなかったが、聴衆に向かってこの二つの国のあいだに友好関係が築かれてもなんの心配もないと請け負った。イギリス人は「臣民の自由」という奇妙な考えから合法な証拠というものにこだわりきっているので、ヨーロッパのほかの国のように、同志が謎の失踪をするなどということはイギリスではあり得ないだろうと言った。

国王と大統領が相互訪問をしているあいだは動揺していたものの、外交関係がそれ以上に進展しなかったらイギリスの同志らは我輩が抑えておく自信があった。ところがその後イギリスの議員がフランスの議会を訪問するということが発表された。パリの組織は緊張した。協定を結ぶだけでなく、両国の実務者がパリで会議を行うことになったとき、フランスのアナーキストがこちらに代表団を派遣してきたのだった。連中はある晩非常に激烈なアジ演説を行った。これを聴いた不平分子全員が熱狂した。演説したフランス人はイギリスの組織を臆病者と言って罵った。我々は虐待される心配のないところから高みの見物をしており、略式逮捕されて秘密尋問の拷問を受ける危険にいつもさらされているパリの同志にはなんの共感も抱いていないとも言った。こういうイギリスとフランスとのあいだの愛憎は、ダイナマイトに吹き飛ばされて天国に行っても永遠に続くにちがいない。パリのアナーキストたちは行動に打って出ることを決意しており、ロンドンの同志とは協力して作戦を実行したいと思ってはいるものの、ロンドン側が共同作戦を行うと申し出ないなら、パリは単独でも行動に出るだろうということだった。

先に述べたロシア人の独裁者だったら、適当な過激な文句をちりばめた声明文をこしらえてその場をおさめることができたかもしれない。しかし残念なことに彼は欠席だった。投票結果は圧倒的に実力行使を支持し、ガタガタ身震いしている議長もそれを認めた。フランス人の同志は、自分の演説を聴いたイギリスの同志は満場一致で同意したという結果をパリに持ち帰った。イギリス側に課せられた任務は、イギリス訪問団の真ん中に爆弾を投げる暗殺者の逃走手段と隠れ家を用意することだった。

そしてさきほどの頭のおかしい演説家が出発した後、なんともはやびっくりしたことに、この我輩が爆弾魔の安全な逃走手段と隠れ家の用意をする担当者に任命されてしまったのだ。アナーキストの内輪では、同志の投票によって決められた任務はどんなことがあっても辞退できないというのがエチケットである。それを断れば、命が危ない。そして任務に失敗しながらも自分が生き残ってしまった場合のジレンマにも、ちゃんと解決方法が用意されている。それはイタリア人のフェリーニが我が部下ブリッソンにしてやった、あの方法である。まあそういうわけで、我輩は黙ってこの面倒な仕事を引き受けた。そして金庫番からこの仕事に必要な資金を受け取った。

何年も前にアナーキストの仲間入りをしてから初めて、我輩は本当の危険に直面してしまったのだ。一歩足を踏み外したり、一言不用意な言葉を漏らしたりしてしまったら、ウジェーヌ・ヴァルモンの人生もおしまいになってしまうかもしれない。そして同時に物静かで無害なフランス語教師ポール・デュシャルムも消えてなくなってしまうのだ。我輩は尾行されていることは重々承知していた。我輩が資金を受け取ったときに、フランスの代表はいつ我輩がパリに行くのか訊いた。彼がそれを知りたがったのは、実は我輩を暗殺するために連中が組織を挙げて準備する必要があったからなのだ。我輩はきわめて事務的に、何日かははっきり言えないが、例のロンドンから派遣される実務者の代表団がパリに行くまであと二週間あるので時間はたっぷりあるだろうと答えた。そしてパリの組織のほとんどとは顔なじみだったから、我輩が到着した最初の日の夜には会おうと言った。パリの代表者は新参者なので肩肘張っていて、我輩のはっきりしない答えに不満だったようだが、その不満には我輩は気が付いていないふりをした。なにしろ彼と我輩は知り合いではなかったが、ポール・デュシャルムはその場にいた残り全員とは非常に親しく信頼されていたのだ。

我輩は、フランス政府から首を言い渡されるという結末に終わったあの王妃のネックレス事件から、かなりの教訓を得ることができた。誰かに尾行してもらいたいというのなら、尾行者が追いかけられるだけの手がかりを残しておかなくてはならぬのだ。そういうわけで我輩は低い声でこう続けた。

「明日は勘弁していただきたい。我輩は生徒たちに留守にすると連絡しなければならないのでな。万一生徒が辞めてしまうと大変なことになってしまうのだ。ほかの生徒を探さねばならん。また、我輩はインペリアル・フラットのヴァルモン氏の秘書もしているのだが、そちらのほうが問題なのだ。我輩はある本をフランス語から英語に翻訳する仕事を彼から依頼されていて、明日には終わるところなのだ。その後なら二週間の休暇ももらえるはずだ。ヴァルモン氏は我輩と同国人なのだが、我輩がロンドンに来てから仕事をくれているのだよ。彼からはかなり助けてもらっているし、彼がいなかったら路頭に迷っていたところだ。彼を怒らせる気は毛頭ないし、ロンドンに戻ってきたらまた秘書の仕事を続けたいと思っているのだ」

それはそのとおりだという呟きが漏れた。できる限り生活の手段を阻害してはならないというのが、みなの意見だった。通常思われているように、アナーキストというのは別に赤貧洗うがごとしというわけではない。その多くは立派な仕事をしており、一部にはかなりの地位を占めて絶大な信用を得ている者さえいるのだ。

各メンバーにしても組織全体としても、できるだけ生活費は自分で稼ぎ、救済基金に頼らないようにするのが義務であった。こういうふうに我輩があからさまにヴァルモンから収入を得ているとしゃべっても、誰一人として、この秘密会議に出席しているのはそのヴァルモン本人だとは疑わなかった。

「ということは、パリへは明日の夜行列車で行くんだな？」と詮索好きなフランス代表はさらに探りを入れてきた。

「そのとおりだとも、そうでないとも言える。我輩はパリ行きの夜行列車に乗るつもりだが、チャリング・クロス駅発でも、ヴィクトリア駅発でも、ウォータールー駅発でもない。我輩が乗る予定なのは、八時三十分発の大陸急行で、リヴァプール・ストリート駅からハリッジまで行って、フーク・ファン・ホラントまで船で行き、そしてそこからオランダとベルギーを通ってパリへと行くのだ。我らが同志の逃走経路にこの経路が使えるかどうか確かめたいのだよ。事件が起こったら、カレーやブーローニュやディエップやル・アーヴルは監視が厳しくなるだろう。アントワープからフーク・ファン・ホラント経由でロンドンに連れてこられるんじゃないかと思ってな」

ポール・デュシャルムは正直だという評判どおり、なにもかも開けっぴろげにしてしまったおかげで、その場のみなが納得したようだった。そしてここで議長が、ポール・デュシャルム氏の計画は絶対秘密にするようにと命令して、これ以上の詰問は必要ないという決断を下した。パリの代表は仲間に、これからの三、四日間はロンドンの代表から目を離さないようにと言ったかもしれないが。

我輩は会場を離れてまっすぐソーホーの自室へ戻った。自分が監視されているかどうかを確かめもしなかった。そこで一晩過ごし、朝になって灰色の顎ひげと丸い背中というデュシャルムの姿でソーホーを出発し、インペリアル・フラットのある西へと歩いていった。最上階までエレベーターに乗り、廊下に誰もいないことを確かめると、自分の部屋に入った。我輩は六時ちょうどにまたポール・デュシャルムの姿でアパートから出た。今回は茶色の紙でくるんだ包みを腕に抱え、ソーホーの部屋へまっすぐ戻った。その後バスに乗ったのだが、そのときもまだ例の茶色の紙の包みは持ったままだった。リヴァプール・ストリート駅に着いたときは、まだ大陸急行の発車時刻には十分時間があった。駅員と少々交渉をし、我輩はコンパートメントを独占できるようにした。もっとも列車が駅を離れるまで、もしかしたら本当にフーク・ファン・ホラントまで旅行するはめになるかもしれないと心配だった。誰かが我輩のコンパートメントに無理やり入ってきたりしたら、その晩北海を渡らざるを得なくなってしまうところだった。ソーホーから駅までは尾行されていたのはわかっていた。それにたぶんスパイはハリッジまで尾行してくるだろう。そして我輩が船に乗るのを見届けるのだ。しかしそやつも海峡を横断するかどうかは、かなり疑わしかった。我輩がこのルートを選択したのは、オランダにはアナーキストの組織がなかったからなのだ。一番近い組織はブリュッセルにあるが、時間があればブリュッセルの組織は我輩を監視するよう命令を受けていただろう。しかし手紙を送る時間はなく、アナーキストは決して電報は使用せず、特にヨーロッパではよほどの大事でない限り使わなかった。もし連中が我輩の容貌をブリュッセルに電報で知らせたりしたら、我輩の上陸を監視しているのはアナーキストなどではなく、ベルギー警察になっただろう。

八時三十分発の大陸急行はリヴァプール・ストリート駅からパークストン・キー駅まで停車せず、到着時刻は十時三分前となっていた。おかげで我輩は服装を変えるのに一時間半の余裕ができた。みすぼらしい老教授の衣装を我輩は一つ一つ丸めながら、漆黒の闇のなか、開いた窓から沼地へとどんどん捨てていった。コート、ズボン、さらにチョッキまで別々に、最低十マイル離して沼へと捨てていった。灰色のひげとかつらは小さく切り裂いて、これもまた窓から少しずつ捨てていった。

あらかじめ我輩は列車の先頭のコンパートメントを確保しておいた。おかげでパークストン・キー駅に到着したとき、蒸気機関車見物をする連中が通り過ぎるなかに紛れ込むことができた。我輩はきびきびとしたおしゃれな青年の姿で、黒い顎ひげと口ひげをつけ、短い黒髪の上には新品の山高帽をかぶっていた。ポール・デュシャルムを探している人間は、そんな我輩には一瞥もくれなかっただろう。それにヴァルモンの友人でさえ、我輩だとはわからなかったにちがいあるまい。

我輩はのんびりとした様子でキー駅に隣接するグレート・イースタン・ホテルへと入っていき、受付でこの日ロンドンからジョン・ウィルキンズあてに旅行鞄が届いていないかと尋ねた。受付は「ございます」と答え、我輩はその晩ここに宿をとった。ロンドン行きの最終列車はすでに行ってしまっていたからだ。

翌朝、ジョン・ウィルキンズ氏は新品の高級な鞄を手に、八時五十七分発のリヴァプール・ストリート駅行きの列車に乗り込んだ。十時半には到着して辻馬車に乗り、サヴォイ・ホテルへと乗り付け、そこで鞄をクローク・ルームに預けると昼食をとった。ジョン・ウィルキンズは豪華なランチをサヴォイのカフェ・パリジャンでのんびりとすませると、支払いを終えた。しかし最初入ってきたゴム敷きの小路を通ってストランドへと戻ろうとはせず、ホテルのなかを通り抜けて階段を降り、テムズ河岸通りへと出た。そして右に曲がるとテムズ河岸通り側の入り口からホテル・セシルに入った。そこから長くて暗い廊下を行った。そのつきあたりでエレベーターのベルを鳴らして呼んだ。特に呼ばない限りこの上の階までしか通常はエレベーターは来ないのだ。この暗く人通りのない廊下で、ジョン・ウィルキンズは黒い顎ひげと口ひげを外して上着の内ポケットにしまった。エレベーターで上がっていき、数分後にはオフィス専用階へと着いた。そして我輩はようやく数日ぶりにウジェーヌ・ヴァルモン本人になることができたのだった。

その後我輩は自分のアパートまで辻馬車で戻るのではなく、ホテル・セシルのストランド側の正面のアーチの下を辻馬車に乗って潜り抜け、かつて国王陛下の安全のために働いてほしいと我輩に依頼してきたあの貴族の屋敷へと向かった。

尾行されているかどうかはっきりしてもいないのに、なんと念入りなことだと諸君は言うかもしれない。実を言うと、我輩は今日に至るまで誰かに監視されていたかどうか知らないし、またそうだったとしてもまったくかまいはしないのである。我輩は現在を生きているのであって、いったん過去になってしまったものにはなんの興味もないのだ。もっともあの前の晩のリヴァプール・ストリート駅からは誰も尾行していなかった可能性はかなりあるし、たぶんそうだろうと思っているのだが、しかしそういう用心を怠ったために十五年前、我輩の部下ブリッソンはイタリア人の刃を肩下に受けることになってしまったのだ。今この一瞬でも用心は怠らない。未来についても用心に用心を重ねている。そういう将来への配慮があったからこそ、我輩はその貴族の屋敷へと馬車を向かわせたのだ。これから挑戦する捜査で我輩が恐れていたのはフランス人アナーキストではなく、パリ警察なのだった。警察に行って我輩の目的を打ち明けてもまったく無益なことだというのは、フランスの官僚制度を知りすぎている我輩にしてみれば火を見るよりも明らかだった。もしあえて我輩が警視総監に、連中がパリで犯罪計画を立てているというロンドンで入手した情報を提供してみたところで、とんだ無礼な扱いを受けるにちがいなかった。たとえ我輩がウジェーヌ・ヴァルモンだと正体を明かしても、むしろなおさらひどい扱いを受けたことだろう。ヴァルモンの活躍はパリの伝説の一部となっていた。そしてそういう伝説は権力者にとっては、はなはだおもしろくないものだったのだ。我輩の活躍はしばしばパリの新聞紙面の文芸欄をにぎわした。もちろんそれは作家の想像力で誇張してあるものの、それでもなお我輩がフランス政府に奉職していたあいだの捜査をかなりきちんと描いてはいたのである。だから当然、現在の当局はウジェーヌ・ヴァルモンの名前を聞くとイライラしてしまうのだ。我輩にとってはそれは予想の範囲内だった。正直言って我輩の時代でも、ルコックの活躍の話を拝聴するときは疑わしげに肩をすくめていたものだった。

さて、あり得ないとは思うが万一フランス警察がこのアナーキストの計画を察知していて、さらに我輩がアナーキスト連中と秘密に連絡を取っており、しかもその相手が爆弾を使った暗殺を計画しているとあれば、我輩自身がフランス官憲に逮捕されてしまう危険があったのだ。そういうわけだから我輩は自分は祖国の平和安寧を破る者ではなく、法と秩序の側に立った人間であるという証明書が必要だったのだ。そこで国王訪問時に我輩に仕事を依頼した貴族に、そういう証明書を書いてもらおうと思ったのだ。その証明書はパリにある我輩の銀行に預けておいて、最後の切り札として使うつもりだった。過去に二度我輩はその貴族のために仕事をしていたのだから、彼は間違いなく言うとおりにしてくれるだろうと信じていた。

我輩がたらふく昼食をとっていなかったら、あの貴族への接し方もまた違ったものになっていたかもしれない。しかし昼食の席で一八七八年もののシャトー・デュ・テルトルという非常に美味なクラレットをボトル一本注文して、自分でテーブルで慎重にデカンタに移したおかげで、我輩は頭の先からつま先までご機嫌になり、たいていのことなら笑って許せる状態になっていたのだ。そしてなによりも我輩はフランス共和国の市民なのである。

例の貴族は、突然我輩がやってきたので腹を立てたようだが、それを口には出さずに、冷淡な態度で表していた。会見は非常に短かった。

「光栄なことに閣下からこれまで二回ご依頼をいただきましたが」と我輩が言いかけると、

「余が憶えている限りでは」と遮った。「三回目を依頼していないと思うが」

「ご依頼で来たのではなく、自分の意志で参ったのです、閣下。重要なお知らせがあるのです。閣下はフランスとイギリスの友好関係をより深めたいとお思いだと拝察しますが」

「君の判断は間違っておる。余はそのようなことはどうでもよい。余が心配しているのは国王陛下の安全のみなのだ」

この貴族の辛辣で無礼な言葉は、最高級のクラレットをもってしても我慢の限度を越えた。

「いいですかな、あなた」と我輩は怒りのあまり敬称も忘れた。「今日から二週間以内に自国民が何人も、アナーキストの爆弾で吹き飛ばされる危険があると言ったら、そう言ってはおれますまい。あなたの帝国の優秀な階級を代表する人々がこれから……」

「待ちたまえ」と閣下はうんざりしたように遮った。「そんなことは何回も新聞に記事になっておる。君の言うように優れた市民が吹き飛ばされたら、帝国は間違いなく打撃を受けることだろう。しかし余はそのようなことにはならないと思うし、そうした連中の命などまったく興味はない。君はそう確信しているようだが。トンプソン、客人を玄関まで案内しなさい。いいかね、今後君に用があるときにはこちらから呼ぶようにする」

「悪魔でも呼ぶがいい！」と我輩は、ワインのおかげもあって、怒ってわめいた。

「余の言わんとしていることを、君はまさに簡潔に表現しておるな」と彼は冷たく言い放った。

それ以来彼とは顔を合わせていない。

我輩は辻馬車に乗り今度こそ自分のアパートに戻り、たまたま会った受付に八つ当たりをした。とはいっても、イギリス人のなかのたった一人の行動のせいで全員を憎むには彼らは善良すぎており、我輩の怒りもそう長続きはしなかった。自分の部屋に戻ってきて、我輩は例の議員団のパリ派遣について新聞を隅から隅まで読んで知識を仕入れた。さらに必要な工作をするのに格好の相手がいないかどうか名簿をじっと見つめた。するとW・レイモンド・ホワイト氏の名前が目に飛び込んできた。我輩は椅子の背にもたれかかり、眉をしかめて記憶のなかを探った。我輩の記憶に間違いがなければ、十二、三年前にこの紳士のために仕事をしたはずだった。憶えている限りでは、彼はフランス、特にリヨンとその一帯を相手に大規模な貿易を行っているビジネスマンだった。彼の住所は新聞によればオールド・チェンジとあるので、我輩はただちに面会に行くことにした。もっとも前回会ったときのことはあまり憶えていないのだが、会えば彼がそのときの人物かどうかわかるだろうし、とにかく、名前を憶えているのだから敷居も低くなるというものである。我輩は証明書をホワイト氏から出してもらうことにした。彼が保証してくれれば、最初に面会した粗野な老貴族よりもずっと信用が増すというものである。なぜなら万一我輩がパリ警察ともめた場合、市の賓客が我輩を保証する手紙を書いていてくれれば、ただちに釈放されるだろうということは十分わかっていたからだ。

我輩は二輪辻馬車に乗り込んで、オールド・チェンジという細い通りへと向かった。そしてそこで馬車から降りた。運のいいことにホワイト氏が会社から出てくるところだった。一瞬遅れていれば、行き違いになるところだった。

「ホワイトさん」と我輩は声をかけた。「失礼ながら自己紹介させていただきたい」

ホワイト氏はにっこりと笑って、「自己紹介は不要です。お会いできて光栄です。パリ警察のヴァルモンさんでしょう？」

「元パリ警察です」と訂正した。

「もう警察はおやめになったのですか？」

「ロンドンに住んで十年以上になります」

「どうして教えてくださらなかったのです？　私とあなたの仲なのに水くさいじゃありませんか。さあ、会社に戻りましょうか、それともどこかカフェにでも？」

「よろしければ会社のほうへ、ホワイトさん。我輩はいささか重要な仕事の話があるのです」

彼は部屋に入ってドアを閉めると我輩に椅子を勧め、自分は机のそばの椅子に座った。最初から彼は我輩にフランス語で話してくれた。非常に美しいアクセントだったので、孤独な我輩の心はそれを聞いて癒されたのだった。

「もう六年前に一度あなたを訪ねていったことがあるんですよ」と彼は続けた。「ちょうど催し物があってパリに行ったので、ご一緒しようと思ったのですが、まだ政府にお勤めかどうかはっきりわからなかったもので」

「それがフランスの官僚主義というものです」と我輩は答えた。「我輩の行方を知っていたとしても、知識を独占して他人には教えないのです」

「十年もロンドンに住んでいらっしゃるなら、ヴァルモンさん、もうイギリス人だと言ってもいいかもしれませんね。実は来週またパリで催し物があるのですが、一緒に行っていただけませんか。我々があちらに行って一旗上げるというのはご存知かもしれませんが」

「ええ。パリに代表団が派遣されるという記事は読みました。実はその旅行に関連して我輩も一つお願いがあるのです」そして我輩はホワイト氏に、二国の友好関係を破壊しようというアナーキストの計画の詳細を話した。この経済人は邪魔をすることもなく最後までおとなしくじっと耳を傾けていたが、「パリ警察に通報するのは無駄ではありませんか?」と言った。

「そのとおりです、ホワイトさん。我輩が恐れているのはアナーキストよりもむしろパリ警察のほうなのです。連中は外部からの、とくに元警官からの情報を非常に嫌がります。自分たちが義務を果たしていないような気分にさせられるからです。もうどうにもならなくなるまで、なにも手を打たないでしょう。パリ警察がこの犯罪計画のことをうすうす気づいている可能性もないとは言えませんが、もしそうだとしても、その会議の前に連中は誤認逮捕をするのはまず間違いありません。我輩はパリへ、ウジェーヌ・ヴァルモンとしてではなく、アナーキストのポール・デュシャルムとして行きます。そういうわけで怪しいよそ者としていささか危険があるのですが、念のためにパリのどこかに証明書を隠しておいて、万一我輩を誤認逮捕したときにはそれを当局に見せたいと思うのです」

ホワイト氏は自分に向かって二週間以内には爆弾が投げつけられる予定だと聞かされてもまったく動じることなく、平然として数枚の書類を書いた。そしていつもどおりの顔をして我輩のほうを向き、確信に満ちた勝ち誇ったような声で言った。「ヴァルモンさん、あなたはまさに、言葉というものを理解しその正しい使い方を知っている国の人だ。さっきの事件の説明は非常にわかりやすい。こういう言葉の才能が、フランスを世界一の文学の国にしているのですね。この微妙な状況がはっきりとよくわかりました。英仏海峡のどちら側の当局からも、助けというよりは妨害を受ける可能性があるということですね。成功には秘密の保持が欠かせませんが、この計画を私以外に誰か話しましたか？」

「某貴族の方だけです」と我輩は答えた。「あの男を信用して大いに後悔しているところです」

「それなら心配はないでしょう」とホワイト氏はにっこり笑った。「その某貴族の方はいかに自分は偉いかということしか頭にありません。科学者によれば飽和溶液にはそれ以上ものを溶かし込むことはできないそうです。ですからあなたが話した内容も、その方の頭にはまったく残っていないでしょう。もうすっかり忘れてしまったはずです。今後は爆弾を投げる役目の男次第だということでよろしいんでしょうか？」

「そのとおりです。そやつは金に汚いかもしれず、また裏切り者かもしれず、さらには臆病者か、復讐心に燃えているか、それとも酔っ払いかもしれません。十分もそやつと話をすれば、弱点を見つけ出せます。その弱点を突いてやるのです。我輩の計画はまさにぎりぎりのときに実行に移さねばなりません。あまり早くに始末をしてしまうと、第二、第三の代わりの暗殺者が登場してしまうからです」

「そのとおりです。つまりその男と会わなくては計画は完成しないということですね」

「おっしゃるとおり」

「ではこうしましょう」とホワイト氏は言葉を続けた。「これは我々二人だけの秘密です。会議が始まる前にああだこうだ言ってもなにも始まりません。あなたにはなんのアドバイスも必要ないでしょうから、私は黒子に徹します。この困難な危機を食い止めるのに最適な人物に全面協力しましょう」

我輩は深々と頭を垂れた。彼の言葉にもまなざしにも賞賛の色が見て取れた。我輩はこれほど魅力的な人物には今まで会ったことがなかった。

「どうぞ」と彼は言いながら今書いたばかりの書類を渡してよこした。「これが手紙です。あなたをこれから三週間のあいだ私の代理人とし、あなたの行動すべてに私が責任を取る、と書いてあります。そして」と言いながら二枚目の紙を渡した。「これはパリにあるうちの銀行のラルジャン支配人への紹介状です。名の知れた人間で、官界でも財界でも非常に評価されている人物です。彼と顔つなぎをしておけば、昼でも夜でもあなたの連絡にすぐに応じてくれるでしょう。彼さえいれば当局とのたいていの揉めごとはすぐに解決するはずです。そしてさらに」と言いながら、三枚目の紙を手に取り、いささか躊躇しながら言葉を選んで慎重に言った。「これを無視するわけにはいかないのですが、金というのは魔法使いの杖のようなもので、まるで呪文を唱えたように山さえも動かしてしまうのです。

だから代表団のパレードを阻むアナーキストも排除できるかもしれません」

そして彼が我輩に手渡したのは、パリで引き出せる千ポンドの為替手形だった。

「いやいや、まさかそんな」と我輩は混乱しながら押し戻そうとした。「お金が欲しくてあなたのところにうかがったわけではありませんぞ。我輩を信頼してくださって、二通も信任状を書いていただいたことで、それも支配人あての手紙でもうすでに十分なのです。お国のみなさんはみな親切ですが、ホワイトさん、なかでもあなたほどの方はない。もうお金は結構ですから」

「ヴァルモンさん、あなたが我が国の国民をほめてくださって嬉しく思いますよ。実はこの金には二つの目的があるのです。第一にあなたの活動資金です。私もパリのことはよく知っています。金があったからって邪魔になる場所じゃありません。第二の目的は、ラルジャン氏にこの手紙を渡すときに、この金を彼の銀行に預けてほしいのです。この紹介状以外にも、私はあなたの口座に自分の預金から振り込みます。そうすれば彼の信頼も確かになるでしょう。ヴァルモンさん、本当にお礼を申し上げます。おかげで北駅から出ても、ちゃんと身の安全が確保できているとわかっているのだから、恐れることもありません」

そしてこの優れた人物は我輩と心を込めて握手した。オールド・チェンジからの帰路はまるで空を飛ぶかのような心地よさで、数時間前ウエスト・エンドで例の老貴族の屋敷を出たときとは天と地の差だった。

翌朝我輩はパリに到着し、その次の晩リュクサンブールから四分の一マイルも離れていない場所で開かれたアナーキストの秘密会議に参加した。そこに集まった多くとは顔見知りだったが、ロンドンの組織ほどの知り合いはいなかった。我輩がフーク・ファン・ホラント経由で来ると言っていたにもかかわらず、前の晩の会議に間に合うのではないかと連中は半ば期待していた。その場の全員に、我輩はイギリスから派遣されてきた仲間で、爆弾を投擲する同志をイギリスもしくは安全と思われる地点まで送り届ける役目だと紹介された。前日の我輩の行動についてはまったく質問は出なかったし、同志の逃亡計画についても説明を求められなかった。我輩が責任者だということで十分だった。万一不慮の過失で我輩が失敗しても、我々全員が負うべき不運でしかなかった。しかし裏切りのせいで失敗したのなら、すぐにでも背中にナイフが突き立てられることだろう。我々全員がこの残酷な掟を知っていたからこそ、なにも言わないほうが得策だとわかっていたのだ。

地下室の明かりは天上から下がっているたった一つのオイル・ランプの鈍い光だけだった。そこからは紐がぶら下がりその先には火消し器がついていて一瞬で明かりを消すことができた。そして正面の入り口を警察が封鎖しても、脱出用の抜け穴が三、四本掘られているので部屋のなかの人間はそこから逃げ出すことができた。

パリのアナーキストにお許しいただけるなら、我輩は謹んで申し上げるのだが、我輩がフランス政府に奉職していた当時、こうした地下通路の出口がどこにあるのかとか、いつ、どれほどの人数が集まって会議を開くのかということもすべて丸わかりであった。しかし我輩の目的はアナーキストの秘密を次から次へと暴いていくことではなかった。そんなことをしても単に集会場所が移動するだけであり、その場所や入り口を新たに探す手間が増えるだけである。我輩がパリのアナーキスト本部に手入れをかけたときは、いつも目的とする特定の人物を捕まえるためだった。我輩は私服刑事を各出口に配置しておいた。ネズミどもがこそこそと闇のなかへと逃げるのは見逃してやったが、必ず目的とする犯人からは目を離さず、ほぼ毎回そいつを隠れ家から尾行していって逮捕することができた。どの場合でも制服警官が隠れ家に踏み込む頃には、地下室は真っ暗で誰の姿も見つからなかった。しかし手入れのある晩には必ず一部のメンバーがパリのほかの隠れ家で秘密裏に逮捕されていたというわけだ。しかし、ほかの同志たちは連中はロシアへと出国したのだろうと、疑いを抱くものはなかったのである。

我輩から見ると、ロンドンのアナーキストのやり方のほうがずっと巧妙であり、前々からの意見ではイギリスの虚無主義者がこの類の連中のなかでは一番危険であると思われる。なにしろ冷静沈着で熱意だけで行動をしようとはしないので、ほとんど警察に逮捕されることがないのだ。ロンドンの当局が手入れをしてもなんの抵抗も受けはしない。そこにあるのは煌々と照らされた部屋で、程度の差はあるがみすぼらしい仲間たちが、安っぽい松材のテーブルを囲んでトランプをしている姿でしかなかった。現金などまったくなく、その場の全員を身体検査してもほんのちょっとの小銭ぐらいしか出てこないだろう。そういうわけで警察はその連中を賭博規制法で逮捕することもできないのだ。余談だが、賭博規制法で有罪にするというのはかなり難しい。なにしろ被告は国中から同情を集めるからだ。イギリスの習慣で我輩がいまだに奇異に思っているのは、賭博で逮捕された哀れな被告に対して、治安判事がなんのためらいもなく軽い罰金刑を言い渡すことができるということである。なにしろその次の競馬の日には（法廷が開かれていない限り）、治安判事本人がばっちり衣装を決めて、双眼鏡を腰に下げ、競馬場でお気に入りの競走馬に声援を送っているのはわかっているからだ。

パリのアナーキストの集会で我輩の紹介が終わったあとは、そのままおとなしくベンチに座っていつもの決まりきった話し合いが終わるのを待っていた。その後爆弾を投げつける役に選ばれた男に紹介されると思っていた。我輩は非常に敏感な人間なので、おとなしく座っていると誰かにじろじろと熱心に観察されていることに気が付いた。そのおかげでいささか居心地が悪くなった。そしてようやく反対側の薄暗い影のなかに、まるで虎のように我輩をじっと見つめる輝く両目を見つけた。我輩は気を取り直してこちらからも睨み返してやった。するとその男は同じように睨み返されたことを気に入ったかのように前かがみになって、光の輪のほうへ体が近付いた。

我輩はそれを見てショックを受けたが、ようやくのことで感情をあらわにせずにすんだ。そのやつれてげっそりとした顔は、アドルフ・シマール以外の誰でもなかった。彼は我輩がフランス秘密情報機関で働いた最後の年に二番目の助手だったのだ。彼は当時非常に優秀で見込みのある青年だった。もちろん我輩のことはよく知っている。すると、この変装を見破ったのだろうか？　そんなことはあり得ないはずだ。声も気が付くはずがない。なにしろこの部屋に入ってからは大きな声は一切出さず、議長へ向かってわずかにささやきかけただけだったからだ。シマールを見つけて我輩は当惑した。この時点で彼は秘密情報機関のかなり高い地位まで昇進しているはずだった。もし彼がスパイとして潜入捜査をしていたのなら、我輩の姿かたちを細部に至るまで記憶にとどめておこうとするのも当然だろう。なにしろ犯人の逃走は我輩の手にかかっているのだから。しかしスパイという任務を負っていたとしたら、どうしてあからさまにじろじろ睨みつけて、その場にいる全員の注目を引くようなまねをしたのだろうか？　我輩がヴァルモンであると彼が見破ったというのはまず考えられない。なにしろ我輩の変装は完璧すぎるほどであり、それに我輩がその場に素顔で参加していたとしても、我輩とシマールとはもう十年も会っておらず、そんな長い時間のあいだには人間の顔というものはかなりの変化を遂げるものなのだ。もっともホワイト氏は我輩の顔がわかったし、今夜も我輩はシマールの顔がわかったという心配はある。我輩はそれ以上後ろにベンチをずらすことはできなかった。もうすでに壁際ぎりぎりだったのだ。

シマールはこの部屋に二、三脚しかなかった椅子に腰掛けていたので、我輩とは逆にじりじりと椅子を前へとずらして前進し、さらによくこちらを観察することができた。その行動に我輩の周囲のほかの人間も気付きはじめていた。彼が前ににじり出たその姿を見て、彼の変装は衣装に関してだけは完璧だと認めざるを得なかった。まさにパリのやくざ者の見本のような姿であり、とどめに文明都市に今まで存在したなかでもっとも危険な暴力集団アパッシュ団の帽子をかぶっていたのである。無法者のアナーキストたちのなかでさえ、このアパッシュ団の会員である印をつけていれば、かなりの押しが利くことだろうと思った。散会する前に彼とは話をしておかねばならぬと我輩は感じ、どうしてそんなにじろじろこっちを見るのか、と訪ねて話の口火を切ろうと決心した。しかしだからといって我輩はあまり突っ込んだ話をするつもりも、彼が秘密情報機関に所属するというようなことをほのめかすつもりもなかった。だがそれでもなお、当局がこの計画を捜査しているというのなら、我々は捜査協力を行わなくてはいけないし、もしくは少なくとも我輩は彼らが秘密捜査を行っていることを了解せねばならず、さらに我輩の取るべき方法を相談せねばならなかった。シマールが素顔でここにいるというのは、外部の人間にはわからないかもしれないが、かなり重要な意味があったのだ。

スパイというものはできる限り素顔のままでいるほうが安全なのだ。付け顎ひげや付け口ひげやかつらといったものは、外れてしまう危険性があるからだ。前にも言ったように、アナーキストの集会は部屋中が疑心暗鬼で満ち満ちておる。かつてなんの罪もない新顔が、重苦しい雰囲気のなかで突然過激な同志たちに襲いかかられるという場面に遭遇したことがあった。その理由は彼が自分の口ひげをぴくりと動かしたのがまるで付けひげのように見えたから、というだけだった。だからシマールがやせこけた顎にひげを生やしぼさぼさの頭で参加していたということは、彼が非常に苦労を重ねて本部との渡りをつけたのだということを意味していた。そういうわけで我輩は彼自身から現在どういう状態なのかということを聞くまで、際どい駆け引きをしなければならないだろう。こうして我輩が複雑な状況に思いをめぐらせていると、突然、議長の行動のおかげで謎がとけ、しかしまた新たな謎が持ちあがったのだった。

「シマール同志、こちらに来てくれたまえ」と議長は言った。

我輩のかつての部下はこちらへ向けていた視線を外し、ゆっくりと椅子から立ちあがると、議長の机のところまで足を引きずりながら歩み寄った。

「デュシャルム同志」とその役員は私に向かって静かに言った。「シマール同志を紹介しよう。彼が例のパレードを殲滅したら、君が隠れ家を提供するのだ」

シマールは魚のようなぎょろりとした目を我輩に向け、狼のような歯を剝いてにやりと笑った。彼は立ちあがりかけた我輩に手を差し出し、握手をした。その握手は力のないもので、そのあいだじゅう我輩のことをじろじろ見続けていた。

「大した野郎にも見えないが、一体あんたは何者だ?」

「我輩はロンドンでフランス語の教師をしておる」

「ふむ!」とシマールはうなり声を上げた。我輩の見た目に好感を持っていないのは明らかだった。

「戦闘要員のはずがないと思ったが、そのとおりだったな。憲兵だったらこんな奴はいちころだ」と彼は議長に文句を言った。

「デュシャルム同志についてはイギリスの組織全体が保証している」と議長はきっぱりと言い切った。

「へっ、イギリス人がね! あんな連中なんて。そんなことは関係ねえ」と言い、肩をすくめて再び自分の席へと足を引きずりながら戻った。残された我輩はその場に突っ立ったまま途方に暮れていた。我輩の頭脳は目まぐるしく回転した。素顔をさらしたままここにいる理由もさっぱりわからないが、本名まで明かしているのは、まさにびっくり仰天だった。議長が言っていることはほとんど聞こえなかった。どうやらシマールが我輩を自分のアパートに連れていき、そこで計画について相談するとかいうことらしかった。

そして再びシマールは椅子から立ちあがり、議長にこれ以上なにも用がなければ、これで帰ると言った。そういうわけで我々は一緒に会議の場を離れた。我輩はこの同志を近くからじっくり観察した。彼は見るからにやる気まんまんで武者震いし、なにも言わずに我輩を一番近くのカフェへといざなった。そこで我々は歩道に出してある小さな鉄のテーブルを挟んで差し向かいに座った。

「給仕！」と彼は乱暴に叫んだ。「俺はアブサンを四杯だ。あんたはなんにする、デュシャルム？」

「コニャック入りのコーヒーでもいただこうかな」

「ハッ！」とシマールは叫んだ。「アブサンにしろよ」

そして彼は給仕がのろまだと悪態をついた。アブサンが運ばれてくると、彼は酒が半分入ったグラスをわしづかみにしてそのまま喉に流し込んだ。そんな飲み方は今まで一度も見たことはなかった。このニガヨモギの酒の二杯目のなかに、彼は水差しから勢いよく水を注ぎ込み、これもまた我輩は初めて見たのだが、さらに角砂糖を二つ入れた。三杯目のグラスには穴のあいた平らなスプーンをのせて、そのスプーンの橋の上に砂糖を盛りあげ、上手に水を上から垂らしてうまいこと酒のなかに混ぜ込んでいった。二杯目のグラスを空けると彼は穴あきスプーンを四番目のグラスの上に置き、この最後のグラスにゆっくりと水が滴り落ちているあいだに三杯目をすすっていた。

すると我輩の目の前で、透明なアブサンが一瞬にして真っ白に変化した。シマールは酒に酔ったおかげで、次第に十年前に我輩がよく知っていた彼に戻っていった。アブサンのおかげで野獣に成り果てた男が、今度はこの酒のおかげでかつての善良な人間に戻ることができたのである。彼の射るような目つきは人間らしい暖かいまなざしに変化していた。もうなにも訊かずとも我輩にはすべての謎は明らかになっていた。この男はスパイでもなんでもなく、正真正銘のアナーキストだったのだ。しかしそれ以上に彼は、アブサンに心身をやられた犠牲者だったのだ。我輩はこいつの中毒になった人間をたくさん見てきたが、これほどひどい依存症は見たことがなかった。彼は四杯目を空けて、話し出す前にさらに二杯注文した。

「ほら、俺たち二人の分だ」と彼は叫んで、やつれた顔に気取った笑みを浮かべた。「集会で俺の言ったことに気を悪くしちゃいないだろうな？」

「いや、まさか」と我輩は答えた。

「それならいい。いいか、俺は昔、秘密情報機関にいたんだ。もしあの頃の隊長がまだあそこにいたら、俺たちは冷たい牢獄に直行だったな。俺たちがウジェーヌ・ヴァルモンの裏をかくことなんかできやしない」

そういう正直な言葉を聞いて我輩は姿勢をただした。そして自分の首を絞めかねない、喜びの表情をただちに押し隠した。

「ウジェーヌ・ヴァルモンとは誰かね？」と我輩はさりげなく質問した。

五杯目のグラスをかきまぜながら、彼はもっともらしくうなずいた。

「十二年前にパリに住んでいたら、そんなことは訊かないだろうな。フランス政府の刑事局長だった奴だ。あんたや俺よりもずっとアナーキストやアパッシュ団のことをよく知っている。今夜あそこにうじゃうじゃいた連中の何百倍も賢い奴だ。ところが馬鹿な政府は、まあ、そりゃあどの政府も同じようなもんだが、奴を首にしやがった。俺は奴の部下だったから、道連れに首さ。奴のスタッフ全員を首にしやがったんだ。ヴァルモンは行方知れずだ。もし奴が見つかっていれば、俺もあんたと今晩こんなところに座ってやしない。でも奴も姿を消して正解だったよ。政府は奴の一派を徹底的に弾圧した。おかげで俺は飢え死に寸前になって、セーヌ川に身投げするところだった。時々そうしときゃよかったと思う。おい、給仕、アブサンをもう一杯だ。だんだん落ちぶれちまって、そしてここにいるってわけだ。今となっては落ちぶれてアブサンを飲んでいるほうが、リュクサンブールで酒なしでいるより楽になっちまった。あれから俺は何度も政府に復讐を企てたんだ。なにしろ俺は連中のやり方がわかっているから、なんども警察の裏をかいてやった。そのおかげでアナーキストからも一目置かれるようになったというわけさ。俺がどうやって組織に入ったかわかるかい？　俺は連中の合言葉をすべて知っているから、たった一人ぼろぼろの格好で、集会にまっすぐ歩いて入っていったんだよ。「『俺はアドルフ・シマール、フランス政府ウジェーヌ・ヴァルモン刑事局長の元第二助手だ』と言ったんだ。

「一瞬のうちに二十挺もの銃が俺に突き付けられたが、俺は笑い飛ばした。「『腹が減って死にそうだ』と叫んだんだよ。『なにか食べものをくれ。いやそれよりもなにか飲むものをくれ。その代わりにおまえらの逃げ道全部しゃべってやるぞ。議長の椅子をのけてみろ。そこには落とし戸があってブラン通りに通じているはずだ。警察の手の内をすっかり明かしてやろう』。「そのときから警察のスパイはセーヌ川周辺にはいなくなって、今や俺たちの天下だ。ヴァルモンだって、アナーキストの俺には手も足も出ないだろう」

おお、なんというぬぼれであろうか！　このならず者はヴァルモンにも限界があると公言しているのだ。たった三十分前にその本人と秘密の会議で握手したばかりだというのに！　もっとも我輩とその実績を憶えていてくれたので、このみじめな男に対してそう悪い気はしなかった。

さて、シマールにいつまでもこのカフェでアブサンを飲ませておくわけにはいかない。どうしたものだろうか。この毒酒のグラスを重ねるごとに、彼はかつての知能を取り戻しつつあった。しかしそれも峠を越えつつあった。彼の部屋の場所を教えてもらわなくてはまずかったのだが、もうこれ以上待ったらシマールは泥酔してわけがわからなくなってしまい、二人ともまとめて警察に逮捕されかねない状況になってしまった。我輩が説得しようとしても、彼はただ笑い飛ばすだけだった。次に強い調子で詰問したら、奴は我輩のことをイギリスから来た裏切り者だと言って、わめいたり呪ったりする始末だった。そしてようやく酒の力が勝って、シマールはがっくりと金属のテーブルの上につっぷし、紺色の帽子は床に落ちた。

我輩はどうしていいものやら途方に暮れてしまった。大都市は、ほんのちょっとでもそこを離れてしまったならば、もうそこでのやり方がさっぱりわからなくなってしまうものなのだ。我輩は給仕を呼んで質問した。

「我輩の連れはここの常連なのかね?」

「名前は知りませんが」と給仕は答えた。「このカフェでは何度も見かけていますよ。金のあるときはいつもこの調子ですよ」

「どこに住んでいるのかわかるかね? 連れていってくれると言っていたんだが。我輩はパリの人間じゃないものでね」

「大丈夫ですよ、旦那。落ち着いてください。俺に任せて」

こう言うと彼はカフェの前の歩道を横切ると通りに出て、低い特徴的な口笛を吹いた。

もうかなり遅い時間、というよりも早朝に近かったので、カフェにはもうほとんど客がいなかった。戻ってきた給仕に我輩は心配げにこうささやいた。

「警察を呼んだんじゃないだろうな?」

「まさか!」と彼は冷笑しながら叫んだ。「そんなわけないじゃないですか」

給仕は平然としてあいている席に座った。数分後、カフェへと向かって二人の非常に人相が悪く額の狭いごろつきが、辺りを睥睨しながら歩いてきた。二人ともシマールのとそっくりな紺色の帽子をかぶっていた。アパッシュ団は我輩が刑事局長だった頃からパリ中で幅を利かせていた。一時間ほど前にシマールは、ヴァルモンは連中のことをよく知っていたと言っていたが、それは間違いである。パリ警察の現在の警視総監やその前任者たちは、こういうより抜きの暗殺犯を相手にするのは非常に難しいことだと言っておったが、我輩にしてみれば法と秩序の側に立って連中と戦うのは望むところだった。とはいってもなかなかそうは上手くいかなかった。おかげで今でもアパッシュ団は発展しているというわけなのだ。

この二人のならず者は乱暴にシマールの帽子をあみだにぐいとかぶせると、両脇から抱えて立ちあがらせた。

「彼は我輩の友達なんだ」と口を挟んだ。「我輩を家に連れていってくれると言っていたんだが」

「わかった! ついて来い」と片方が言った。そして我輩はパリの朝の通りを、三人の殺人犯の後ろについて歩いていった。しかし日中にさんさんと太陽の照るなか大通りを歩くよりもずっと安全だということはわかっていた。真夜中に出てくる不審者に襲われる可能性も、警察に逮捕される危険もまったくなかった。行き会ったすべての警官はみな我々を避けて通ったり、道の反対側にそれたりした。我々は細い小路に入り、そしてさらに細い道へと入り、最後は中庭で行き止まりになっていた。高いビルに入ると五階まで階段を上っていった。ならず者の一人がドアを蹴り開けると、そこには鍵を掛ける価値もないほど貧しい住処があったのだった。ここで二人は人事不省のシマールを床に放り出し、さよならも言わずに我々を残して去っていった。アパッシュ団は仲間の面倒をみるのだ――彼らなりに。

我輩はマッチをすり、散らかり放題の机の上においてあるアブサンの空き瓶の口にさしてある蠟燭の燃え残りを見つけた。蠟燭に火をつけると、このめちゃくちゃなアパートを一瞥した。隅にはぼろ布の山があったが、これがシマールのベッドなのだろう。彼をそこまで引きずっていってやった。彼は眠りながらもその布に包まった。さらに椅子というよりもスツールを見つけた。背がなくなっていたからだ。テーブルを鍵のないドアの前に引っ張って行き、明かりを吹き消すと、スツールに座ったまま机につっぷして、夜明けまでの時間、ゆっくり眠った。

シマールの寝起きは最悪だった。彼はありとあらゆる悪口雑言を我輩に浴びせかけた。彼は自分をよく見せようとでもしたのか、今まで自分が寝ていたぼろ布の山をひっくり返し、丸い黒い物体を取り出して見せた。まるで小さな大砲の弾みたいなその物体こそが、シマールがひどく嫌悪し軽蔑しているイギリスの友人たちに向かって投げつける、ピクリン酸爆弾だというのだ。彼は座り直すとこの恐ろしい物体をもて遊びはじめた。もしこれを取り落としたら、我々二人は一巻の終わりだということは先刻承知だった。

このこれ見よがしの行動に、我輩は肩をすくめてまったくの無関心を装った。しかし我輩と一緒に来れば朝食とアブサンを一杯おごると言って、なんとかこの危険な遊戯をやめさせたのだった。

それからの数日間は、我が人生でももっとも気の休まらないときだった。ピクリン酸爆弾という、爆弾のなかでももっとも危険でいつ爆発するかわからない爆弾とともに暮らしたことなどなかったからだ。シマールはアブサンに溺れており、もうなすすべはなかった。彼を買収したり上手い言葉で丸め込んだり、なだめたりすかしたりすることはできなかった。実際一度だけ彼が酔っ払ってウジェーヌ・ヴァルモンが大好きだという話をしたことがあった。そのとき自分の正体を明かしてやろうという衝動にかられたのだが、ちょっと考えてみてこの方法はまったく役に立たないということがわかった。我輩が相手にするのはシマールただ一人なのではなく、六人以上の別人格だったのだ。つまりしらふシマール、半分しらふシマール、四分の一のしらふシマール、酔っ払いシマール、四分の一酔っ払いシマール、半分酔っ払いシマール、さらには泥酔シマールといったぐあいだ。どうみてもそのうちの一人のシマールと残りの六人のシマールが意見の一致をみるとは思えなかった。

唯一安全なシマールとは、酔いつぶれた人事不省シマールだけだった。我輩は例のパレードの日の朝に、シマールを酔いつぶしてしまおうと決心した。しかし我輩が到着してからすぐに開かれたアナーキストの集会で思いもよらぬ障害が持ちあがってしまい、おかげで我輩はじっくりとこの計画を練り直すはめになってしまった。アナーキスト・クラブの面々はシマールがアブサン中毒なのをよく知っていて、彼が計画実行の日に酔いつぶれる危険を心配したのだが、代役を探すにはもう時間が足りなかった。そこで一、二人の代役が爆弾を持ってパレードの沿道に待機して、シマールの失敗に備えることにしたのだ。これには我輩は懸命に反対し、シマールはちゃんと爆弾を投げられると保証した。彼らを説き伏せるのにはたいして苦労はいらなかった。なにしろ彼らの誰しもが、その代役に選ばれるのではないかとおびえていたからだ。もし選ばれたらそれはすなわち死刑を意味していた。我輩は爆弾はちゃんと投げられると保証した。それはつまり万一シマールが失敗したら我輩が投げるということだった。

これで当面の危険は去った。次にピクリン酸爆弾の大きさと重さを測定した。そしてさらに一流の花火師を探した。彼はその道の天才で、すばらしい花火をその手で作るのだった。パリで彼の作品を見たこともあるだろう。我輩はウジェーヌ・ヴァルモンとしてこの男にはかなり世話をしてやったことがあり、彼はそのことを忘れるような男ではなかった。アナーキストの恐怖にさらされていた頃、ある馬鹿な警察官に逮捕され終身刑でぶちこまれそうになったときに、我輩が助けてやったのだ。その頃はフランスもパリもパニックになっておびえており、誰かいけにえが欲しかったのだ。この悪気のない小柄な職人は、実際に材料を提供したりアドバイスしたりはしていたが、どんな馬鹿でも彼が犯罪を犯す気はまったくなかったというのはわかったはずである。彼は素人が花火を上げてみたいというので頼まれて教えてやっていたのだが、それは花火でも実は三人の人間の命を狙うための花火だったのだ。我輩は彼が絶体絶命のときに元気付けてやり、彼の無実の証拠を上司に提出したので、上司も嫌々ながら無罪を言い渡したのだった。彼に会ってこの爆弾の寸法と重さを伝えるつもりだったのだ。

「君、ウジェーヌ・ヴァルモンを憶えているかね？」

「忘れられるわけがないでしょう？」と彼が答えたので、我輩はうれしくなった。

「彼の使いで来たのだ。ぜひとも協力してもらいたい。今までの貸しを返してもらいたいのだ」

「いいでしょう、いいでしょう」と花火師は叫んだ。「アナーキストや爆弾作りと関係ないことなら、なんでもどうぞ」

「実はまさにその二つに関係しているのだ。アナーキストのテロを防止するために、偽の爆弾を作ってほしい」

これを聞いて小男はあとずさりし、真っ青になった。

「それはだめだ」と彼は抗議した。「偽物だろうと爆弾にはもうこりごりだ。だめ、だめ。それにウジェーヌ・ヴァルモンの使いだというのも確かめようがないじゃないか？　だめだよ、また罠にかかるわけにはいかないよ」

こう言われて、我輩はヴァルモンがいかに彼によくしてやったかをまくしたて、ヴァルモンが彼と親しく交わした会話の内容まで再現してやった。ところが彼はまったく動じることもなく、かたくなままだった。

「やらないと言っているんだ」と彼は言った。

我々は店の奥で二人きりだった。我輩はドアのほうへ歩いていき、かんぬきをかけた。一瞬の間をおいて振り返り、右手を芝居がかって伸ばしながら叫んだ。「見よ、ウジェーヌ・ヴァルモンその人だ！」

　我が友はびっくり仰天して壁までよろめいた。そして我輩は厳かな調子でこう言った。

「ウジェーヌ・ヴァルモンが、君に命を預けて変装を解いたのだ。君の命も我輩の手のなかにある。さあ、君、どうする？」

　彼は答えた。「ヴァルモンさん、あなたのおっしゃることならなんでもいたします。さっき断ったのは、今のフランスにはまた私が失敗したときに救ってくれるウジェーヌ・ヴァルモンがいないと思っていたからです」

　我輩は再び変装すると、ピクリン酸爆弾を無害な代用物にすり替えたいのだと言った。すると即座に彼は陶器の球だったら爆弾と同じ重さで、しかもそっくりの色に塗ることができると提案した。

「それでヴァルモンさん、この偽爆弾から煙が出るようにしますか？」

「もちろん」と我輩は言った。「君が詰め込めるだけの量を入れてくれたまえ」

「お安い御用です」と彼はまさしくフランス人芸術家の熱情を込めて叫んだ。「それからお友達のイギリス人をびっくりさせて、しかもフランスの我が同胞を喜ばせるちょっとしたいたずらをしかけてもかまいませんかね？」

「すべてみなお任せする。君の技術には全幅の信頼を置いておるからな」と我輩は言った。

　そして四日後には我輩は本物の爆弾と偽爆弾を誰にも気付かれずにすり替えて、ピクリン酸爆弾は橋の上からセーヌ川に捨てた。

　パレードの当日の朝、我輩はシマールをしゃんとさせるために数杯のアブサンを飲ませて、あらゆる政府への激しい怒りを掻き立てた。さもないと彼は爆弾を投げる勇気も決心も湧かず、いざというときに大失敗をしてしまいかねなかったのだ。我輩の唯一の心配は、彼がひとたび酒を飲みはじめたら止まらなくなるのではないかということだったが、我輩にとってはかなりの苦痛だったものの、ここ数日親しく付き合ってきたおかげで、かつてのように再び我輩の影響力を彼に行使することができるようになっていた。そして彼は無意識のうちに我輩の命令に服するようになっていたのだ。

パレードは全員が馬車に乗り、一台に四人ずつ、二人のイギリス人が後部座席に、二人のフランス人が前部座席に座った。大通りの両側には大勢の群衆が集まって、大声で歓声を上げていた。そのパレードの真ん中にシマールは爆弾を投げ込んだ。爆発は起こらなかった。投げ込まれた物体は、陶器の水差しを落としたときのように、単に砕け散っただけだった。そして非常に濃い白い煙が立ち上った。瞬間その周囲では歓声が止まり、彼らは「爆弾」という忌むべき言葉を、口々につぶやいた。混乱の真っ只中、爆弾を投げるところは誰も見ていなかったので、シマールが恐慌におそわれてあわててこの場から逃げ出してみなに気付かれることがないよう、我輩はシマールの手首をしっかりつかんだ。

「じっとしていろ、この馬鹿者！」と我輩が耳元でささやいたので、彼は身震いするのをやめた。

爆弾が落ちた地点のすぐ前にいた二頭の馬は、一瞬後ろ脚で立って逃げ出そうとしたが、御者がしっかりと制御して、手を高く上げたので、その後に続くパレードは一時停止をした。馬車に乗っていた人々は微動だにせず、一瞬のちに緊張は解けて大きな歓声が起こった。なにが起こったんだろうと我輩は、おびえた馬から立ち上る白い煙へと目をやると、どういうわけか煙が巨大な真っ白なユリの形になっていたのだ。器からフランス王家の紋章であるユリの形の煙が立ち上ると、次第にうっすら色付いていった。もちろんわずかでも風が吹いたら不可能なことだったのだが、そよ風さえもなく、歓声で起きる振動のみが、ここに不思議にも生えてきた巨大なユリをわずかに揺らしていた。平和の象徴であり、王家の紋章であるユリ！　どんな仕掛けだったのかは我輩に訊かないでいただきたい。我輩が教えてあげられるのはあの花火師の名前だけであり、なんにしろフランス人の行動というものは、必ず芸術的になるのである。

さて爆弾が投げられたと知ってもじっと座ったままだった冷静なイギリス人でさえ、この煙の芸術を見ようと馬車のなかで立ちあがり、歓声を上げて帽子を振った。ユリはしだいに細くなり、そして切れ切れの雲となって頭の上を漂っていった。

「もうここにはいられねえ」とシマールはガタガタ震えながらうめいた。彼の服と同じぐらい、神経もぼろぼろのようだった。「俺が殺した連中の幽霊がうようよしてるのが見えるんだよ」

「来い。でもあせるな」

シマールをロンドンに連れていくのは容易だった。しかしその道中はアブサン、アブサンの毎日だった。チャリング・クロス駅に到着したときには、もうろうとしている彼を辻馬車に乗せるのに手を貸さなくてはいけなかった。彼を直接インペリアル・フラットへ連れていき、我輩の部屋へと入れた。そして独房の扉を開き、中毒が解けるまでそのなかに放り込み、パンと水をしらふになったときに与えた。

その晩我輩はアナーキストの集会に参加し、フランスからの脱出について詳細に語った。

監視されていたのはわかっていたので、どんな瑣末なことも略さなかった。シマールは直接、同国人で自分の雇い主のウジェーヌ・ヴァルモンのアパートに連れていったと報告した。ヴァルモンは、シマールのためならなんでもするが、まずはシマールはアブサン中毒で体が弱りきっているので、その依存症を治すと言っていた、とも言った。

ピクリン酸爆弾の失敗について、その後数晩にわたって議論が行われたというのは奇妙なことだった。同志のなかにいた科学者は、爆弾を作ってから時間がたちすぎたのだと言った。化学反応が起こって威力が減じてしまったというのだ。一部の迷信深い連中は、奇跡が起こったのだと言って、それ以来組織を辞めてしまった。そしてさらに、この爆弾を作った男は、自分のやったことが怖くなってしまったようで、パレードの前日に姿を消し、二度とうわさを聞かなくなったのは好都合だった。アナーキストの多くは彼が偽爆弾を作り、法の裁きよりも連中の復讐を恐れて逃亡したのだと信じていた。

シマールはあの世に行っても煉獄の試練を受けることはないだろう。我輩は彼を自分の独房に一ヶ月ものあいだ、パンと水だけで閉じ込めておいた。最初彼はアブサンをよこせとわめいていたが、やがて屈服して乞い願い、泣き出さんばかりだった。その後ふさぎこみ、絶望のどん底にいたのだが、とうとう強い意志で克服することができた。ある日の真夜中に彼を独房から出して、ソーホーの部屋へ連れていった。彼をこのアパートから引き離して、どこに監禁されていたかわからなくするためだ。そうしているあいだずっと我輩はポール・デュシャルム老人の姿でいた。その翌朝、我輩はこう言った。「君はウジェーヌ・ヴァルモンのことを話していたが、彼はロンドンに住んでいるそうだ。訪ねてみたらどうかね。きっと面倒をみてくれるのではないかな」

シマールは大喜びをし、二時間後には我輩はウジェーヌ・ヴァルモンとして彼をアパートに迎え入れたのだった。そしてその場で彼を助手として雇い入れたのだ。そのときから、語学教師のポール・デュシャルムはこの世から姿を消し、シマールは二つの「ア」、つまり「アナーキズム」と「アブサン」から手を切ったのだった。

銀のスプーンの手がかり

The Clue of the Silver Spoons

その名刺を見たときに、我輩はいささか懸念を抱いたのだった。なぜならそこには商売の臭いがしていたのだ。そんな事件は結構な金にはなるが、我輩ことウジェーヌ・ヴァルモンは、かつてフランス政府の高官でもあった身である。そういう事件とは一線を画しておきたかった。こういう連中は大体下劣な商売に手を出しており、そんなものは国家の命運を決すような外交上の微妙な問題を扱う人間にとっては、なんの興味もそそられないものなのである。

ベンサム・ギブズという名前は、盛んに宣伝を打っているピクルスのおかげで誰でも知っている。派手ばでしい真っ赤と緑の広告はイギリス中で目立っていて、その美的感覚に首をかしげたものだった。この我輩があんなものなど食べるわけがない！　ロンドンにあるフランス料理店で出されることはなかろう。しかしあの広告が目の毒になるのと同じぐらいのひどい味であると、我輩は信じて疑わない。もしかしてこの巨大ピクルス製造会社が、連中がソースだのチャツネだのなんだのと称している製品のレシピを盗んだ泥棒を探してほしいと我輩に依頼するなら、今や好みの事件のみを選んで引き受けられる立場になっている我輩ゆえ、そんなピクルス事件などなんの興味もないと言ってやるところだった。「類似品にご注意。ベンサム・ギブズのサインがない製品は本物ではありません」とその広告には書いてあった。うむ、それなら我輩がピクルスやその偽造犯を追いかける必要もあるまい。そうだ、偽小切手か！　そうかもしれない。しかしギブズ氏のサインはピクルスの瓶に印刷してしまってあるのだから、我輩の捜査対象外だ。それはともかく、仕方なく我輩はアルマンに命じた。

「お客様をお通ししなさい」と聞いた彼は指示に従った。

予想外なことに、入ってきたのは青年だった。彼が身に着けているきちんとした黒いフロックコート、非の打ち所のないベストとズボンは見るからにボンド街の仕立て屋の手によるものだった。彼が口を開くと、その話し振りは紳士そのものだった。

「ヴァルモンさんでいらっしゃいますか？」と彼は尋ねた。

「そのとおりであります」と我輩は答えて一礼し、手を振ってアルマンに椅子を勧めさせてから下がらせた。

「私はテンプル法学院に事務所を構えている弁護士です」とギブズ氏は言った。「ここ数日間トラブルに巻き込まれていまして、ご相談にうかがった次第です。ご高名は信頼する友人からうかがっております」

「我輩の知り合いでしょうか」と尋ねた。

「そうではないと思います」とギブズ氏は答えた。「彼も私と同じビルで開業している弁護士でライオネル・ダクレといいます」

「存じあげませんな」

「そうだろうと思っていました。ともかく、あなたは絶対に秘密を守れる男だと彼は推薦していました。そして事件を引き受けていただいたら、なにが起きても絶対に秘密を守っていただきたいのです」

我輩は一礼して一言も異議を挟まなかった。秘密を守るのは我輩にとって当然のことである。

このイギリス人は、我輩が熱烈な言葉で約束するのを待つかのようにしばらく口をつぐんでいたが、我輩が黙ったままでも落胆の色も見せずにさらに続けた。

「二十三日の晩のことです。私は友人を六人自室に招いてささやかな夕食会を開きました。私の知っている限りでは、全員申し分のない紳士だと言えるでしょう。その夕食会の晩、私は思いがけずとあるレセプションで時間をとられて、さらにテンプルへ帰る途中でもピカデリーで交通渋滞に巻き込まれて遅れてしまったので、自分の部屋に帰って着替えをしたらすぐに客を迎えなくてはいけませんでした。従僕のジョンソンは支度部屋にすべてきちんとそろえておいてくれたので、私は歩きながらそのとき着ていた上着を脱いで、食堂の椅子の背にかけたままにしてしまいました。ジョンソンも私もそれに気付かず、夕食会が終わってみながワインを片手にわいわいやっているときになって、ようやく私が思い出したのです。

「上着には内ポケットがついています。普通私が昼間のレセプションで着るフロックコートには内ポケットはついていないのですが、この日は一日中忙しかったのです。

「私の父はある製造業を営んでおりまして、名前をご存知かもしれません。私もその会社の役員会に名を連ねております。このとき私は辻馬車で、シティから先ほど申しましたレセプション会場まで乗っていったので、自宅に帰って着替えをしませんでした。もっともこのレセプションは自由な集まりでして、非常に楽しく、あまり洋服にはこだわらない催しでしたので、私は仕事をしていたままの服で出席しました。この上着の内ポケットに包みを入れたままだったのです。二枚の厚紙のあいだに縦に折った五枚の英国銀行の二十ポンドの手形を挟んで、ゴムバンドで留めてありました。私は上着を椅子の背にかけておきましたので、内ポケットはまる見えで、手形も少し見えていました。

「コーヒーと葉巻を楽しんでいたら、客の一人が笑いながら、金を見せびらかすなんて成金趣味だぞ、と言って教えてくれたので、ジョンソンは上着を出したままにしてしまったミスにうろたえて、応接間へと持って行きました。そこも客でいっぱいでした。ジョンソンが洋服ダンスにしまってしかるべきだったのですが、後になって言うには、私に成金趣味だと言った客の上着だと誤解したというのです。私が上着を食堂の隅の椅子にかけたときはジョンソンは私の支度部屋で着替えの用意をしてくれており、さらに次から次へと客がやってきたのですから、彼が上着に気が付かなかったのも無理はありません。気が付いていればすぐにしまっていたはずですから。客が全員帰った後、ジョンソンがやってきて上着が残っていると報告してきました。ところが包みはなくなっていて、その晩以来どこへ行ったかわからないのです」

「料理は外から取り寄せたのですかな？」

「はい」

「何人の給仕がおりましたか？」

「二人です。似たような会で何度も来たことがある男たちです。しかし彼らはあの上着の話が出る前に帰りました」

「どちらも応接間には入っていないのですな？」

「入っていません。給仕の二人はまったく疑う余地はありません」

「あなたの従僕のジョンソンは？」

「もう何年も雇っている男です。もし盗もうと思えば百ポンド以上の金だって簡単に盗めるはずです。でも一ペニーたりとも盗んだことはありません」

「客の名前を教えていただけますかな、ギブズさん」

「スターン子爵が私から見て右側に座り、私の左側にはテンプルメア卿でした。サー・ジョン・サンクレアがテンプルメア卿の隣で、アンガス・マッケラーがサンクレアの隣です。スターン子爵の隣がライオネル・ダクレで、彼の右側がヴィンセント・イネスでした」

　我輩は紙に客の名前を書き、その席順も記した。

「どなたがあなたの手形について言及したのですかな」

「ライオネル・ダクレでした」

「応接間には外が見える窓はありますか？」

「二つあります」

「夕食会のときはきちんと閉めてありましたか？」

「よくわかりません。ジョンソンならわかると思いますが。我々がワインを飲みながら騒いでいるあいだに、応接間の窓から泥棒が忍び込んできたのではないかとおっしゃりたいのでしょうか。その可能性は低いと思います。私の部屋は四階ですし、何人もの人間が騒いでいるのに、わざわざ泥棒も忍び込もうとは思わないでしょう。それに、上着がそこにあったのは一時間かそこらです。誰が盗んだにしろ、金がそこにあったと知っている人間が犯人であるとしか思えないのです」

「それはもっともですな」と我輩も認めざるを得なかった。「盗難があったことを誰かに話しましたか?」

「あなたを推薦したダクレにまず話しました。ああ、そうだ、もちろんジョンソンもです」

この一連の会話のなかでダクレの名前が出てきたのは、これで四度目か五度目だったことに我輩はすぐ気付いた。

「ダクレ氏とはどんな方でしょうか?」と我輩は尋ねた。

「ええと、そうですね、彼は同じビルの一階に部屋を借りています。とてもいい奴で、親友なんです。彼が手形のことを注意してくれたので、これからどうしたらいいのかもわかるかもしれないと思ったのです」

「盗難のことを聞いて彼はどんな様子でしたか?」

「事実にだけ注目していただきたいのですが、一見まったく動揺していないようでした。だからといって彼を誤解しないでください。ライオネル・ダクレは平気で嘘をつくような男ではないのです」

「彼は泥棒の話を聞いても全然驚かなかったのですか?」

ベンサム・ギブズは答える前に一瞬詰まり、考え深げに眉をひそめた。

「おかしいと思わなかったのですか、ギブズさん？」

「なにしろ私は動揺しているので、よくわかりません。しかしダクレを疑うなんて、馬鹿げています。あの男がどういう人間だか知っていたら、私の言うこともわかっていただけるのに。彼は名門の出身で……ああ！　とにかく彼はライオネル・ダクレなのですから、疑うなんて本当にとんでもないことです」

「部屋の隅々まで探したと存じますが、その包みは出てこなかったのですな。どこか見落としているなんてことは？」

「あり得ません。ジョンソンと私自身で隅から隅まで探しました」

「手形の番号は控えてありますかな？」

「はい。翌朝銀行から教えてもらいました。手形の支払いは中止されましたが、まだその五枚のうち一枚も発見されていません。もちろん、一、二枚はどこかの店で換金された可能性はありますが、一枚も銀行には持ち込まれていません」

「二十ポンド手形を受け取ったときには念入りに調べますから、犯人は処理にかなり苦労するはずですな」

「先ほども申しましたように、私は金銭的な被害はどうでもいいのです。この事件のせいで疑心暗鬼になって不愉快なのです。お金を気にしていないという証拠に、もしこの事件に興味を抱いて引き受けてくださったならば、被害額よりも多い額の報酬をお支払いしましょう」

　ギブズ氏はこう言って立ちあがった。我輩もそれに続いて玄関まで行き、この謎を解くために最善を尽くすと言った。彼の出自がピクルスだろうとなんだろうと、彼本人は洗練されて気前のいい紳士だということがわかった。我輩のような専門家の価値を正当に評価してくれているのだ。

その後数日間の捜査については、くだくだしく書き記すのはやめておこう。その大体のところは、このあとに記す尋問のなかでわかるはずである。とりあえずは問題の部屋の捜査とジョンソンへの詳しい尋問の結果に我輩は満足し、彼と二人の給仕は無実であるということがわかったとだけは書いておこう。また泥棒が窓から侵入したのでもなかった。最終的に我輩が至った結論とは、客のうちの誰かが手形を盗んだということだった。さらなる捜査の結果、我輩はこの泥棒はライオネル・ダクレ以外あり得ないという結論に達した。彼は現場にいた六人のうち唯一金に困っていたのだ。我輩はダクレを尾行させ、さらに彼の留守中に従僕のホッパーと知り合いになった。粗野で無愛想な男で、我輩が差し出したソヴリン金貨をひったくった代わりに提供した情報はろくなものがなかった。我輩が彼と裏道で話をしていると、ちょうどそこにシャンパンの巨大なケースが届いた。それは市場に出回っているうちで一番有名なメーカーのしかも七八年というヴィンテージものだったのだ。キャメロ・フレールの製品は、イギリスのビールのように気軽に買える代物ではないことは我輩も承知している。それにたった二週間前にはライオネル・ダクレ氏は素寒貧で途方に暮れていたということも知っていた。依頼人の来ない弁護士だということはあいかわらずなのだ。

彼の従僕ホッパーにあまり実りのない事情聴取を行った翌日の朝、我輩は次のように書かれている優美な葉書を受け取って仰天した。

ヴェルム・ビルディング三および四号室
インナー・テンプル法学院、東中央区
私ライオネル・ダクレはウジェーヌ・ヴァルモン氏にご挨拶申し上げたいと存じます。ヴァルモン氏のご都合がよろしければ翌日午前十一時に自宅までご訪問いただければ幸いです。

この青年は自分が尾行されていたり、従僕が事情聴取されていたことに気が付いたのだろうか？それもすぐにわかることだ。我輩は翌朝十一時ちょうどに訪問した。出迎えたのは優雅で上品なダクレ氏本人だった。陰気なホッパーはどこかに使いに出されているようだった。

「ヴァルモンさん、お会いできて光栄です」とこの青年は、今までイギリス人では見たこともないような大げさな調子で話しはじめた。もっとも彼の次の言葉で説明はついたのだが、今考えてもややうさんくさい話だった。「我々は同国人なのですから、こんな早い時間でも、あのすばらしい一八七八年に美しきフランスが生んだこの一瓶を、繁栄と名誉を祝してともに楽しんでもよろしいでしょう。いつ乾杯しても神も喜ぶでしょうから」と言い、驚いたことに二日前に箱が運び込まれるのを目撃した、あのすばらしキャメロ・フレール七八年物を一瓶、箱から出してきたのだった。

「さて」と我輩は独り言を言った。「この神の授けたもうた美酒の香りのなかで頭をはっきりさせておくのは難事だぞ。かといってこの誘惑には抗しがたい。せいぜい慎重に飲むことにしよう。彼が問の抜けた人物ならよいのだが」

　慎重にならねばならぬ。彼は人好きのする性格であることはすでに見たとおりだし、ベンサム・ギブズ氏との友情もよくわかっていた。しかし我輩の目の前には罠が用意されていた。彼はシャンパンと礼儀正しさを駆使して、我輩が約束してはならぬことを約束させようとしていたのだ。

「あなたはフランスと縁があるとおっしゃっていましたが、イギリスでも最古の家系の出身だとうかがいましたが？」

「ああ、イギリスよ！」と彼は叫んで、まさにパリっ子のような大げさな身振りをして見せた。「幹はイギリスですが、根は、そう！　根はね、ヴァルモンさん、土をつらぬきこの神の美酒を吸いあげている根は」

　と言って、彼は我輩のグラスに、そして自分のグラスに酒を注いで叫んだ。

「フランスなのです。しかし我が一族は一〇六六年にかの地を離れてしまったのです！」

　彼の熱のこもった言いように、我輩は思わず笑ってしまった。

「一〇六六年！　ウィリアム征服王とともに！　ずいぶん昔の話ですな、ダクレさん」

「年月だけを数えればそうかもしれませんが、心のなかではほんの一日しかたっていません。我がご先祖は盗みを働きにやってきたのです。ああ、神よ！　連中は本当に手だれでした。ご先祖は国ごと全部盗み取ったのです。泥棒王子の旗の下、そう、あなた方がいみじくも征服王と名付けたあの男に従ってね。我らは心の奥底では、あの偉大なる略奪者を敬っているのです。まあ偉大と言うのがおかしければ、腕利きとでも言いましょうか。自分の足跡を完璧に隠したので、正義という名の猟犬も、その跡を追いかけられなかったのですよ。ヴァルモンさん、あなたはフランスでしか見つけられない度量の広い方だと思います。ですから巧みに仕事をやり遂げた泥棒なら捕まえたくないと迷うことはあるんじゃないですか」

「残念ですが、ダクレさん、我輩のふところを過大評価しすぎであります。犯罪者は社会の敵です」

「まさしくそのとおり。おっしゃるとおりですよ、ヴァルモンさん。でも、あなたの心の琴線に触れる事件もあったでしょう。たとえば、ある平凡な正直者の男が、どうしても金が必要になった。すると突然目の前に絶好の機会が訪れた。余るほど金を持っている相手からちょっといただく。盗られたほうはなんの痛痒も感じない。さあどうします、ヴァルモンさん？　この男を一瞬の弱さのために地獄に落としますか？」

　彼の言葉に我輩は驚いた。今まさに罪の告白を耳にしたのだろうか？　そう聞こえたのだが。

「ダクレさん、我輩はあなたのはっきりしないお話にはついていけませんな。我輩の仕事は犯人を見つけることなのです」

「またまたおっしゃるとおりですね、ヴァルモンさん。フランス人の肩の上にそれほど分別のある頭が乗っていることに、僕は感動を覚えますよ。もっともあなたは、こう言ってよろしければ、僕よりも後にこちらにいらしたのに、すでにイギリスの偉人のようなことをおっしゃる。まあいいでしょう。犯人を捕まえるのが、あなたの務めだ。僕もお手伝いしますよ。だからこそ今朝ここにおいでいただいたんですから。さあもう一杯どうぞ、ヴァルモンさん」

「いや、もう結構です、ダクレさん」

「おやおや？　もてなしを受けるのは泥棒同様の罪とでもいうのですか？」

この言葉を聞いて我輩は思わずびっくりした。顔にも出ていたことだろう。

しかしこの青年はくったくもなく笑って済ませた。自分のグラスに少し酒を注ぎ、ぐいと飲んだ。

なんと言っていいものやらわからなかったが、とにかく会話の方向を変えた。

「ギブズさんは、あなたが我輩のことを推薦してくれたとおっしゃいました。どこで我輩のことを耳にされたのです？」

「ハハッ！　かの有名なヴァルモン氏を知らない者などいましょうか」と彼がこういうのを聞いて、我輩は初めて彼は我輩のことを、イギリス的に「からかっている」のではないかと疑いはじめた。こんな仕打ちを我輩はがまんできるはずがない。もしこの紳士がこのような無礼を我が祖国に対して働いたら、その時点で決闘を申し込んでいたところだった。しかし次の瞬間彼の声にまた元通りの心地よい響きが戻り、なにか美しいメロディであるかのように、我輩は耳を傾けた。

「従姉妹のレディ・グラディス・ダクレの名前を申し上げれば、あなたのことを友人に推薦した理由もおわかりでしょう。レディ・グラディスの事件はご存知のように、このイギリスではあまり例を見ないかなり微妙な問題でしたので、我々のような外来人の才能が必要でしたね」

我輩のグラスがまた満たされたので、彼の気遣いに一礼し、もう一杯このおいしい酒を味わった。

我輩はため息をついた。これでますます仕事とはいえ、この男に金を盗んだのではないかと言いにくくなってしまった。このあいだずっと彼は机の端に腰を掛けていたが、我輩はそのとなりの椅子に座っていた。彼はそこに無造作に座り、足をぶらぶらさせていた。すると床に飛び降りて椅子に座りなおし、テーブルの上に一枚の白紙を置いた。そして炉棚から手紙の束を取り出した。それらは二枚の厚紙で挟みゴムバンドをかけてあり、例の盗まれた手形そっくりだったので、我輩はびっくりした。まったく気にする風もなく、彼はゴムバンドを外して放り投げ、厚紙を我輩の前のテーブルの上に置き、手紙だけが手に残った。

「さてヴァルモンさん」と彼は暢気そうに言った。「我が友ベンサム・ギブズの事件をもう何日も捜査されていますね。彼は僕の大親友なんですよ」

「彼も同じことを言っていましたよ、ダクレさん」

「それはうれしいですね。捜査の結果、どういう結論に至ったのかお聞かせ願えませんか？」

「結論というよりも方向性と言ったほうがよろしいでしょうか」

「なるほど、ある人物を指し示しているというわけですね？」

「そのとおり」

「それは誰です？」

「現時点ではその質問はお許し願えますかな？」

「つまりまだよくわからない、と」

「そうかもしれません、ダクレさん。我輩はギブズ氏に雇われておりますので彼の許しなしでは捜査の結果を発表するわけにはいかんのです」

「しかしベンサム・ギブズと僕とはこの事件では一心同体と言っていいですよ。あなた以外に彼が事件を打ち明けたのは、僕だけだというのはご存知ですよね」

「もちろんですとも、ダクレさん。しかし我輩の立場もご考慮いただけますかな」

「それはそのとおりです。これ以上の追及はやめておきましょう。しかし僕もこの事件を素人なりに調べてみました。僕の推理があなたの推理と合っているかどうかぐらいは教えてくれてもかまわないでしょう」

「よろしいですよ。あなたの結論をぜひ聞かせていただきたいですな。誰か容疑者はいるのですかな？」

「もちろん」

「名指しなさいますかな？」

「いえ、あなたのまねをしてここは名誉ある沈黙を保つことにします。さて、この謎に冷静に感情を交えず挑戦してみましょう。あなたはすでに問題の部屋は調べられましたね。これがその見取り図です。ここにテーブルがあります。この隅に椅子が置いてあり、そこに上着がかかっていました。ギブズはここ、テーブルの上座に座っていました。左側の連中は問題の椅子には背を向けていました。僕は右側の中央に座っていて、問題の椅子も上着も手形も見えました。だから注意したんです。さて我々の最初の仕事は動機を探すことです。もしこれが殺人だったら、憎悪、復讐、強盗などなどいろいろな動機があります。でも今回は単なる窃盗事件ですから、犯人は生まれながらの泥棒か、それとも金にとても困った末にやむなく犯行に走った善良な人間のどちらかにちがいありません。ここまではよろしいですか、ヴァルモンさん？」

「完璧です。まさに我輩の考えていたとおりです」

「ありがとうございます。ギブズの客人のなかに生まれながらの泥棒がいるとは思えません。ですから金に困っている人間を探すことになります。一文無しなのに期日までに支払うかなりの金が必要な人物です。一座の人間のなかにそんな男がいれば、彼が疑わしいとは思いませんか？」

「そのとおり」

「それでは消去法でいきましょう。まずスターン子爵は除外です。二万エーカーの土地を所有する地主という幸運の持ち主で、その収入は神のみぞ知るといったところです。またテンプルメア卿も除外しましょう。なにしろ王立裁判所の判事なのですから、容疑の対象外です。次はサー・ジョン・サンクレアですが、彼も金持ちです。ヴィンセント・イネスはさらに裕福ですから、二人の名前も消しましょう。さて次なるはアンガス・マッケラーです。作家ですが、ご存知のように著作からかなりの収入があり、戯曲からはさらに高い報酬を得ています。この抜け目のないスコットランド人も容疑者リストから消して忘れましょう。僕の消去法はあなたと一致していますか、ヴァルモンさん？」

「しっかり一致しておりますよ、ダクレさん」

「それはうれしいですね。最後に残された一人がライオネル・ダクレ氏、先ほども申し上げたように泥棒の子孫であります」

「そんなことはありませんよ、ダクレさん」

「ハハッ！　ヴァルモンさん、フランス流に礼儀正しくすれば、そう言わざるをえないでしょうね。しかし惑わされないで、どんな結論が出ようとも捜査を続けましょう。僕はライオネル・ダクレを疑っています。あなたは二十三日の夕食会以前の彼の状況をご存知ですか？」

我輩がなにも答えなかったので、彼はまるで少年のような顔に勝利の笑顔を浮かべた。

「状況をご存じない？」と彼は尋ねた。

「残念ですが耳にしております。ライオネル・ダクレ氏はあの夕食会の晩、一文無しでした」

「いいえ、無一文はおおげさですよ、ヴァルモンさん」とダクレは哀れっぽい身振りをしながら大きな声で言った。「ポケットのなかには六ペンス銅貨が一枚と、二枚の一ペニー銅貨、そして半ペニー銅貨が一枚入っていました。彼が一文無しだと、どうしてわかったんですか？」

「キャメロ・フレールのロンドン代理店からシャンパン一ケースを注文したところ、即金で支払わなくては売れないと拒否されたことがわかっておるのです」

「まさにそのとおり。そしてホッパーと話しているときに、そのシャンパンの箱が配達されるのをご覧になったんですな。すばらしい！　実にすばらしい、ヴァルモンさん！　しかし考えてもごらんなさい、今我々が味わっているような美味い酒をご馳走する男が、それを手に入れるためだけに、盗みを働いたりするでしょうか？　それに……ああ、これは失礼、お注ぎしましょう、ヴァルモンさん」

「いや、もう結構です、遠慮しておきます、ダクレさん」

「ああ、そうですか。シャンパンはシャンパン、捜査は捜査ですからね。まあ、このボトル限りにしておきますか。さらにほかには証拠は見つけられましたか？」

「ダクレ氏は破産の危機に瀕しておりました。二十四日に、長期間滞っている七十八ポンドの請求を支払うことができませんでした。ところがその金が二十四日ではなく二十六日に支払われたという証拠を持っております。ダクレ氏は事務弁護士の元に行って、支払いを二十六日にするからそれまで二

日間の猶予が欲しいと言っていました

「ああ、そう、法律では三日間までの猶予が彼に認められていました」からね。さあ、ヴァルモンさん、あなたは核心を突いてきました。破産を恐れて、ダクレはどんな犯罪にでも手を染めかねない状況でした。弁護士が破産するなど破滅を意味します。もうキャリアの終わりです。これで生きた屍《しかばね》となり、再起のチャンスはほとんどありません。シャンパンの件など問題にはなりません。これで僕はもう破滅ですね。もう一杯飲んでもかまいませんか？　いかがです、あなたも？」

「いいえ、今は結構です、ダクレさん」

「あなたの自制心がうらやましい。これで我々の捜査は成功しましたね、ヴァルモンさん」

我輩は、シャンパンを飲みながらニコニコ笑っているこの陽気な青年を、気の毒に思った。

「さて、ムッシュ」と彼は続けた。「僕はあなたの捜査にとても感銘を受けました。本当ですよ。商人も弁護士も、本当はもっと口が堅くなければいけないはずなのに、ぺらぺらしゃべってしまうのですからね。しかしそれでも、僕の肘のところに置いてある手紙をお読みになったらきっとびっくりされると思いますよ。単なる手紙と領収書なんですがね。これが事務弁護士から破産の危険を知らせてきた手紙です。これが二十六日付の領収書。これがワイン商からの断りの手紙。そしてこれが支払いの領収書。そのほかにもこまごました領収書があります。鉛筆がありますから全部足してみましょう。一番大きい負債が七十八ポンド、これが大部分ですね。さらに小額のものを足していくと、合計で九十三ポンド七シリング四ペンスになります。さて僕の財布を調べてみますか。ここに五ポンド札があります。そしてソヴリン金貨一枚。それから銀貨で十二シリングと六ペンス、さらに銅貨で二ペンス。

これで財布も空になりました。銀貨と銅貨を紙幣と合計しましょう。これはびっくり、百ポンドちょうどじゃないですか？　あなたの探している金とぴったり同じだ」

「失礼ですがダクレさん」と我輩は言った。「ソヴリン金貨が一枚、マントルピースの上にあるようですが」

ダクレは振り返って、今までの短い面会からはとうてい想像もできないような元気のいい笑い声を上げた。

「おやまあ」と彼は大声で言った。「これは一本取られた。マントルピースの上にあの硬貨を置いておいたのをすっかり忘れていました。あれはあなたのです」

「我輩の？　まさか！」

「そうなんです。だから合計百ポンドの計算が合わないことはないんです。あれは僕の従僕のホッパーに、あなたがくれた金ですよ。僕が進退窮まっているのを知っていたから、受け取った後に、僕に恥ずかしそうにぜひ使ってくれと渡してくれたんです。ホッパーは家族の一員、いや家族こそホッパーだと言ってもいいでしょう。どっちがどっちだと言えません。パリの従僕の慇懃な態度と比べたので誤解されたのでしょうが、彼はあなたがくれた金貨同様、正真正銘の本物の男なんです。だから正直に僕に渡してくれました。さて、ヴァルモンさん、これが窃盗の証拠である、ゴムバンドと二枚の厚紙です。ギブズに見せてごらんなさい。すぐにわかります。すべてはあなたの思し召しのとおりです。召使に訊くよりも、主人に尋ねたほうがずっと簡単だったでしょう。どんなに金を積んでもホッパーからはこんな不利な証拠となる書類は出てはきませんよ。彼は一時間前にウエスト・エンドへ行かせました。乱暴なイギリス人気質の彼のことです、あなたの任務に気が付いたら、襲ってきかねませんから」

「ダクレさん」と我輩はゆっくり言った。「あなたのおかげで、我輩は確信いたしましたぞ……」

「そうでしょう、そうでしょう」と彼は笑いながら口を挟んだ。

「あなたが金を盗んだのではない、と」

「おやまあ、風向きが変わってきましたね。今あなたに見せたのよりも、もっと貧弱な状況証拠で、何人もの人間が絞首刑になっていますよ。僕の行動にどこか怪しいところがありましたか？　百人中九十九人が『ヴァルモンの注意をわざわざ自分に向けさせ、ヴァルモンの手にこんな決定的な証拠を渡すような馬鹿はいるはずがない』と言うでしょう。しかしそこが僕のずるがしこいところです。まず第一の障害は、ギブズが僕が盗んだなんてことはすぐに信じないだろうという点です。彼はこうあなたに尋ねるはずです。『どうしてダクレは私に金を貸してくれと言わなかったのだろう？』。あなたの一連の証拠に、弱点が見つかりましたね。ギブズなら必ず金を貸してくれるというのはわかっていますし、僕が苦境に陥ったらまず頼るのは彼だということはギブズも承知です」

「ダクレさん、ふざけるのはもうやめにしましょう。いつもなら我輩も怒ってみせるところですが、あなたの人当たりのいい態度か、この高級シャンパンのせいか、それとも両方のおかげかわかりませんが、許してさしあげます。しかしこちらのほうは譲れません。あなたは誰が金を盗んだのか知っているのでしょう」

「知ってはいませんが、疑いは持っています」

「誰を疑っているのか教えてもらえませんか」

「僕だけ話すなんて公平とは言えませんね。しかしまずはシャンパンをもう一杯どうぞ」

「遠慮なくいただきましょう、ダクレさん」

「そうこなくては」と彼は答えながら酒を注いだ。「では手がかりをお教えしましょう。銀のスプーンの話を調べてごらんなさい」

「銀のスプーンの話！　銀のスプーンとはなんなのですか？」

「アア！　銀のスプーンが肝心なんです。テンプルから出たらフリート街へ行ってごらんなさい。最初に出会った男の肩をつかんで、銀のスプーンのことを話してくれと頼んでみるのです。二人の男と二本のスプーンの話が聞けるはずです。その二人の男が誰だかわかったら、そのうちの一人は金を盗んではおらず、もう一人が盗んだのだということがわかる、と保証しましょう」

「謎めいていますな、ダクレさん」

「なにしろウジェーヌ・ヴァルモン氏と話をしているのですから」

「なるほど、これは一本取られました。あなたは我輩に挑戦なさろうというのでしょうが、負けはしませんぞ。この盗難事件をご期待どおり解決してみせます。さあ、前祝いにあなたの健康を祝して乾杯」

「乾杯」とライオネル・ダクレは言い、こうして杯を干した後に別れた。

　ダクレ氏のもとを辞去して我輩は二輪辻馬車に乗り、リージェント街のカフェへと向かった。パリにある憩いの場をなかなかよく模していた。一杯のブラック・コーヒーを飲みながら、我輩は座って考えた。銀のスプーンが手がかりとは！　彼はにやにやしながら、最初に会った男の肩をつかんで銀のスプーンの話とはなにかと尋ねろと言っていた。この方法はいかにも馬鹿げているように我輩には思えた。それにいかにも馬鹿げているように思わせるのがダクレの目的だったにちがいない。しかしそれでもなお、そこにはヒントが隠されているのだ。我輩は誰か適当な人物に、銀のスプーンの話を聞かねばなるまい。

ブラック・コーヒーのおかげで、我輩はこのように推論を進めた。二十三日の晩、六人の客のうち一人が百ポンドを盗んだ。しかしダクレによれば銀のスプーンに関係している人物が真犯人だという。その人間は二十三日の夕食会に招かれたギブズ氏の客のうちの一人だとしか考えられない。もしかしたら客のうちの二人がこの銀のスプーンのコメディの共演者だったのかもしれない。しかしだとすると、ギブズ氏とともにテーブルを囲んだ人々のうち少なくとも一人は、銀のスプーンの話を知っているのだ。もしかしたらベンサム・ギブズ本人が知っているのかもしれない。とすると、あの夕食会に参加した人々全員に質問をぶつけてみるのが一番簡単な方法だ。しかしそのスプーンの話を知っているのが一人だけで、その男がスプーンの話が二十三日の犯罪の犯人を暴く手がかりとなることに気がついたら、我輩のような部外者には口をつぐんでしまうかもしれなかった。

もちろん、我輩はダクレ本人のところに行って銀のスプーンの話をしてくれと頼むという方法もあった。しかしこれだと我輩の負けを認めていることになる。この事件が我輩の手に余ると認めてライオネル・ダクレの嘲笑を浴びるなんてがまんならない。それだけではなく、あの青年の親切な心遣いもよくわかっていた。彼は我輩に謎を解いてもらいたいのだ。だから我輩は彼のところに行くのは最後にしようと決めていた。

　まずはギブズ氏から始めようと思い、コーヒーを飲み干した。そして再び二輪辻馬車に乗り、テンプル法学院へと取って返した。ベンサム・ギブズは自室にいて、我輩を歓待してくれたうえで、まずは事件について質問してきた。

「捜査の進み具合はどうですか？」と彼は質問してきた。

「かなり順調であります」と我輩は答えた。「あと一日か二日で解決するでしょう。銀のスプーンの話をしてくだされば、ですが」

「銀のスプーンですって？」と彼は鸚鵡返しにいった。明らかになんのことを言っているのかわからない様子だった。

「これは二人の男が関係している事件で、一組の銀のスプーンの話なのです。その内容を知りたいのです」

「なんのことだかさっぱりわかりません」とギブズはひどく当惑した様子で答えた。「もうちょっと詳しく説明してくださらないとお力になれません」

「これ以上は申し上げようがないのです。なにしろ我輩もこれ以上知らないのですから」

「我々の事件と銀のスプーンが関係しているというのですか？」

「銀のスプーンの意味がわかれば、事件解決の筋道がつくだろうと言われたのです」

「誰がそんなことを言ったんですか？」

「ライオネル・ダクレ氏です」

「わかりました。ダクレは自分の手品のことは言っていませんでしたか？」

「いいえ、聞いていません。手品とはなんのことです？」

「二ヶ月ほど前にここで開かれた夕食会で見せた見事な芸なんですよ」

「それが銀のスプーンとなにか関係でも？」

「まあ、銀のスプーンでも銀のフォークでも、なんでもよかったんですが。すっかり忘れていました。憶えている限りですと、あの頃あるミュージック・ホールにとても腕の立つ手品師が出演していました。夕食会のときその手品師の話になったんです。するとダクレが、奴のやっている手品など簡単だと言って、どちらか憶えていませんがスプーンかフォークだかを手に取って、我々の目の前でそれを消して見せて、さらにそこにいた誰かの洋服のなかから取り出してみせると宣言したのです。その場にいた数人がそんなことはできるはずがない、と賭けを申し出たので、反対側に座っているイネスが相手なら、賭けを受けようとダクレは言いました。イネスはためらっていましたが、結局賭けを受けました。するとダクレは手品師がよくやるような大げさな身振りをすると、両手を突き出しました。その手にはなにもなく、スプーンはイネスのポケットのなかにあるというのです。確かめてみたところ、まさにそのとおりでした。手品のトリックなのですが、誰も彼のまねをすることはできませんでした」

「ありがとうございます、ギブズさん。これで見通しが晴れました」

「あなたは私よりもずっと頭がいいということですね」とベンサム・ギブズは別れ際に感嘆の声を上げた。

我輩はまっすぐ下の階に行き、再びダクレ氏を訪問した。本人がドアを開けてくれたところをみると、まだ従僕は帰ってきていないらしい。

「ああ、ムッシュ、もうお戻りですか？　こんなに早く銀のスプーンの謎を解いてしまったわけじゃないでしょうね？」

「解けましたよ、ダクレさん。あなたは二ヶ月前の夕食会でヴィンセント・イネス氏の向かい側に座っておられた。そして彼が銀のスプーンをポケットに隠したのを目撃した。イネス氏がなにをしたのか理解するのにしばらく時間がかかりましたが、彼がスプーンを元に戻さなかったので、あなたは手品をすると言い出して彼を賭けに巻き込んだ。そうやってスプーンをテーブルに戻させたのだ」

「すばらしい！　すばらしい、ムッシュ！　僕がすぐに行動に出たということ以外、おっしゃるとおりです。ヴィンセント・イネス氏がそんなことをした場面に、何度も遭遇しているのです。彼が僕の家にやってきた後には、必ずなにか小さなものがなくなっているのです。イネス氏は大金持ちでありますけれども、僕はたいして財産もなく、なにか持っていかれるととても困ってしまうのです。もちろん僕は盗られたと彼に文句を言ったことなど一度もありません。さっきも言ったようにみんなつまらないもので、その銀のスプーンもたいしたものではなかったのです。しかし賭けをさせてスプーンを取り戻してみせれば、彼にはいい教訓になると思ったのです。しかし効果はありませんでした。二十三日の晩、テーブルと客の配置図をご覧になればおわかりのとおり、彼は僕の右側に座っていました。彼に二度ほど話しかけましたが、全然返事をしませんでした。彼の顔を見て、その目の色にびっくりしました。部屋の向こうの隅を見据えたままなのです。その視線をたどって、一体なにをそんなに見つめているのかと探してみました。なんと彼の目を釘付けにして放さなかったのは、むき出しになっていた例の包みだったのです。もう彼は周りで起きていることなどまったく気が付かない状態でした。僕は冗談めかしながらギブズに、手形がまる出しになっていると教えてやって、イネスの目を覚まそうとしました。なんとかしてイネスが犯罪に手を出しかけたのを止められればと思ったのです。ところがその翌朝、前の晩に起きた事件を、ギブズが僕にだけ相談をしてきたときのジレンマを想像してみてください。イネスが手形を盗ったのはわかっているけれども、なんの証拠もない。ギブズに打ち明けるわけにもいかないし、イネスに言うわけにもいきません。もちろん、おわかりのようにイネスはいわゆる普通の意味での窃盗犯などではありません。彼は金を盗む必要などないのに、盗まないではいられないのです。盗まれた手形は使われていないのは、確かです。彼のケンジントンの屋敷にきちんと保管されているのは間違いありません。彼にはいわゆる盗癖とかそういう性癖があるのです。さてそれではムッシュ、僕が言った銀のスプーンの手がかりはお役に立ったでしょうか？」

「それはもう、決定的でした、ダクレさん」

「ではもう一つ申し上げましょう。これはひとえにあなたの大胆さにかかっています。そういう勇気を僕は持ち合わせていません。二輪辻馬車に乗ってクロムウェル通りのイネス氏の屋敷に行って、彼に面会して例の包みを返してくれるよう頼んでみてはくれませんか？　その結果はぜひとも教えてください。彼が返してくれると僕は信じています。そしたらギブズにすべてを明かしてくださ い。」

「ダクレさん、すぐさまおっしゃるとおりにしましょう。過分のお褒めのお言葉、ありがとうございます」

イネスの屋敷は見あげるほど巨大だった。しばらくして彼は、我輩が通された一階にある書斎に姿を現した。彼は我輩の名刺を手にし、いささか驚きの目で見つめていた。

「あなたのことを存じあげないのですが、ヴァルモンさん」と彼は礼儀正しく言った。

「初対面ですが、職務上のことで今回は参上しました。我輩は元フランス政府の捜査官をしておりまして、現在はここロンドンで私立探偵をしております」

「なるほど！　では私とどう関係があるのでしょうか？　残念ながら今のところ調べてもらいたいことはありません。依頼した記憶もありませんがね？」

「イネスさん。今日ここに参上したのは、二十三日の晩にベンサム・ギブズ氏の上着のポケットからお取りになった包みを、お返しいただくためなのです」

「彼が返してほしいと？」

「はい」

イネスは平然として机のほうへ歩み寄り、鍵を開けると蓋を開いた。そこには小さなアクセサリーなどの博物館が広がっていた。小さな引き出しを開けると、彼はそこから五枚の二十ポンド手形が入っている包みを取り出した。一度も開いていないのは一目でわかった。にっこり微笑みながら彼は我輩に渡してよこした。

「このところ忙しかったので、すぐに返さずに申し訳ないと、ギブズ氏に伝えてください」

「必ずそういたします」と我輩は言って一礼した。

「礼を言います。では、ごきげんよう、ヴァルモンさん」

「ごきげんよう、イネスさん」

そういうわけで我輩は、この包みをベンサム・ギブズ氏に返却した。彼は厚紙のあいだから手形を取り出して、我輩に謝礼として差し出したのだった。

チゼルリッグ卿の失われた遺産

Lord Chizelrigg's Missing Fortune

故チゼルリッグ卿の名前を聞くと、我輩は必ずと言っていいほどT・A・エジソンのことを思い出す。故チゼルリッグ卿と面識はないし、我輩はこの生涯で二度しかエジソンとは会ったことはない。しかしこの二人は我輩の記憶のなかではしっかり結び付いており、エジソンが漏らしたある一言のおかげで、チゼルリッグ卿の行動の謎を解決することができたのである。

エジソンと二回会ったのが何年のことだったのかを確かめる記録は、今手元にはない。我輩はパリ駐在イタリア大使から、大使館に出頭するようにという要請を受けた。そこで、翌日大使館から代表団が市内の一流ホテルに派遣されて、かの偉大なるアメリカ人発明家を公式訪問し、イタリア国王が彼に授けた栄誉を示す複数の勲章の授与式を行うと言われたのだ。高位のイタリア人貴族が多数参列する予定で、これらの高官たちはその位にふさわしい大礼服を身にまとうだけでなく、多くが計りしれない価値の宝石を身につけるので、我輩がその場に立ち会っておれば、これらを盗み出そうという不逞の輩を追い払うことができるのではないかという意図であった。ちなみに、いささか自慢話になるかもしれないが、そういった「不測の事態」は起こらなかったと付け加えておく。

当然のことだが、ずっと前にエジソンに公式訪問を知らせておいたのだが、我々がこの発明家が宿泊していた部屋の大きな客間に入っていったとき、かの有名人がすっかり忘れていたことは一目見てわかった。彼はむき出しのテーブルのそばに立っていたのだが、そのテーブルクロスはむしりとられて隅のほうに放り出してあり、テーブルの上には数個の真っ黒で油だらけの機械の部品——歯車、滑車、ボルトといったようなものが散乱していた。どうやらこれらはテーブルの反対側でその一つを油まみれの手でつかんでいたフランス人機械工のものらしかった。エジソン本人の両手もきれいだとは言いがたく、部品を手に取って調べながら職人と意見を交換していたのだろう。機械工は鉄を加工する職人がよく着る長い作業着を着ていた。どこかの裏通りに自分の作業場を持って、さまざまな風変わりな仕事を二、三人の手だれの助手を使ってこなしているような男だった。厳かに一行がドアから入ってくるのをエジソンは目を丸くして見つめていた。そして仕事を邪魔された不快感と、この豪勢な一行は一体なにごとかという好奇心がないまぜになった表情を浮かべていた。イタリア人はこういう儀式となると、スペイン人同様格式張るものだ。ベルベットのクッションにのった勲章を納めた豪華な箱を、しずしずと役人が運んで来た。そして当惑しているアメリカ人の正面に立った。すると大使は朗々とした声で、アメリカ合衆国とイタリアとのあいだの友好関係について祝辞を述べはじめた。この両国がお互い競い合うことで人類が恩恵に浴することを願い、今回の受章者こそ全世界の国々と平和に貢献をする、余人に代え難い偉人であると言った。雄弁なる大使はこのように演説をし、さらに国王陛下の命令により、今回の叙勲を行うことは我が使命であり喜びであるとかどうとかと、延々と演説をした。

　エジソンは見るからにきまりが悪そうだったが、ともかくもできるだけ簡潔にそれなりの返礼の言葉を述べた。こうして「儀式」が終了すると、貴族たちは大使を先頭にしてしずしずと退場していった。我輩はその行列のしんがりをつとめていた。内心、我輩はそこにいたフランス人の職人に深く同情していた。彼はいきなりこんなにもたくさんの上流階級の人々と遭遇してしまったのだ。あわてて周りを見回していたが、貴族連中のなかを突っ切らない限りどこにも逃げ道がないことを理解して、なるべく身を縮めて目立たないようにして、しまいには立ったまま固まってしまっていた。共和国制をとっているにもかかわらず、フランス人だったら誰しも心の底に、こういった豪華な式服を着た壮麗華美なるお役人たちの儀式には、敬意と畏怖の念を抱いていた。とはいっても、そんなものはみんなと一緒になって遠くから見物するに限るものであって、このパニックに陥った職人のように、真ん真ん中に放り込まれるようなことはまっぴらごめんだ。我輩は退場するときに肩越しに、一日数フランの収入で満足するつましい職人と、相対する百万長者の発明家をちらりと見やった。エジソンは演説の最中は冷静で無感動な、ナポレオンの胸像を思わせるような表情をしていたが、再び職人を前にして生き生きとした顔をしていた。彼は職人に向かってうれしそうにこう言っていた。

「一分間の実験は一時間の説明に値するよ。明日君の工場へ行こう。十時頃だ。やり方をそこで見せようじゃないか」

　このフランス人が部屋から出てくるまで我輩は廊下で待っていた。そして自己紹介をして、翌日の十時に彼の作業場を訪問したいと頼み込んだ。フランスの労働者らしく親切な彼のおかげで、翌日我輩は再びエジソンと会える光栄に浴したのだった。話をしているなかで我輩は白熱電灯の発明を賞賛したのだが、それに対する返事は決して忘れられないだろう。

「あれは発明というよりも発見でしょう。なにが必要なのかもうわかっていたのです。真空内で電流を流して一千時間も耐えられる炭化組織を探せばよかったのです。そんな物質が見つからなかったら、あの白熱灯はできませんでした。私の助手たちがこの物質を探し回ったのですよ。手に入るものを片端から炭化して、真空内で電流を流しただけなんです。そしてようやく目的の物質を見つけたわけです。あきらめず探していれば探すものが存在する限り、必ず見つかるのです。忍耐と努力さえあれば、なにごとも克服できるのです」

この信念は我輩の職業においても大きな助けとなってきた。探偵は、普通の人間なら気が付かないような手がかりから劇的に事件を解決するのだとみなが信じていることは、我輩も承知している。そんなこともないわけではないが、しかし一般的には、エジソンの言う忍耐と努力こそが王道なのだ。これはと思った証拠を追っていって、惨憺たる結果に終わったことはたびたびあった。例のダイヤモンドのネックレス事件も、そういう失敗した事件の一つであった。

先ほど言ったように、我輩は故チゼルリッグ卿の名前を思い出すときには、必ずエジソンのことも思い出すのだが、実はこの二人はまったくの正反対の人物なのだ。チゼルリッグ卿ほどなんの役にも立たない人間はいないと思うのだが、エジソンはその対極にある。

ある日召使が「チゼルリッグ卿」と書かれた名刺を持ってきた。

「閣下をご案内しなさい」と我輩が命じると、二十四、五歳の青年が姿を現した。身なりもよく身のこなしも優雅であったが、面談を始めるなり今まで聞いたことのないような質問をして、我輩をびっくり仰天させたのだった。もしこんなことを事務弁護士やほかの専門家に相談したら、かなりむっとした答えしか返ってこなかっただろう。実際、チゼルリッグ卿が我輩に持ち込んだような依頼を受ける場合、法律家のあいだでは所定の決まりがあるのだろうが、どちらにしても法律家としてのメンツがまるつぶれになるだろう。

「ヴァルモンさん」とチゼルリッグ卿は口を開いた。「憶測の範囲内で仕事を引き受けられたことはありますか?」

「憶測とはどういうことですかな? どうもおっしゃる意味がわかりかねますが」

閣下はまるで少女のように赤面し、説明するのにも少々口ごもってしまっていた。

「つまりですね、手付け金なしで仕事を受けてくださるか、ということなんです。だから、ええと、成功報酬ということで、失敗したら報酬がないのですが」

我輩はいささかむっとして答えた。

「そのような申し出は今まで聞いたことがございませんな。そのようなことを言われても、お断りせざるを得ません。我輩は事件を依頼されたならば、時間と知力を解決のために注ぎ込むのです。もちろん目標とするのは成功ですが、いかんともしがたい場合もあります。しかしそのあいだも我輩は食べて行かなくてはいけません。残念ではありますが、捜査に必要な日数に応じて請求書は出さざるを得ないのです。患者が亡くなってしまっても医者は請求書を出すではありませんか」

青年は不安げな笑みを浮かべた。とてもばつの悪そうな感じだったが、ようやくこう言った。

「痛いところを突かれました。さっき最後の一ペニーまで伯父のチゼルリッグ卿の医者に支払ってきたばかりなんです。伯父は六ヶ月前に亡くなりました。先ほどの申し出があなたの捜査能力をどうこう言っているとか疑っているとか誤解されるかもしれないのは重々承知しています。でもムッシュ、お願いですから誤解しないでください。ここに来てすぐに、現在僕が陥っている奇妙な状況を解明してください、とだけ依頼したら、今抱えているたくさんの事件の合間を縫って引き受けていただけたはずです。そしてあなたが失敗すれば、僕は実質、破産しているので依頼料のお支払いができないだけのことなんです。でも最初から正直にお話ししておきたかったんです。僕の今置かれている立場を知っておいてもらいたいのです。事件を解決していただければ、僕は金持ちになります。失敗してしまったら、今と同じ一文無しです。これで先ほどの失礼な質問をした理由がおわかりになったでしょうか?」

「明白このうえありませんな、閣下。正直にお話しくだされば信頼関係が築けるというものです」

この青年の気取らない率直な態度と、嘘をついてまで我輩の知恵を借りたくないという正直な気持ちを、我輩はいたく気に入った。我輩がこう言い終わると、一文無しの貴族は立ちあがって一礼した。

「申し訳ありませんでした、ムッシュ。わざわざ面会してくださったのに、こんなつまらないことで時間をとらせてしまって。ではごきげんよう、ムッシュ」

「あいやしばらく、閣下」と我輩は答えて引き留め、椅子を勧めた。「依頼を受けるかどうかはともかく、助言の一つか二つはできるかもしれませんぞ。チゼルリッグ卿がお亡くなりになったという記事は覚えております。いささか奇矯な人物ではありませんでしたかな？」

「奇矯ですって？」と青年はニッと笑いながら再び座った。「まあ、どちらかと言えばね！」

「はっきりと覚えてはおりませんが、二万エーカーほどの領地を所有しておられましたね？」

「正確には二万七千エーカーです」と青年は答えた。

「称号だけでなく領地も相続なされたのではないですか？」

「ええ、そのとおりです。領地も相続しました。あの老人は僕には土地を渡したくなかったようですが。それが彼の心配の種だったようですよ」

「しかし閣下、このイギリスの豊かな土地をかなりの広さで所有されているなら、一文無しというわけはないでしょう」

再び青年は笑った。

「びっくりするでしょうが」と彼は答えながら手をポケットのなかに入れ、数枚の銅貨と一枚の銀貨を取り出して見せた。「今夜の食べものはなんとか買えますが、ホテル・セシルで晩餐をするにはとても足りませんね。ご説明しましょう。僕はちょっとは歴史ある一族の一員なんですが、先祖代々道楽者が続きまして、すっかり土地が抵当に入ってしまっているんです。ですからどうあがいても地代は一ペニーも手元には入りません。借金をしたときは今よりずっと土地の価値が高かったですし、農業は不振だし、ほかにもいろいろあって、まあ言ってみれば全然土地を持っていない場合と比べても、何千倍も事態は悪くなってしまいました。それだけじゃありません。亡くなった伯父の代では、議会が一、二度代理で調停してまず森林の伐採を許可して、つぎはチゼルリッグ・チェーズ屋敷にある垂誕の的だった代々の絵画を、クリスティーズで金のためだけに売り払ったんです」

「それで手に入れた金はどうなりました？」と我輩は尋ねると、再びこの朗らかな貴族は笑い声をたてた。「それなんですよ、ヴァルモンさんに探していただきたいと思って参上したのは」

「閣下、おもしろそうなお話ですな」と我輩は本心から言ったが、この青年に好意を抱いてしまっていたので、もしかしたら結局この事件を引き受けてしまうのではないかという不安が頭をよぎった。彼の正直さは気に入っていたし、我が国の人間だったら誰しもが持ち合わせている同情の心が我輩の意志とはうらはらに、彼のことを本当に気の毒に感じていた。

「伯父は」とチゼルリッグ卿は続けた。「我が一族のなかではちょっと変わっていました。歴史の記録にも残らないような遥か昔に先祖返りしたのにちがいありません。先祖が浪費家だったのと同じぐらい、極端にけちだったんです。二十年ほど前に称号と領地を相続すると、召使全員を首にしてしまいました。その結果元召使が不当解雇だとか、予告もなしに解雇したのに保証金を出さないだとか言って、数件は訴訟になりました。そうしたら財政が苦しいと申し立てて、本来なら売却が許されない相続財産のうちかなりを売却する許可をもらって、ようやく保証金を作ったり生活費にあてたりしていました。相続財産はオークションで思いのほかの高値で売れたので、伯父は味を占めました。地代は債権者のものになって自分の手元には一銭も入らないのはいつでも証明できましたから、伯父は何度も法廷で森林を伐採したり絵画を売却する許可を得て、ついには山ははげ山に、古い屋敷はからっぽの納屋になってしまいました。伯父は労働者同然の暮らしをしていて、大工仕事をしてみたり、鍛冶屋のまねごとをしていました。図書室に鍛冶屋を開いてしまったのです。ここはイギリスでももっとも美しい図書室で、何千冊という貴重な書物があり、伯父は何度も何度も売却願いを出していたのですが、さすがにその許可は下りませんでした。ところが遺産を相続してからわかったのですが、伯父はずっと法律の監視の目をかいくぐって、このすばらしいコレクションの本を一冊ずつ、こっそりロンドンの本屋に売りさばいていたのです。もちろん生前に発覚していたら大問題になったでしょう。しかし今では貴重な書物はみななくなって、取り戻すすべはありません。ほとんどはアメリカか、博物館か、ヨーロッパのコレクションに納められているにちがいありません」

「その本を探してくれというご依頼ですかな?」と我輩は口を挟んだ。

「いや、ちがいます。それは言ってもしょうがないことです。伯父は森林を売却して何万ポンドも儲けて、絵画を処分してさらに何千ポンドも手に入れました。屋敷からは高価で歴史ある家具も消えてしまいました。かなりの価値があったはずです。それにさっき言ったように、書籍もかなりの収入を上げたはずですから、その価値をきちんと把握していれば合計して王族の歳費ぐらいの額になったにちがいありません。もちろん伯父は抜け目がありませんから価値を知らないなんてはずがありません。七年ほど前に、伯父の言い方で言えば救済処置、というやつが法廷ではもう認められないと決まってからは、法律に違反して本や家具をこっそり処分していました。その当時僕はまだ子供だったのですが、後見人が伯父の救済処置に反対して、これまでに手に入れた総収入を明らかにするよう要求しました。判事は僕の後見人の意見を支持して、これ以上領地を処分することを禁止しましたが、後見人が求めた会計の公開は指示しませんでした。実際これまでの売り立ては伯父の自由であり、自分の地位にふさわしい暮らしを維持するために法律によって認められた行為だったからです。僕の後見人が主張したように、伯父が贅沢をせずにけちな暮らしをしているからと言って、それは伯父の勝手と判事は言って、それで終わりでした。

「伯父は最後の申し立てのときに横やりを入れられたので、僕をひどく嫌っていましたが、もちろん僕としてはどうすることもできませんでした。伯父はまるで世捨て人のような暮らしをして、ほとんど図書室にこもっていました。仕えていたのは召使の老夫婦だけで、たった三人で百人は楽に住めそうな屋敷に住んでいました。伯父が誰かを訪ねることもなく、また誰もチゼルリッグ・チェーズ屋敷には近付かせませんでした。

「それに伯父と関係のある人間全員を、死んでも困らせてやろうという魂胆でしょうが、遺言のようなものを残していました。もっともこれはどちらかと言えば僕宛の手紙のようなものです。これがその写しです」


親愛なるトム、図書室にある二枚の紙のあいだにおまえの遺産があるだろうよ。

愛する伯父、レジナルド・モーガン、チゼルリッグ伯爵

「これは法律に則った遺言書とは言えませんな」と我輩は言った。

「そんな必要はありません」と青年はにっこり笑って言った。「僕が一番近しい身内で、すべてを相続するのですから。もっとも財産全部をどこかに寄付してしまうという手もあります。どうして伯父がどこかの施設に寄付しなかったのかはわかりません。伯父は召使以外には知り合いはいませんし、

その召使だってこきつかわれて飢えていました。でも伯父に言わせれば自分だって激しい労働をしてろくなものを食べていないのだから、彼らが文句を言う筋合いではないそうですが。二人を家族同然に扱ったのだそうです。伯父にすれば遺産をどこかに隠して、わざとしかけた間違った手がかりを追わせるほうが、どこかの誰かか慈善団体に寄付して遺産の行方をはっきりさせてしまうよりずっと、僕を苦しめておろおろさせることができると思っていたんでしょう」

「当然図書室は捜索されたのでしょうな？」

「当たり前です！　史上最大の捜索をしましたよ！」

「もしかしたら誰か無能な人物にお任せになったのでは？」

「ヴァルモンさん、まさかこの僕が、すっからかんになるまで人に任せておいて、その後あなたにこんなとんでもない提案をしに来たなんて思っておられないでしょうね。そんなわけないじゃないですか。無能かもしれませんが、この僕自身ですよ、探したのは。この六ヶ月間、伯父と同じようにずっと住み込んでいたんです。図書室を床下から天井裏までくまなく探し回りました。なにしろぐちゃぐちゃで、古新聞や勘定書やなにやらが散乱しているんです。もちろん本もありますが。今でもまだかなりのコレクションですよ」

「伯父上は信心深かったですかな？」

「よくわかりませんが、たぶん違うと思います。申し上げたように僕と伯父は疎遠で、亡くなるまで会ったことがなかったんです。たぶん宗教に凝っていたことはないと思います。信心深いならあんな行動ができるわけがありません。でも頭がおかしかったんですから、なにがあっても不思議じゃありません」

「莫大な遺産が譲られるはずだと思っていた相続人が、先祖代々伝わる聖書一冊だけを受け取ったので、暖炉に投げ込んでしまったのですが、実はそのなかに何千ポンドもの手形が隠されていたということが、後になって判明した事件がありました。故人は相続人にこのよき本を読んでもらいたかったのですが、さもないととんでもないことになる、というわけですよ」

「聖書は当然探しました」と青年伯爵は笑いながら答えた。「でも得られたのは教訓だけで、物質的な利益はなにもありませんでしたよ」

「伯父上は全財産を銀行に預けたうえで、全額を小切手にして本のあいだに挟んでおいたなんてことはありませぬか？」

「なんだってあり得ますけれど、ムッシュ、でもそれはまず考えられないと思いますよ。本は全部一ページずつ隅から隅まで調べましたが、ここ二十年で読まれた本はほとんどないと言っていいんじゃないでしょうか」

「伯父上が貯めた財産はいかほどと推定されておりますか？」

「十万ポンド以上は軽くあったと思いますが、それを銀行に預けたかというと、伯父は銀行をまったく信用していませんでしたし、僕が知る限り小切手を振り出したなんてことは一度もありませんでした。老召使がすべて金貨で支払っていました。まず請求書を伯父のところへ持っていって、部屋から出ます。そして呼び鈴が鳴るまで待っていて、ぴったりの金額を渡されるという具合でした。ですから伯父がどこに金をしまっていたか召使もわからないわけです。運よく金が見つかったとしたら金貨だと思います。僕が思うにこの遺書は、まあ遺書と言っていいのかどうかわかりませんが、とにかく僕たちを惑わすための偽の手がかりなんじゃないでしょうか」

「図書室は片付けてしまいましたか？」

「いいえ、伯父がいた頃とほぼそのままです。誰かに助けを求めることになったら、なるべく新しく来る人にはそのままの状態で見てもらったほうがいいと思いましたから」

「まさにおっしゃるとおりです、閣下。書類はすべて調べたとおっしゃいましたな？」

「ええ。部屋の隅々まで調べてみましたが、伯父が死んだ日のままなにも動かしてはいません。鉄床もそのままです」

「鉄床ですって？」

「ええ、伯父は図書室を自分の寝室兼鍛冶屋の仕事場にもしていたと申し上げたじゃないですか。巨大な部屋で一方の端に大きな暖炉があったおかげで、けっこうな鍛冶屋を開くことができたんです。伯父と召使は煉瓦と粘土で東側の暖炉のところに鍛冶屋用の炉をこしらえて、さらに中古の鍛冶屋のふいごまで備え付けたんです」

「その鍛冶屋で一体なにをやっていたのです？」

「必要なことはなんでもやっていました。どうやらかなりの腕の鍛冶屋だったようです。中古品が手に入るなら庭園や屋敷の備品は新品では絶対に買わないし、中古品だって使っているものが修理できるうちは絶対に買いませんでした。老いぼれ馬を一匹飼っていまして、伯父は庭で乗っていたのですが、この馬の蹄鉄はいつも伯父がつけていたと召使が言っていましたから、鍛冶屋道具の扱いはわかっていたにちがいありません。主応接間は大工部屋にしてしまって、そこでベンチを作っていました。伯父が伯爵になったせいで、腕利きの職人が一人この世からいなくなったんじゃないかと思いますよ」

「伯父上が亡くなってからずっと、チェーズ屋敷に住んでいるのですか？」

「あれが住むと言えるようなものなら、そうですね。召使夫婦は、伯父と同じように僕の面倒をみてくれています。来る日も来る日も、僕が上着も着ないでほこりまみれになっているのを見て、たぶん二人は僕があの老人の再来だと思っているんでしょうね」

「召使は遺産が行方不明になっていることは知らないのでしょうか？」

「はい、僕以外は誰も知りません。この遺言書は鉄床の上に僕宛の封筒に入れて置いてありました」

「ご説明は明瞭そのものですな、チゼルリッグ卿。しかし残念ながらまだよくわかりません。チゼルリッグ・チェーズ屋敷は快適な田舎にあるんでしょうね？」

「それはもちろん。一年でも今の季節が最高です。秋や冬にはいささかすきま風が通りますからね。修理には数千ポンドはかかるでしょう」

「すきま風は夏場にはなんの問題もありません。それに我輩はもう長年イギリスで暮らしておりますので、同朋の人間のようにすきま風を恐れることもありません。お屋敷には余分のベッドはございますでしょうか、それとも簡易ベッドとかハンモックでも持参しましょうか？」

「正直言って」と伯爵はまた赤面しながら言った。「僕がこういう状況をあれこれ詳しく説明しているのは、あなたに見込みのない事件を無理矢理引き受けてもらおうとしているわけではないのですから、誤解なさらないでください。僕にとってはもちろんとても興味があることですから、伯父の奇矯な行動に関する話をしはじめるとついつい夢中になってしまうのです。よろしければ、また一、二ヶ月後にうかがいます。実を言うと、僕が召使から少々金を借りてロンドンに来たのは、顧問弁護士に会うためなのです。こんな事情ですから飢え死にしないように、なにか売却する許可がもらえないかと思いまして。屋敷はもう裸だと言いましたけれど、もちろんそれはもののたとえです。まだ売ればかなりの金額になる骨董品がたくさんあります。伯父の金貨は必ず見つかるはずだと信じてきました。でも最近、あの老人は価値があるのはあの図書室だけだと思い込んでいて、僕が図書室にあるものを売り払わないかと心配になって、あんな書き置きを残したんじゃないかと疑うようになってきました。あの老いぼれの人でなしは、本棚の本を売り払ってかなり儲けたはずです。目録によればカクストンがイギリスで初めて印刷した本や、値段がつけられないようなシェイクスピアの本が何冊も、そしてコレクターだったら大金を投げ出すにちがいない本もたくさんあったはずなんです。ところがみんな行方不明です。これを表沙汰にすれば、当局も僕がなにかを売却する権利があるということを認めてくれるはずです。売却の許可が下りたら、真っ先にお訪ねします」

「なにをおっしゃる、チゼルリッグ卿。申し立てをしたいのならご自由にどうぞ。しかしそれまでのあいだ、この我輩をお宅の召使よりは気前のいい銀行としてお使いくだされ。今夜はホテル・セシルで美味い晩餐を楽しみましょうぞ。ぜひこの我輩の招待を受けてください。明日、チゼルリッグ・チェーズ屋敷へと出発しましょう。距離はいかほどでしょうか？」

「だいたい三時間はかかります」と青年は答えたが、アン女王時代風の新築の家のように真っ赤になった。「本当にヴァルモンさん、ご親切痛み入ります。せっかくのご招待、喜んで受けさせていただきます」

「これで話は決まりましたな。その召使の名前は？」

「ヒギンズといいます」

「宝の隠し場所をまったく彼が知らないのは確かなのですね？」

「それはもちろんです。伯父は誰も信用しない男です。ヒギンズのようなおしゃべり老人は、なおさらです」

「では、ヒギンズには我輩を、行くところがない外国人と紹介していただきたい。そうすれば彼は我輩のことを嫌がって、子供のように邪険に扱うでしょう」

「いやそんな」と伯爵は反対した。「あなたはもう長くイギリスに住んでおられるから、我々が外国人嫌いだなんていう偏見はもうお持ちではないと思っていましたのに。実際金持ちだろうが貧乏人だろうが、誰でも歓迎するのは世界で我が国だけですよ」

「それはそうです、閣下。閣下から不当に評価されたらこの我輩もがっかりするでしょうが、ヒギンズにどう思われようと別になんとも感じませんな。おそらくヒギンズは我輩のことを、神様の恩寵を得られずにイギリス人にしてもらえなかった間抜けだと見下すでしょう。まあ、ヒギンズには我輩は同じ階級の人間、つまり使用人だと思ってもらわなくてはいけません。ヒギンズと我輩は暖炉の前でうわさ話に花を咲かせるのです。なにしろ春の夜はまだ冷えますからな。二、三週間もたたないうちに閣下の夢にも知らない伯父上の本当の姿を探り出してみせましょう。ヒギンズは主人相手よりも同じ使用人仲間のほうが、ずっと自由にべらべら話すはずです。主人のことを敬愛していたとしても、我輩は外国人ですから、きっとよくわからないと思って口が軽くなるはずです。同じイギリス人だったらしゃべらないようなことまで、聞き出してみせます」

青年伯爵は我輩に、自邸のことをあまりに謙遜して話していたもので、その屋敷の壮大さを目の当たりにしてびっくり仰天した。彼はその隅のほうに住んでいるというのである。まるで中世の伝奇物語に出てくるような建物だった。同時代のフランスの尖塔や小塔が林立する城《シャトー》とは異なるものの、真っ赤な石造りの美しくどっしりとした領主屋敷は、その暖かい色合いのおかげで荘厳な建築にいささかの柔らかみを与えていた。回廊型の庭をぐるりと取り囲んだ建築は、当主が言っていたように百人どころか、千人は泊まれそうな規模だった。石の仕切りが入った窓がたくさんあり、なかでも図書室の突き当たりにある窓は大聖堂を思わせる優美さだった。このすばらしい屋敷はうっそうとした森林の中央にあり、門のところの門番小屋から我々は少なくとも一マイル半は、見たこともないようなオークの古木の並木道を馬車で走らねばならなかった。これらすべてを所有している人物が、実は町までの運賃にも窮しているとは信じられなかった。

ヒギンズ老人は我々を駅まで迎えにきていた。おんぼろの馬車には老いぼれ馬がつないであった。先代伯爵が蹄鉄をはかせてやっていた馬だろう。我々は堂々たる玄関ホールに足を踏み入れた。もしかしたらなにも家具が置いていなかったせいで、さらに広く見えたのかもしれない。唯一置かれていたのが左右対の立派な鎧一式二組だった。扉が閉まったときに笑った我輩の声が頭上の薄暗い木造屋根に反響して、まるで幽霊の浮かれ騒ぎのように聞こえた。

「なにがそんなにおかしいんですか？」と伯爵は尋ねた。

「いや、あなたが最新のシルクハットを、あの中世の兜の上にのっけたのがおかしかったんですよ」

「ああ、そうですか！　じゃああなたのはもう片方にのっけておいてください。この鎧を着たご先祖を馬鹿にしている訳じゃありませんよ。でもちゃんとした帽子かけがないものですから、シルクハットはあの骨董品の兜にかけて、傘は……もし持っていればの話ですが、ほら、ここの後ろの脚のすきまに刺しておくしかないんです。僕がここの所有者になってからのことですが、ロンドンからいかにもずるがしこそうな骨董商がやってきて、この鎧を売らないかと持ちかけてきたことがありました。一生分のスーツをロンドンで新調できるぐらいの金を払うような勢いでしたが、世捨て人の伯父と取引をしたことがあるか聞き出そうとしたら、おびえて逃げ出してしまいました。もし僕が知らんぷりをして彼をうちの一番辛い地下牢におびき出して閉じ込めてやったら、うちの財宝の行方がわかったのかもしれませんね。こちらの階段です、どうぞヴァルモンさん、あなたのお部屋に案内しましょう」

　すでに来がけの列車内で昼食は済ませていたので、部屋で顔を洗った後すぐに我輩は図書室の調査にとりかかった。確かにそこはとても豪勢な部屋だったのが、先代の老いぼれ破廉恥漢によってめちゃくちゃにされていた。巨大な暖炉が二つあった。一つは北向きの壁の真ん中に、もう一つは東側の突き当たりにあった。東側の暖炉には不格好な煉瓦の鍛冶屋の炉が作られており、炉の隣には大きな真っ黒のふいごが、使い込んでですすだらけになって置いてあった。木の角材のうえには鉄床が据えられ、そのまわりには錆びたハンマーが数本、大小取り混ぜて置いてあった。西の突き当たりには神々しい古いステンドグラスがはめられた窓があり、先ほども言ったようにまるで大聖堂かと見間違えるほどだった。書籍のコレクションも膨大だったが、この部屋があまりにも広いので窓側の壁に並んだ書棚にすべての本が収まっていた。しかもその書棚は背の高い窓で分けられていた。反対側の壁にはなにも並べられておらず、あちこちにぽつんと絵が飾られているだけだった。しかしその絵もこの部屋の価値を下げる役目しか果たしていなかった。なにしろそのほとんどがロンドンで発行されている週刊誌のクリスマス特集号の付録になっている色つき版画で、安っぽい額に入れられて乱暴に打ち付けた釘にひっかけてあるだけなのだった。床は紙くずで覆われていて、ところによってはくるぶしが埋まるほどであり、鍛冶屋の仕事場から一番離れた隅には、かつての主人が亡くなったベッドがまだそのまま置いてあった。

「まるで馬小屋でしょう?」と伯爵は、調べ終わった我輩に向かって言った。「あのじいさんは僕が調べるのを邪魔しようとして、こんなにちらかしたんですよ。ヒギンズから聞いたんですが、死ぬ一ヶ月ほど前まではこの部屋はこんなにめちゃくちゃではなくて、わりと片付いていたそうです。もちろんそれは当然と言えば当然で、さもなければ炉から火花が飛び散って火事になってしまいますからね。伯父はヒギンズに命じてこの屋敷のなかにある古い文書、新聞、はては小包の茶色の包み紙まで集めさせて、そのゴミで床をいっぱいにしたんだそうです。伯父はヒギンズの足音がうるさすぎるからと言っていたそうですが、ヒギンズは疑うことを知らないもので、その説明で納得してしまったんです」

ヒギンズはおしゃべりな老人で、先代伯爵のことについて易々と聞き出すことができた。むしろほかの話題を持ち出すのは不可能だったくらいだ。二十年ものあいだあの奇矯な主人に仕えていたものだから、イギリスの使用人だったらたいていは持ち合わせている、主人への敬意という感覚を失っていたのだろう。イギリスの召使にとっては普通貴族は肉体労働はしないというのが常識だった。ところがチゼルリッグ卿が大工仕事でベンチを作り、応接間でセメントを練り、さらに真夜中まで鉄床を打ち鳴らしていたという現実がヒギンズの心から敬意というものを消し飛ばしてしまっていたのだ。さらに加えて、この老貴族は金勘定には非常に厳しく、小銭一枚に至るまで目を光らせていたので、この召使はなにを思いだすにつけても不平ばかり言っていた。駅からチゼルリッグ・チェーズ屋敷までの馬車の旅が終わらぬうちに、我輩のことをヒギンズに外国人の同じ階級の人間だと紹介してもらっても、なんの得にもならないことに気が付いた。我輩はこの老人が言っていることがさっぱりわからなかったのだ。彼の方言は我輩にとってまるでチョクトウ語のようで、このおしゃべり機械からなにか聞き出すときには、青年伯爵に通訳をしてもらわなくてはいけなかった。

新しいチゼルリッグ伯爵は少年のような好奇心いっぱいの表情で、我輩の生徒兼助手となって、命じられたとおりにすると宣言した。彼は図書室を徹底的に調べてもなにも成果が得られなかったので老人はあんな手紙を書いて自分をからかっただけではないかと思い込んでいた。伯爵はどこか別のところ、たぶん庭園の森の木の下にでも埋めたのだろうと思っていた。もちろんその可能性はあった。

頭の悪い人間がお宝を隠すときの常道なのだが、我輩はその可能性は低いだろうと考えていた。ヒギンズとの会話からすると、伯爵は極度に疑り深い人間だった。銀行を信用せず、さらには英国銀行発行の手形さえも信用せず、地球上のすべての人間を疑ってかかっていた。それはヒギンズ本人も例外ではなかった。だから我輩はその甥にも言ったのだが、守銭奴の老人は絶対に自分のお宝を目と手の届く範囲から離さなかったはずだった。

最初から、自分の寝室に炉と鉄床を据えつけたというのがどうも奇妙で引っかかっていたので、青年にこう言った。

「我輩は我が名誉に賭けても、あの炉か鉄床、もしくは両方に秘密が隠されていると確信しておりますぞ。いいですかな、老伯爵がしばしば真夜中まであれを使って仕事をしていたのは、ヒギンズがハンマーの音を聞いていたことからして間違いありません。炉で無煙炭を使っていたら炎は一晩中もつはずです。それにヒギンズの話では老伯爵はいつも泥棒におびえていて、暗くなる前に必ず要塞のように城の戸締まりをしっかりとするほど用心していたのですから、絶対泥棒が目をつけないようなところに財宝を隠していたのでしょう。さて、石炭の炎は一晩中燃えているのですから、金貨をくすぶっている石炭の下に隠しておけば取り出すのはかなり困難だったでしょう。闇のなかでお宝を探していた泥棒は、二重に手を焼くというわけですな。それに伯爵は枕の下に実弾を込めた拳銃を四挺も忍ばせていたというのですから、泥棒が部屋に入ってきてもせいぜい家捜しさせておき、いよいよ炉に手を掛けたときに、昼でも夜でも百発百中の距離から、がばと身を起こして次から次へと拳銃をぶっ放してやればよかったのです。二十八発の弾丸を、五十六秒で発射されたら、泥棒は一斉射撃を逃れるチャンスなどこれっぽっちもなかったはずです。あの炉を解体してみてはいかがでしょうかな？」

チゼルリッグ卿は我輩の提案に大いに乗り気になり、ある朝早くに我々は大きなふいごを切り開いてみたのだが、なかは空っぽだった。次にバールで炉の煉瓦を一つ一つ取り除いていった。老人は、並のセメントを使うようなへまはしていなかった。実際煉瓦と炉心とのあいだのがらくたを取り除いてみると、花崗岩と同じぐらいの堅さのセメントの立方体が出現した。ヒギンズの手も借りて転子《ころ》とてこを使いながら、どうにかこうにかこの物体を庭に持ち出した。さらに炉で使用していた大ハンマーを使って叩き壊そうとしたのだが、びくともしなかった。この物体があまりに固いので、このなかに金貨が隠されているにちがいない、と我々の信念も固くなった。政府が横から口出しするような財宝ではないので、こそこそやる必要はなかった。だから我々は近くの鉱山からドリルとダイナマイトと作業員を借りてきて、この塊を木っ端みじんにしてもらった。ところがである！　西部の金鉱掘りが言うところの「掘り出し物」のかけらさえこれっぽっちもなかったのだ。せっかくダイナマイトの専門家がいたので、我々はこのセメントの塊と一緒に、鉄床もぶっこわしてもらった。この職人は新しい伯爵も先代と同じように頭がおかしいと信じ切っている様子で、道具を肩に掛けて鉱山へと帰っていった。

伯爵は金貨は庭園に隠してあるという最初の考えに戻った。しかし我輩は、財宝はこの図書室に隠してあるという信念を、さらにいっそう固くした。

「もし財宝が屋外に埋めてあるならば、誰かが穴を掘ったにちがいない。しかし伯父上のような臆病で用心深い人物ならば、そんなことは誰にも任せずご自分でおやりになったでしょう。しかしヒギンズはつるはしもシャベルもみな道具小屋にしまって、毎晩きちんと鍵を掛けていたと言っています。屋敷自体も厳重に戸締まりをしていたのですから、伯父上も外に出たくともなかなか出られなかったはずです。それに伯父上のような方はいつも自分の財宝が無事かどうか確かめておきたがるものですが、もし庭に金貨を埋めてしまったらそれができなくなります。もうぶちこわしたりダイナマイトで吹き飛ばしたりするのはやめましょう。これからは頭を使って図書室を調べ尽くすのです」

「わかりました」と青年伯爵は答えた。「しかしもう図書室は僕が徹底的に調べあげたんですよ。『頭を使って』なんて、ヴァルモンさん、いつも礼儀正しいあなたにしては少し失礼じゃないですか。でもおっしゃるとおりにしますよ。『命じるのはそなた、従うは我』ですから」

「これは失礼いたしました、閣下」と我輩は言った。「『頭を使って』というのは『吹き飛ばす』の反対語のつもりだったのです。閣下の以前の捜索を批判するつもりはまったくございません。単に化学反応に頼るのはやめて、精神活動というより強力な武器を使おうということなのです。調べた新聞紙の端にはなにか書き込みがありませんでしたか？」

「いいえ、気が付きませんでしたが」

「新聞の余白になにか通信文が書かれていた可能性はないですかな？」

「それはあり得ますね」

「では新聞紙すべての余白に目を通していただいて、調べ終わった新聞はたたんで別の部屋に保管しておいていただけますかな？　捨ててはいけませんが、図書室を完璧にきれいにしなくてはいけません。我輩は勘定書に興味があるので調べてみます」

うんざりするほど退屈な仕事であった。しかし数日かけて、我が助手閣下はすべての新聞の余白を調べて、なんの成果もなかったと報告してくれた。一方我輩は請求書やメモを集めて、日付順に分類した。また我輩はあのひねくれ者の老人が請求書の裏とか本の遊び紙に財宝のありかを書いているのではないかと疑っていたのだが、図書室にまだ残っていた何千冊もの本を目の当たりにして、膨大な細かい仕事をやらなくてはいけないのだと今さら実感して、げっそりしてしまった。しかし我輩はここでエジソンの、本当に存在するなら、徹底的に探せば必ず見つかるという言葉を思い出した。請求書の山のなかから我輩は数枚を選び取った。そして残りを伯爵が新聞紙を積み重ねておいた別の部屋に保管した。

「さて」と、我輩は助手閣下に言った。「よろしければヒギンズを呼び出して、請求書の説明をしてもらいましょうか」

「たぶん僕もお手伝いできると思いますよ」と閣下は、我輩が請求書を広げているテーブルの反対側に椅子を引っ張ってきながら言った。「もうここに六ヶ月も住んでいるんですから、ヒギンズと同じぐらいの知識はあります。なにしろ彼は話し出したら止まりませんから。お知りになりたいのは、まずどの請求書ですか？」

「まず十三年前にさかのぼりますと、伯父上は中古の金庫をシェフィールドで購入されております。これがその請求書です。まずはこの金庫を探す必要があるでしょう」

「ああ、失礼、失礼、ヴァルモンさん」と青年は立ちあがって笑いながら言った。「金庫みたいに重いものを軽く忘れるなんてあり得ないはずなのに、どうしたんでしょう。その金庫は空っぽですよ。

全然気にしていませんでした」

　こう言って伯爵は壁沿いの本棚のところへ行き、まるでドアのように本と棚ごと引っ張ると、鉄製の金庫の扉が現れた。彼は金庫をあけて見せたが、なかは特に変わった様子もなく空っぽだった。

「金庫に気が付いたのは」と彼は言った。「本をすべて棚から出したときでした。以前は外の部屋と図書室とをつなぐ秘密のドアがあったようですが、その部屋はずっと昔に取り壊されたようです。壁が分厚かったので、伯父はドアをちょうつがいごと外して金庫をこの空間に入れて隙間は煉瓦で埋めたにちがいありません」

「そのとおりでしょうな」と我輩は言いながら、失望感をどうにか悟られないようにした。

「この金庫は中古で購入して特注ではなかったのですから、なかには秘密の引き出しなどはないのでしょうな？」

「どこにでもあるような金庫のようですね」と助手閣下は言った。「でもご希望なら調べてみましょうか」

「いや、今は結構」と我輩は答えた。「ダイナマイトを爆発させて押し込み強盗気分になるのはもう十分です」

「確かに。では次はなにを調べましょう？」

「我輩がこれらの請求書を調べたところによりますと、伯父上はなんでも中古品を買うことに執着しておられたのに、たった三回だけその禁を破っておられます。四年ほど前にストランドにある有名な新刊専門のデニー書店から本を購入しておられる。図書室には比較的新しい本はありませんでしたかな？」

「いいえ、一冊もありません」

「それは確かですか？」

「もちろんです。この屋敷内にある文書や本はすべて探しました。その本はなんという題名なんですか？」

「それが読み取れないのですよ。頭文字は『M』のようなんですが、のこりはうねうねとしたミミズがのたくったような文字で。でも値段は十二シリング六ペンスで、送料は六ペンスですから、重さはだいたい四ポンド以下でしょう。この本の値段からしてみると、分厚い紙に印刷された図版もたくさん入っている科学系の本ではないかと思いますな」

「見当もつきません」と伯爵は言った。

「この三枚目の請求書は壁紙です。二十七巻の高価な壁紙と、二十七巻の安い壁紙、安いのは高いほうの半分の値段です。壁紙を販売したのはチゼルリッグ村の駅前通りにある商店のようですな」

「壁紙ならここにありますよ」と青年は叫びながら手を振った。「伯父は屋敷中に壁紙を貼るつもりだったとヒギンズは言っていましたが、図書室に一年近くもかけて貼ったあとは飽きてしまったようです。なにしろ必要になれば婦人の間で糊を手桶にいっぱい作っては、時々作業をしてたようですから。平凡とはいえ、すばらしい色合いのオークのパネルの上に貼ってしまったんですから、とんでもないことをしてくれましたよ」

　我輩は立ちあがって壁に貼ってある壁紙を調べた。濃い茶色で、請求書に記されている高価な壁紙の説明と一致していた。

「安い壁紙はどうしたんでしょうな？」と我輩は尋ねた。

「知りません」

「思うに」と我輩は言った。「我々は謎を解明するとっかかりを得たのではないでしょうか。壁紙で引き戸の戸棚や秘密の扉を隠しているのではないですかな」

「それはあり得ますね」と伯爵は答えた。「壁紙をはがしたかったのはやまやまなんですが、なにしろ業者を雇う金がないし、伯父のように手先が器用なわけでもないですから。残りのその書類はなんなんですか？」

「これも紙の請求書なのですが、ロンドンの東中央区バッジ・ロウにある会社から発行されています。一千枚の紙を購入しておるのですが、これがまたとんでもなく高価なのです。この請求書もよく読めないのですが、千枚ということはわかります。もっとも千帖かもしれません。それならこの値段でも納得がいくのですが、これが今度は千リーム［二十帖を表す単位］だったら、えらく安すぎますな」

「見当もつきません。ヒギンズに聞いてみましょう」

ヒギンズはこの最後の紙の注文についてなにも知らなかった。しかし壁紙の謎は彼がただちに解き明かしてみせた。重くて高価な壁紙はつるつるしているパネルには接着しなかったので、安い壁紙を買ってまず下地として貼ったのだった。ヒギンズによればすべてのパネルに黄白色の壁紙を貼り、乾燥してからその上に高価な壁紙を貼ったのだという。

「しかし」と我輩は反論した。「この二種類の壁紙は同時に購入して配達されておるではないか。だから実験をしてみて重い壁紙がくっつかないことに気が付いたなんてあり得ないのだ」

「それはたいしたことじゃないと思いますよ」と伯爵は口を挟んだ。「重い壁紙を最初に買ったらだめだとわかって、ざらざらした安い壁紙を後から買ったのでしょう。請求書は単に請求した日時が同じだということだけです。数マイル行けばチゼルリッグ村なんですから伯父が重いほうの壁紙を午前中に買って試してみて、午後になって安いほうを注文したんじゃないでしょうか。ともかく、請求書が発行されるのは注文から何ヶ月も後なんですから、請求が一つにまとめられただけだと思います」

きわめて不本意ではあるが、この解釈が正しいと認めざるを得なかった。

では、デニー書店に注文した本である。ヒギンズはなにか憶えているだろうか？　四年前の出来事だった。

それが、ヒギンズは憶えていたのだ。実際詳しいところまでよく憶えていた。ある朝伯爵にお茶を運んでいったときのことだった。老人はベッドで体を起こして本を熱心に読んでおり、ヒギンズのノックにも気が付かなかった。それにヒギンズ本人も耳が遠くなっていたので、入る許しが聞こえたものだと勘違いしていた。伯爵はあわてて本を枕の下の拳銃の横に隠して、許しも得ずに部屋に入ってきたと激しい調子でヒギンズをしかりつけたのだった。そんな調子で激怒する伯爵の姿を今まで見たことがなかったので、その原因は例の本にあるのだろうと思った。その本を二度とヒギンズは見ることはなかったが、伯爵が亡くなる六ヶ月前に、炉の燃えがらをかき集めていたときに、その本の表紙の一部と思われるものを発見した。ヒギンズは主人はその本を燃やしたのだと信じていた。

ヒギンズを下がらせて、我輩は伯爵に言った。

「まずやるべきことは、この請求書をストランドのデニー書店に郵送することです。そしてこの本をなくしてしまったので、もう一冊欲しいというのです。この悪筆を読める店員が店にはいるはずです。その本が手がかりになると確信しております。さらに我輩はバッジ・ロウのブラウン・アンド・サンズ社へ手紙を書きましょう。これはフランスの会社なのは間違いありません。製紙業に関係があるはずなのですが、今正確なところは思い出せません。先代伯爵に販売したこの紙の用途を問い合わせるのです」

今言ったとおりのことをやってしまうと、返答が帰ってくるまで二人ともなにもすることがなくなってしまった。しかし翌朝うれしいことに、ロンドンから返事が来る前に事件を解決してしまったのである。実はこれは我輩の手柄なのだ。もっとも例の本と製紙業者からの返事の両方を突き合わせれば、事件解決の手がかりは得られたのだろうが。

朝食後、我輩はぶらぶらと図書室のなかを歩き回っていた。床には今では茶色の包装紙やひもの切れはしといったようなものしか散らばっていなかった。ゴミを森の小道で秋の落ち葉を押しやるように蹴飛ばしていたところ、突然数枚の紙に我輩の目が吸い寄せられた。しわも寄っておらず、包装に使われた形跡もなかった。これらの紙をなんだか以前見たことがあるような気がした。その一枚をつまみあげたとたん、ブラウン・アンド・サンズ社がどんな会社か一瞬にして思い出したのである。これはフランスの製紙会社であり、つるつるして非常に丈夫な紙を製造していた。その紙は高価ではあったがある分野の産業で使用される最上級のベラム皮に比べれば、それでもなおかなり廉価なものだった。パリでは数年前に、この紙を使ってギャング連中が金貨を溶かさずに処分していたのを我輩は知っていた。この紙はベラム皮の代用品として金箔を製造する最初の段階で使われるのだ。ベラム皮と同様に何度もハンマーで叩いても破れることがないからである。あの老人が真夜中に鉄床でしていた仕事の秘密が、この一瞬のうちに解明された。彼は金貨を金箔に変えていたのだ。一般に販売されている金箔を製造するには、本物のベラム皮だけでなく固定用の爪やほかの機械が必要なのだが、そういった機械はなかったところを見ると老人の作った金箔は粗雑で分厚いものだったにちがいない。

「閣下」と我輩は助手閣下に呼びかけた。彼は部屋の反対端にいた。「打てば響く閣下の英知に、我が説の検証を願いたいのですが」

「ぶちかましてみてくれたまえ」と伯爵はこちらに近付きながらいつも通りにこにこしていた。

「我輩が金庫を調査対象から外したのは、十三年前に購入したからです。しかしこの本、壁紙、フランス製の丈夫な紙を購入したのは、すべてみな同じ月でほぼ同時でした。しかも鉄床を買ったのも鍛冶屋の炉を作ったのも同時期でした。とすると、これらの出来事は関連性があるものと考えます。バッジ・ロウの店から購入した紙がここに数枚あります。こんな紙を見たことがありますか？　さあ一枚破ってみてください」

「かなり丈夫ですね」と、一生懸命破ってみようとした末に閣下は認めた。

「ええ、これはフランス製で、金箔製造に使われるのです。伯父上は金貨を叩いて金箔にしていたのです。デニー書店の本はたぶん金箔に関する本にちがいありません。今から考えればあのミミズののたくったような題名は『金属学（Metallurgy）』なのでしょう。そのなかに金箔製造法についての記述があるはずです」

「なるほど、おっしゃることはもっともです」と伯爵は言った。「しかしそれがわかったとして、これからどうしたらいいんですか。金貨の代わりに金箔を探さなくてはいけなくなっただけじゃないですか」

「この壁紙を調べるのです」と我輩は言った。

我輩は床下近くの壁紙の角にナイフを当てた。そして簡単にかなりの部分をはぎ取ることができた。ヒギンズが言ったように、茶色の壁紙が上に貼られ、ざらざらした明るい色の壁紙が下にあった。しかしその壁紙も、貼り付けたのではなくまるでぶら下げてあったようにオークのパネルから易々とはがれ落ちた。

「重いので持ってみてごらんなさい」と我輩は叫んで、壁からはぎ取った壁紙を彼に渡した。

「なんてことだ！」と伯爵はびっくり仰天して叫んだ。

我輩は彼からそれを戻してもらうと裏向きに木のテーブルの上に置き、裏側に少量の水をかけた。そしてナイフで水がしみた白い紙をはぎ取った。すると直ちに黄金がぎらりと黄色い輝きを放ったのだ。我輩は肩をすくめて両手を広げた。チゼルリッグ伯爵は思いっきり笑い声を上げた。

「ご覧のとおりです」と我輩は大声で言った。「老人はまず壁全体をこの白っぽい壁紙で覆いました。そして金貨を炉で熱すると鉄床で叩いてフランス製の紙のあいだに挟んで適当に金箔をこしらえたのです。おそらく彼は夜一人になってから金箔を壁に貼りつけて、朝ヒギンズがやってくる前に高価な壁紙をその上に貼ったのでしょう」

これは後になってわかったことだが、実際は老人は分厚い金箔を壁に貼り付けていたのではなく、絨毯用の鋲で留めていたのだった。

　閣下は我輩の発見のおかげで、十二万三千ポンド少々を回収することができた。そしてこの青年は気前よく支払いをしてくれ、我輩の銀行口座も市会議員並みにふくれ上がり、ありがたくこの場を借りてお礼を申し上げる次第である。

うっかり屋協同組合

The Absent-Minded Coterie

数年前我輩は、ある男を、ある犯罪の容疑で追及していたら、たまたま別の犯罪を暴いてしまうという奇妙な経験をしたことがあった。その男は我輩が発見した証拠のおかげである犯罪では無実が証明されたのだが、もう一つの犯罪では有罪だったのにそやつとその一味は法の裁きをまんまと逃れてしまった。今からその顚末をお話ししよう。

ラドヤード・キップリングの小説「バダリア・ヘロズフット」を憶えておいでだろうか。被害者の妻の夫は、人を殺して靴を血に染めていたにもかかわらず、酔っぱらいという微罪で逮捕されたのだった。この事件に登場するラルフ・サマートリーズはこの話の逆を行った。イギリスの警察当局は彼を殺人罪と同等の重罪で逮捕しようともくろんでいたのだが、我輩が集めた証拠のおかげで、酔っぱらいよりはちょっと悪いくらいの罪しか犯していないことが判明してしまったのだ。

イギリスの警察当局は我輩の存在そのものを認めてはいたが、苦笑しながら見下しているのが常だった。スコットランド・ヤードのスペンサー・ヘイル氏に、ウジェーヌ・ヴァルモンのことをどう思うかただしてみてごろうじろ。あの自己満足に浸っている男にはお似合いの、人を馬鹿にしたような笑みを浮かべるだろう。そして貴君が彼と親しいなら、右目をウインクしてこう答えてくれるはずである。

「ああそう、ヴァルモンはなかなかいい奴だ。しかし所詮フランス人だからな」と、これ以上言うことはなにもない、といった顔で言うだろう。

我輩自身は、イギリス警察を非常に気に入っておる。万一明日誰かと組むとしたら、我輩はスペンサー・ヘイルを選ぶだろう。実力行使を伴う状況であったなら、我が友ヘイルこそ理想の仲間であるが、知性や洞察力、策略といった分野となると……まあ、いいだろう！　我輩ほど慎しみ深い人間はいないのだから、なにも言わないでおくことにしよう。

この大男がある晩、我輩のアパートにやってきた。パイプを一緒に吹かすために来た、などと虚勢を張っていた。この人のいい巨人と我輩のように、彼の真っ黒なパイプと我輩の繊細なる紙巻きたばこには天と地の差があった。なにしろ彼の恐ろしい煙の臭いを防ぐために、我輩はたばこをひっきりなしに吸い続けなくてはいけないのだ。この大男を我輩は歓迎した。彼は上機嫌で目をきらめかせ、今自分が手こずっている事件のヒントを得られないかどうか我輩に当たりをつけに来たのだ。鈍重なマスチフが追いかけてくるのを活発なグレイハウンドがかわすように、我輩は彼を翻弄し、ようやく最後に笑いながらこう言った。

「さあ我が友ヘイルよ、どんな事件だか話してくれたまえ。なにかお手伝いできるかもしれない」

ヘイルは最初一、二度巨大な頭を振り、この秘密は自分の一存では話せない、と答えた。前も彼が同じことを言ったときに、我輩はまさしくそのとおりだと認めたうえで、彼が発見した状況の詳細を関係者の名前以外すべて教えてもらった。そして三十分にわたる会話の断片から得られた事実をつなぎ合わせて解決してやったのだった。しかし当然のことだが、ヘイルが正直にすべて話していれば話はもっと早かったのだ。それ以来彼が我輩のところに来るのは、事件の全貌を明かして相談するときだけになった。そういう面倒な事件を一つ二つ、我輩は解決してやることができた。

スコットランド・ヤードこそがこの地球上で最高の警察であると信じているスペンサー・ヘイル氏のような頑固者であっても、フランス人に見習うべき分野もあるしフランスでは日常的に認められている捜査が、イギリスでは禁止されているということもしぶしぶ認めていた。それは家主が留守のあいだにざっと家宅捜索をするということである。エドガー・アラン・ポーの傑作「盗まれた手紙」をお読みになったことがあれば、我輩の言っている意味がわかるだろう。どんな説明よりもわかりやすい。同じ捜査を何度もしたことのある我輩自身も感心した。

けれども、今我輩がともに暮らしている人々は、「イギリス人の家は城である」ということわざを誇りにしている。そういうわけでたとえ警察官であっても、城には法律の後ろ盾がなくては侵入することができないのだ。これは法理論としては非常に結構なのであるが、必要な法律手続きをしてから、笛や太鼓の鳴り物入りで容疑者の家を捜索し、目当ての証拠が見つからなかったとしてもそれは当然であろう。もちろんイギリス人は優れた人々であり、こういう手間をかけるのはまことに見あげたものではあるのだが、冷徹な常識からすると、フランス人のやり方のほうがずっと優れているのだ。パリでは、犯罪の証拠になる書類を手に入れようというときには、わざわざこちらの目的を葉書に書いてお知らせしたりなどしない。フランス人だったらこういう場合、不承不承ながらお上に従うのが当然である。夜に散歩に出かけるときに、鍵束を管理人に渡して「僕がいないあいだに警察が臨検に来たら、どうぞご自由にご覧ください」と伝えて、言われたとおりにしてくれたまえ」と、言いおいている人々を我輩は知っている。

我輩がフランス政府の刑事局長だった時分に、外務大臣の宿泊しているプライベート・ホテルまで指定の時刻に出頭せよという命令を受けたことがある。それはビスマルクが我が国への二度目の攻撃を画策していた頃であり、秘密諜報部がかの鉄血宰相の目的をくじく文書を入手したのはかくいう我輩のお手柄であった。ところが我が祖国から感謝されてしかるべきこの功績も、その後の内閣はすっかり忘れ去ってしまったようだった。我輩よりも偉大なある人物が言っていたように、共和国の記憶力というものは、はなはだ頼りないようだ。しかしながら、それはこれからお話ししようという内容とはまったく関係がない。ただ単にこのエピソードに言及したのは、うっかりしているとほかの国では我が身にとんでもない悲劇が降りかかるが、しかるにフランスでは……すべてを飲み込み、なにごとも起こりはしないと言いたかっただけなのだ。

この世で、いや西洋に限ってみれば、我輩ほどボロを出さない人間はおるまい。常に冷静なウジェーヌ・ヴァルモンは、なにごとにも動じない男であった。しかしそのときばかりは極度の緊張状態で無我夢中だった。我輩は大臣の私室で大臣と二人きりだった。大臣が必要としていた書類の一つが外務省の自分の執務室にあると気が付いた彼は「ああ、あれはわしの執務室の机のなかだ。ああ面倒くさい！　誰かを取りやらねば！」

「その必要はございません、閣下」と我輩は大きな声で言いながら我を忘れて立ちあがった。「ここにございます」と言って、バネ仕掛けのボタンを押して秘密の引き出しを開いた。そして必要な書類を取り出して渡したのだった。

大臣が疑わしげな目つきで薄笑いを浮かべたのを見て、ようやく我輩は自分がなにをやらかしてしまったのかを理解した。

「ヴァルモン、わしの住まいに一体なんの目的で入り込んだのかね？」と彼は静かに言った。

「閣下」と我輩はできる限り冷静に答えた。「今夜ご命令により閣下つまりデュムレーヌ男爵のお住まいを訪問いたしました。閣下はフランス共和国大統領の信任篤い方であらせられます。このような高名な紳士が、我輩の隠密行動をお知りになりたがり、しかも我輩に一体なんのために家宅捜査をするのかとお聞きになるべきではありませぬ」

「いいから返事をするのだ、ヴァルモン。秘密諜報部のためだろう」

「答えたくないわけではありません、閣下。ただいまお答えいたします。閣下のお宅を捜索したのはフランス秘密諜報部のためでございます」

外務大臣は笑い声を立てた。まったく憎しみの色がない暖かい笑い声だった。

「さすがだな、ヴァルモン。あっぱれな捜索ぶりと、すばらしい記憶力だ。わしはこの書類が役所に置いてあるとばかり思い込んでおったよ」

はたしてランズダウン卿［イギリスの外務大臣、在任一九〇〇〜一九〇五］は、スペンサー・ヘイルが同じように卿の書類のありかを知り尽くしていたとしたら、同じように言うだろうか！　さてそろそろ我が友ヘイルの元へと戻ることにしよう。彼をあまり待たせすぎてはいけない。

最初にサマートリーズ事件のことを耳にした、十一月のあの日のことはよく憶えている。

ロンドンには分厚い霧が立ち込めて、我輩は二度三度と迷子になりかけ、いくらチップをはずむと言ってもさっぱり辻馬車は捕まらなかった。あのときわずかながら路上に出ていた御者もいたが、馬の歩みはゆっくりのろのろ、向かう先は自分たちの馬小屋だった。そんな陰鬱なロンドンの日々は、我輩にとってみれば退屈でがまんならなかった。我が清明なるパリの街は、たとえ霧がわずかにかかろうとも清潔で白い湯気のようなものであり、この恐ろしいロンドンの息の詰まるような石炭がらとの混合気体とは天と地の差があった。あまりに霧が深いものだから、通行人は新聞の売り子が歩道に張り出している見出し文句も読めはしなかった。たぶん競馬がなかったのだろう、新聞の売り子はその次に重要だと思っている出来事、アメリカ大統領選挙の結果を声を限りにわめいていた。我輩は新聞を一部買ってポケットに突っ込んだ。アパートにたどり着いたときはもうかなり遅い時間になっていたので、夕食を済ませると、我輩にしてはかなり異例なことではあるが、スリッパをつっかけ暖炉の前の安楽椅子に陣取って、夕刊紙を読み出した。雄弁家のブライアン氏〔ウィリアム・ブライアン。民主党の大統領選候補者。一八九六年、一九〇〇年にマッキンリー、一九〇八年にタフトに破れた〕が落選したのは残念だった。我輩は銀相場問題についてあまり詳しくないが、彼の雄弁なる訴えは我が心を打つものがあり、しかもたくさんの銀鉱山を所有しているにもかかわらず、銀価格があまりにも低すぎて鉱山経営では生活が成り立たないという点にも同情を抱いたのだった。しかしもちろん彼は金権政治家だという声もあり、さらにいわゆる百万長者であると何度も何度も言われていたのだから、民主主義において負ける運命にあったのであろう。なにしろ平均的な有権者は貧乏人ばかりで、食うや食わずなのは我がフランスの農民と同じだった。我輩は常日頃この西方の巨大な共和政体の出来事に並々ならぬ興味を抱いており、その政治について正確な情報を常に得ておこうと骨を折っていた。読者諸君ならご存じのように、我輩は自慢めいたことを決して口にしないのであるが、あるときアメリカ人の依頼人と話していたらこれほどアメリカ政界の裏の裏まで精通している人物は我輩のほかに知らないと言ってくれた。もっとも彼はその後に、忙しくて今までそんなことに関心を抱いたことがない、とも付け加えたのだが。

我輩はうとうとして新聞を取り落としてしまった。実際霧が我がアパートのなかにまで入り込んできて、電灯をつけていても文字を読むのが困難になってきていたのだ。すると召使が入ってきて、スペンサー・ヘイルの来訪を告げた。まあ、どんな晩でもだが、とりわけこんな雨や霧の夜には、新聞を読んでいるよりも友と語り合うほうがずっと楽しいものだ。

「おやおや、ヘイル君、こんな霧の晩にわざわざ外出してくるなぞ、勇ましい限りですな」

「やあ、ヴァルモン君」とヘイルはいささか胸を張って「こんな濃い霧はさしものパリでも出ないだろう！」と言った。

「出ませんな。ロンドンが一番でしょうな」と言いながら立ちあがって客に会釈をし、椅子を勧めた。

「最新ニュースを読んでいるようだね」と彼は新聞を指さしながら言った。「ブライアンとかいう男が落選してよかった。これで少しはいい時代になりそうだ」

我輩は椅子に座りながら手を振った。我輩はスペンサー・ヘイルと様々な議論をするが、アメリカの政治は例外だ。彼はまったく理解していない。外国の内政問題についてまったく無知であるというのが、イギリス人共通の欠点である。

「今夜のような天気にわざわざやってきたからには、かなり重要な事件なのでしょうな。スコットランド・ヤードも五里霧中ですかな」

この我輩のしゃれた言葉も彼にはまったく通じず、額面どおりの答えを返してよこした。

「ロンドン中、霧につつまれているよ。実際イギリスのほとんどが霧のなかだろうな」

「なるほどね」と我輩は相づちをうってみせたが、彼はとんと気付かぬようだった。

続く彼の発言は、ヘイル以外の知り合いから発せられたとしたら、その深い含蓄になんと優れた知性の持ち主だろうと感心させられたことだろう。

「なにしろ目から鼻に抜けるほどの聡明な君だから、ヴァルモン君、ここに来たのは実はアメリカ大統領選挙の争点と同じ問題が理由だと言えばわかるだろう。田舎者相手だったらもっと詳しく説明しないとだめだろうが、君だったらそんな必要ないだろうね」

スペンサー・ヘイルが、我輩を今度こそはへこませてやろうと事件を持ち出してくるときいつも見せる、目を細めた狡猾そうな笑いにむっとしたことは今まで何度もあった。彼にしてやられたことが絶対ないとは、残念ながら言えない。実はときたまヘイルが頭を悩ます事件があまりにも単純すぎたために、かえって我輩が複雑に考えすぎて不要な回り道をしてしまったこともあったのだ。

我輩は指先を合わせたまま、しばらく天井を睨んでいた。ヘイルは真っ黒のパイプに火をつけた。我が寡黙なる召使は彼の肘のあたりにウイスキーのソーダ割りを置き、忍び足で部屋から出ていった。ドアが閉まるとともに我輩の視線は天井からヘイルの大きな顔へと戻っていった。

「連中は君の手から逃れたのかね？」と、我輩は静かに尋ねた。

「誰が？」

「硬貨偽造団だよ」

ヘイルのパイプが口から落ちたが、どうにか床に達する前に受け止めた。そして彼はグラスの酒をがぶりと飲んだ。

「今のはまぐれ当たりだろう」と彼は言った。

「そのとおり」と我輩はぞんざいに言った。

「いやそんなわけはない、どうしてわかったんだ、ヴァルモン君、説明してくれ」

我輩は肩をすくめた。もてなしている客人に反論するのは礼儀に反するものだ。

「早く言えよ！」とヘイルは乱暴に叫んだ。彼は混乱すると乱暴で汚い言葉遣いになる。「どうしてわかったんだ」

「なに、単純なことだよ、我が友よ。アメリカ大統領選挙は銀相場をめぐる争いだった。低すぎる相場のせいでブライアン氏は負けた。そして農場の敷地内に銀鉱山を持つ西部の農民が破産しそうだ。銀相場がアメリカの頭痛の種だとしたら、スコットランド・ヤードも銀のおかげで困っているというわけだ。

「そこで自然と思い浮かぶのは、銀の延べ棒盗難事件だ。しかしあの事件が起こったのは三ヶ月も前、サザンプトンでドイツの蒸気船から荷揚げをしていたときだった。我が友スペンサー・ヘイル君が犯人をあっという間に追い詰めたとき、犯人は酸で延べ棒の刻印を消そうとしているところだった。ところが事件は次から次へと都合よく起こるものにあらず、モンテカルロのルーレットのごとし、だ。泥棒連中にも頭はある。連中はこう自問自答しているのだ。『ヘイル氏がスコットランド・ヤードでがんばっていても延べ棒を盗むには、どうやったらいいんだ?』と。どうかね、我が友よ?」

「まさにそのとおりだ、ヴァルモン君」とヘイルはさらにもう一口酒をすすった。「君の推理力には本当に驚かされるよ」

「ありがとう、我が同志よ。しかしその銀の延べ棒泥棒が、今回の相手ではないね。とはいってもアメリカ大統領選挙は銀相場が争点ではあった。もし銀相場が高騰していたら、銀は問題にはならなかった。だから君が悩んでいる犯罪とは銀相場の低迷から起きたことなのだ。おそらく偽金作りにちがいあるまい。なにしろ金属価格の低迷が引き金になっているのだよ。たぶんこれからはさらに精巧な偽物が出回るはずだ。偽のシリング硬貨や半クラウン硬貨を、卑金属でなく本物の銀で作れるようになったのだからな。それにもし銀相場が上がれば膨大な利益を出すことができるようになる。昔ながらのやり方はおなじみだろうが、この新しい偽金の作り方には面食らっているのだろう。以上が我輩の推理の過程であるよ」

「たいしたもんだね、ヴァルモン君。まさにそのとおりだ。本物の銀貨を原料にして偽金をこしらえる偽造団がいるんだ。半クラウン銀貨を使って本物みたいなシリング硬貨を作る。この偽造団の足取りはまったくつかめないが、偽金を使っている人間はわかっている」

「じゃあ逮捕できるじゃないか」と我輩は言った。

「まあ、それはそうなんだが、まだ証拠が十分じゃないんだ。今晩来たのは、実はこっそり例のフランス式のやり方をやってくれないかと思ってね」

「ほほう、フランス式のやり方とはなんのことだね、スペンサー・ヘイル君?」と我輩はいささか荒々しい言葉を返した。興奮してしまうといつもの礼儀正しさを忘れる瞬間があるものだ。

「いや、怒らないでほしいんだが」と刑事はどぎまぎしながら答えた。彼は実際気のいい男なのだが、いつも勇み足をしてしまっては謝るのを繰り返しているのだ。「誰かにある男の家を、捜査令状なしで捜索してもらって証拠のありかを確かめてほしいだけなんだ。そうすれば我々が証拠を隠す間を与えずに突入できる」

「相手は誰なんだ。一体どこに住んでいる?」

「ラルフ・サマートリーズといって、不動産屋の広告だったら、小粋でおしゃれな小さなお宅、とでもいうやつに住んでいる。それもパーク・レーンという一流の場所だ」

「なるほど。なぜ目をつけたのかね?」

「そこは高級住宅街で、暮らしていくには結構金がかかる。ところがこのサマートリーズという男は一見なんの定職にも就いていない。なのに毎週金曜日には、ピカデリーにあるユナイテッド・キャピタル銀行に行って鞄いっぱいの金を預けるんだ。しかもそのほとんどが銀貨ときている」

「なるほど。で、その銀貨の正体は？」

「我々が調べた限りではかなりの数が英国造幣局の与り知らぬ作りたての硬貨だった」

「ではすべてが新品の偽造硬貨ではないのだね？」

「そうなんだ。奴もなかなか手が込んでいる。ポケットいっぱいに偽の五シリング硬貨を詰め込んでロンドンを一周しながら、あれやこれや買い物をすれば、家に帰り着く頃にはおつりでもらった正真正銘の半クラウン、フローリン、シリング、六ペンスなんかの硬貨が手に入るというわけだ」

「なるほど。ではどうしてそやつのポケットが偽の五シリング硬貨でふくらんでいるところを、逮捕しないのかね？」

「もちろんそういうやり方もある。それも考えてみた。しかし考えてもみてくれ。我々は一味を一網打尽にしたいんだ。奴一人を逮捕しても、一体その偽金をどこで作っているのかわからない。偽造の主犯は逃げてしまうだろう」

「サマートリーズが偽造の主犯でないと、どうしてわかるのかね？」

あわれなヘイルの考えていることなど、一から十までお見とおしだった。彼はこの質問に答えようか答えまいかともじもじしていた。まるで犯人が犯罪現場を抑えられたかのようだった。

「我輩にしゃべってもなんの問題もないのだよ」としばらくしてから慰めるように言った。「君はサマートリーズの家に部下を住み込ませて、奴が偽造犯ではないことを探り出したのだろう。しかし君の部下はいまだに共犯を逮捕するに足る証拠を見つけられないでいるのだ」

「またもやご名答だよ、ヴァルモン君。私の部下が二週間前からサマートリーズ家の執事として住み込んでいる。しかし君の言うとおりなんの証拠も発見できていない」

「今でも執事をやっておるのかね？」

「ああ」

「それでは今までにわかっていることを教えてくれたまえ。サマートリーズは硬貨でいっぱいの鞄を、毎週金曜日にピカデリーの銀行に預けているのがわかっているということは、銀行がその鞄を調べさせてくれたのだろう」

「調べさせてもらったよ。しかし銀行というのは実に扱いにくい連中だ。奴らは刑事がうろつき回るのを嫌がるんだ。法律に反することはしないが、聞かれた以上のことは絶対に答えようとしない。それにサマートリーズはユナイテッド・キャピタル銀行の長年にわたる優良顧客だからな」

「その金の出所は判明したのかね？」

「もちろん。毎晩きちんとした格好の店員風の男がサマートリーズの屋敷まで運んできて、一階の食堂にある大きな金庫にしまうんだ。鍵はその男が持っている」

「その店員もどきの尾行はしたのかね？」

「した。そいつはパーク・レーンの屋敷に毎晩泊まり、午前中にトッテナム・コート・ロードにある古びた骨董屋に出勤する。そこに一日中いたあと、金の入った鞄を持って晩に戻ってくるんだ」

「どうしてそいつを逮捕して尋問しないんだね？」

「それはヴァルモン君、サマートリーズ本人の逮捕を手控えているのと同じ理由だよ。二人とも逮捕するのは簡単だけど、どちらにもこれっぽっちの証拠もないし、一味に気付かれて主犯に逃げられたら元も子もない」

「その古びた骨董店にはなんの怪しい点もないのかね？」

「まったくないね。完璧に普通の店だ」

「どのぐらいその狙物を追いかけているのかな？」

「六週間くらいだな」

「サマートリーズは結婚している？」

「してない」

「その屋敷には女の召使はいるのだろうか？」

「いやいない。ただ掃除のおばさんが三人毎朝やってくるだけだ」

「家族構成は？」

「執事、従僕、そしてフランス人のコック」

「なるほど」と我輩は叫んだ。「フランス人のコックとは！　なかなかこの事件はおもしろそうだね。つまりサマートリーズは君の部下を完璧にやりこめたということだね？　自由に家のなかを見ることを許さなかったんだろう？」

「いや、違う。むしろ積極的に協力してくれたと言ったほうがいいかもしれない。あるときなんか金庫を開けて現金を勘定するときに、ポジャーズ、ああ、これが自分の部下の名前なんだが、ポジャーズに勘定を手伝わせて、しかもなんとポジャーズに硬貨が入った鞄を銀行まで運ばせたことまであったんだ」

「するとポジャーズは隅から隅まで調べたということかね？」

「ああ」

「硬貨偽造の設備はぜんぜん見当たらない？」

「まったく。硬貨偽造がその家で行われた可能性はない。しかしさっき言ったように、店員もどきの男が現金を運んでくるんだ」

「つまり我輩にはポジャーズの代わりを務めてほしいということかな？」

「うーん、ヴァルモン君、正直言うと、そういうわけではないんだ。ポジャーズはできうる限りのことをした。しかし君には時間のあるときに、幾晩かあの屋敷に忍び込んでもらって、ポジャーズに手伝わせてもう一度調べ直してもらいたいんだよ」

「なるほど。イギリスではいささか危険な仕事であるな。我輩としては、そのポジャーズ君の後釜としてきちんとした地位を得たうえで行いたいものだ。サマートリーズは定職に就いていないと言ったね？」

「まあ、あれが仕事と言えるかどうかわからないが、なにかの物書きらしい。でもそんなものは仕事じゃないと自分は思うがね」

「ほう、作家なのか？　いつ執筆をするのかね？」

「一日中書斎にこもっている」

「昼食をとりに外出しないのかい？」

「しない。小さなアルコールランプが部屋に用意してあって、ポジャーズによれば、自分でコーヒーをわかして、サンドイッチを一、二切れつまむだけらしい」

「パーク・レーンの住人にしてはつましいね」

「そう思うよ、ヴァルモン君。しかしその埋め合わせに晩にはフランス人のコックに作らせた、世界中の珍味をフルコースで味わっているよ」

「なかなかやるものだな！　さてヘイル君、サマートリーズ氏と対面するのが楽しみになってきましたぞ。君の部下のポジャーズは自由に外出できるのかね？」

「問題ない。夜でも昼でも好きなときに外出できる」

「よろしい、ヘイル君。ここに明日連れてきたまえ。我らが作家先生が書斎にこもったら、いやそれよりも店員がトッテナム・コート・ロードへ出かけたらすぐのほうがいいか。おそらく、ご主人が書斎のドアに鍵を掛けてから三十分くらい後になると思うが」

「まさにそのとおり、ヴァルモン君。どうしてわかったんだ？」

「単なる推測だよ、ヘイル君。そのパーク・レーンの屋敷はかなり怪しいから、主人が部下よりも先に仕事を始めてもおかしくないと思っただけさ。それにラルフ・サマートリーズはポジャーズが我が家に住み込んでいるその目的もちゃんとわかっているのではなかろうか」

「どうしてそう思うんだ？」

「どうしてと言われても困るんだが、サマートリーズがいかに頭の鋭い男か、君の話を聞いているうちにわかってきたよ。それにだんだんポジャーズの能力に疑問が湧いてきた。しかしとにかく明日彼を連れてきてくれたまえ。直接いくつか訊きたいことがある」

翌日十一時頃、大柄のポジャーズが帽子を手に持って、上司の後に続いて我がアパートを来訪した。平らで無感動無表情無髭の顔は、想像以上に執事らしく、お仕着せを着ていることでさらにその印象は強まっていた。我輩の質問に対する答え方も、必要ない限り余計なことは一切しゃべらないという、よく仕込まれた召使そのままだった。要するにポジャーズは我輩の予想を遥かに上回っていたのだが、実際我が友ヘイルは彼のことをいささか得意に思っていたらしく、勝ち誇ったような態度をしていた。

「座りたまえヘイル君、君もだ、ポジャーズ」

彼は我輩のせっかくの気遣いにもかかわらず、上司が座るまでまるで彫像のように身動きしなかった。そしてようやく椅子に腰かけた。イギリス人という連中はよくしつけられているものだ。

「さてヘイル君、まずはさておきポジャーズの変装がうまくて驚いたよ。すばらしい。君たちは我がフランスとは違って技巧を凝らした方法には頼らないようだが、そのほうが正解だと我輩は思いますぞ」

「いささか経験があるんでね、ヴァルモン君」とヘイルはちょっと胸を張ってみせた。

「さてそれでだ、ポジャーズ。その店員のことを教えてくれたまえ。そやつは夜何時にやってくるのかね？」

「六時ちょうどであります」

「呼び鈴を鳴らすのか、それとも自分で鍵を開けて入ってくるのか？」

「鍵を開けます」

「どうやって現金を運んでくるのかね？」

「小さい鍵付きの革鞄に入れて肩に掛けて来ます」

「まっすぐ食堂に行くのだね？」

「はい」

「彼が金庫の鍵を開けて金をしまう姿を見たことがあるかね？」

「はい」

「金庫を開けるのは文字あわせか、それとも鍵か？」

「鍵であります。いわゆる旧式のものです」

「そして店員は自分の革鞄の鍵を開けるのだね？」

「はい」

「つまり三分間に三本もの鍵を使うことになるわけだ。鍵は別々か、それとも束になっているのか？」

「鍵束です」

「サマートリーズがこの鍵束を持っているのを見たことがあるか？」

「いいえ」

「彼が金庫を開けるのを見たことがあると聞いているんだが？」

「はい」

「彼はばらばらの鍵か、鍵束か、どちらを使っていた？」

ポジャーズはゆっくりと頭をかいて、言った。

「憶えておりませんです」

「ああ、ポジャーズ、ポジャーズ、君はその屋敷で一番大切なことを忘れているのだ。本当に憶えていないのか？」

「憶えておりませんです」

「現金をしまって金庫の鍵を掛けた後、その店員はなにをするのだ？」

「自分の部屋に引っ込みます」

「その部屋はどこにある？」

「四階です」

「君はどこで寝ている？」

「五階でほかの召使と一緒です」

「主人はどこで眠る？」

「三階の、書斎の隣の部屋です」

「屋敷は五階建てで地下室もあるのだね？」

「はい」

「かなり狭い屋敷のようだね？」

「はい」

「例の店員は主人と一緒に夕食はとらないのかね？」

「いいえ、店員は屋敷内ではなにも食べません」

「朝食前に出かけるのか？」

「いいえ」

「誰も店員の寝室に朝食を持って行かないのか？」

「持って行きません」

「彼が屋敷を出るのは何時かね？」

「十時です」

「朝食は何時だ？」

「九時です」

「主人が書斎にこもるのは何時だ？」

「九時半です」

「内側から鍵を掛けるのか？」

「はい」

「昼のうちは誰も呼びつけはしない？」

「私の知る限りではそうです」

「彼はどういう人間だね？」

　ここでポジャーズはようやく得意分野で腕を発揮できるとばかり、微に入り細に入り、主人の見た目を詳しく語った。

「いいかねポジャーズ、我輩が聞きたいのは、彼は寡黙な人間かそれともおしゃべりか、それとも怒りっぽいかということなんだ。うさんくさいか、挙動不審か、びくびくしているか、挑戦的か、冷静か、興奮しやすいか、それともどんな感じなのか？」

「ええと、とても物静かで、自分のことはほとんど語ろうとしません。怒ったり興奮したりしているところを見たことがありません」

「さてポジャーズ、君はパーク・レーンの屋敷にもう二週間以上も住み込んでいる。君は頭が切れて警戒心があり目先が利く男だ。君が異常と思うようなことはなにか起こらなかったかね？」

「ええと、どう言ったらよろしいものやら」とポジャーズは答えながら、上司と我輩とのあいだに視線を泳がした。

「君は任務としてこれまで何度も執事に変装してきたはずだ。でなければこれほど上手に化けられるはずがない。そうだろう」

ポジャーズは答えなかった。しかし上司をちらりと見やった。これは公務に関する質問なのは明らかだ。部下の身にしてみれば勝手に答えることはできなかった。するとヘイルが代わりに答えた。

「そのとおり。ポジャーズはもう何度も場数を踏んできたんだ」

「なるほど、ポジャーズ、ではいままで雇われた様々な屋敷のことを思い出してくれたまえ。そのなかでサマートリーズ家が異なっている点を教えてくれないか」

ポジャーズはしばらく考え込んでいた。

「ええと、ご主人はかなり熱心に書き物をしておりますです」

「まあ、それが彼の仕事だからな、ポジャーズ。九時半から七時近くまで書きまくっているんだね？」

「はい」

「ほかにはなにかないか、ポジャーズ？　どんなにつまらないことでもいい」

「ええとですね、ご主人は読むことも好きでして、少なくとも新聞が大好きです」

「いつ読むのだね？」

「読んでいる姿は見たことがありません。私の知る限りでは、新聞を開く姿も見たことがありません。でもすべての新聞を購読しているのです」

「なんだって、朝刊紙すべてかね？」

「はい、夕刊紙もすべてです」

「朝刊はどこに置いておくのかね？」

「書斎のテーブルの上です」

「夕刊は？」

「はい、夕刊が配達される時間は書斎には鍵が掛かっております。ですから食堂のサイドテーブルの上に置いておきます。ご主人が書斎に戻るときに持っていくのです」

「それは君が就職してから毎日繰り返されているのかね？」

「はい」

「この驚くべき事実をもちろん上司には報告しているのだろうな？」

「いいえ、しておりません」と、戸惑った様子のポジャーズは言った。

「そうすべきだったのだ。ヘイル君だったらこれがなぜ重要かすぐに理解したはずだ」

「おいおい、ヴァルモン君」とヘイルが口を挟んだ。「なにを言っているんだ。新聞全紙を取る人間なんていくらでもいるだろう！」

「そうは思わないね。クラブやホテルだって取っているのは一流紙だけだ。君は全部と言ったな、ポジャーズ？」

「まあ、ほとんど全部です」

「どっちなんだ？　大きな違いだぞ、その二つは」

「かなりたくさんです」

「いくつなんだ？」

「わかりません」

「簡単にわかることだろう、ヴァルモン君」とヘイルはいらいらした様子で叫んだ。「本当に大切なことだったらな」

「もちろん大切なのだよ。だからこれからポジャーズと一緒に行くことにする。帰ったら我輩を屋敷のなかに入れてもらえるだろうか？」

「大丈夫です」

「さてまた新聞のことに戻るけれども、ポジャーズ、読んだ後の新聞はどうするんだ？」

「週に一回、くず屋に払い下げます」

「誰が書斎から運び出すのかね？」

「私です」

「隅から隅まで読んでいるようだったか？」

「いいえ、なかには開きもしなかったものがあります。もしかしたらきちんとたたんだのかもしれませんが」

「記事を切り抜いたりしていなかったかね？」

「いいえ」

「サマートリーズ氏はスクラップブックを作っていたか？」

「知る限りそんなことはありません」

「ああなるほど、これで事件は解決だ」と我輩は言って椅子の背にもたれかかり、ヘイルの童顔が困惑しているのを見やって大いに満足した。

「一体どこが解決だというんだ？」と彼は礼を逸しない範囲ぎりぎりの厳しい声を上げた。

「サマートリーズは硬貨偽造などしていないし、偽造団の一味でもなんでもない」

「じゃあ奴はなにをしてるんだ？」

「まあ、それはまた別の話だ。たぶん今わかっている限りでは、彼は真っ正直な男なのではないのかな。表の顔はトッテナム・コート・ロードで一生懸命仕事にいそしむ商人なのだが、そういうかにも庶民的な仕事とパーク・レーンの贅沢な屋敷を結び付けられるのが恥ずかしくてたまらないのだろう」

これを聞いてスペンサー・ヘイルは、滅多に見せないのでいつも周りを驚かす素早い頭のひらめきを見せた。

「馬鹿馬鹿しいぞ、ヴァルモン君」と彼は言った。「自分の職業と立派な屋敷が釣り合わないと悩む男は、上流階級に潜り込もうとしているか、それとも嫁か娘がそうしたがっているのが相場だ。しかしサマートリーズには家族はいない。奴はどこにも外出しないし、娯楽に興味もなければ招待状も来ない。クラブの会員にもなっていないんだから、奴がトッテナム・コート・ロードの店を恥じているなんて考え方は馬鹿げている。奴が関係を隠しているのは、絶対にほかの理由があるはずだ」

「おやまあヘイル君、知恵の女神も顔負けの見事な推論でありますな。では、我が友よ、もう我輩の助けなどいらないのではないかね？」

「これでもう解決とでも？　夕べ来たときから一歩も前進していないじゃないか」

「夕べはね、ヘイル君、君はサマートリーズは硬貨偽造団の一味だと信じ込んでいた。今日はそうではないとわかった。これでいいじゃないか」

「君が、そうではないと言っただけだよ」

我輩は肩をすくめて眉を上げ、にっこり笑った。

「同じことでありますよ、ヘイル君」

「まったくもう、よりによってこの高慢ちきな……」と言いかけたが、人のいいヘイルはこれ以上口にはしなかった。

「で、我輩の助けはいるのですかな。君の自由だが」

「まあいい、その点はあまり深く追及しないことにしよう。頼みます」

「だったら、ポジャーズ、君は我らがサマートリーズ氏の屋敷に戻って、昨日配達された朝刊と夕刊全部を我輩に見せてくれるかね。できるかな？　地下の石炭置き場でごっちゃになってしまっているかね？」

「大丈夫です。また必要になったときのために、日付別にひとまとめにするよう指示を受けております。一週間分の新聞を地下室にためておりまして、先週までの新聞はくず屋に売ることになっております」

「よろしい。では一日分の新聞を抜き取って、我輩に渡してくれたまえ。三時半ちょうどに参上するから、我輩を四階にある店員の寝室に案内してくれ。昼間は鍵は掛けていないのだろう？」

「掛けておりません」

こう言って我慢強いポジャーズは帰っていった。スペンサー・ヘイルは部下が去ると立ちあがって、「ほかになにかやるべきことは？」と尋ねた。

「トッテナム・コート・ロードの店の住所を教えてくれたまえ。偽造だと思われる新品の五シリング硬貨は持っていないかな？」

彼は財布を開けると銀貨を一枚取り出して、我輩に渡してくれた。

「これを夕方までには使うつもりだが」と我輩はポケットにしまいながら言った。「部下に逮捕はさせないでくれたまえよ」

「わかった」とヘイルは笑いながら帰っていった。

三時半にはポジャーズは我輩を待ちかまえていてくれた。入口の踏み段を上っていくとすぐに玄関を開けてくれたので、呼び鈴を鳴らす手間が省けた。屋敷は奇妙に静まりかえっていた。フランス人のコックは地下室に降りていて上にいるのは我々だけのようだった。ただしサマートリーズは書斎にいるということだが我輩は疑っていた。ポジャーズは直接四階の店員の寝室に案内してくれた。あの巨体が忍び足でこっそりこそこそしていたのだが、我輩には無用の用心のように思えた。

「この部屋を捜索してみる」と我輩は言った。「下の書斎のドアの前で待っていてくれ」

この屋敷の小ささからしてみれば、寝室は十分な広さがあった。ベッドはきちんと整えられていて、椅子が二つあった。しかしよくある洗面台や鏡が見当たらなかった。だが部屋の奥のカーテンをめくってみると、思っていたとおり、奥行き四フィート、幅五フィートほどのくぼみになっていて、洗面所がしつらえてあった。この部屋はおよそ十五フィートの幅だから、残りは十フィートである。その次に我輩は衣装戸棚の扉を開いた。なかにはたくさん洋服が掛けてあった。これで洗面所と衣装戸棚のあいだには五フィートの空間が残されていることになった。最初我輩は秘密階段の出入り口は洗面所にあるにちがいないと思い、洗面所の壁を詳細に調べてみた結果、叩いてみるとがらんどうである音がするものの、一面さねはぎ板張りがしてあって隠し扉はなかった。とすると秘密階段の入り口は衣装戸棚のなかにあるにちがいない。右側の壁はちょっと見たり触ったりしただけでは、洗面所と同じさねはぎ板張りのようなのだが、しかし我輩はただちにこれは扉であると見破った。二本のくたびれたズボンをかけてあるフックが、実は掛け金の役目をしているという精巧な作りだったのだ。そのフックを上に押しあげると扉が外側に開き、階段が現れた。三階へと降りていくと、同じような掛け金と衣装棚があって、部屋のなかに入ることができた。この二つの部屋はまったく同じ大きさで、ぴったり上下に重なっていたのだ。唯一の違いは、下の部屋のドアは上とは違って、戸棚のなかではなくて書斎に直接つながっているということだけだった。

書斎はきちんと整理整頓してあった。あまり使われなかったのか、それとも非常に几帳面な男が主だったのだろうか。テーブルの上にはその日の朝刊の束が積み重ねてあるだけだった。我輩は反対側まで歩いて行き、鍵を開けて廊下に出て、ポジャーズをびっくり仰天させた。

「おやまあ、私は酔ってるんですかね！」と彼は叫んだ。

「そうかもしれんね」と我輩は答えると、「この二週間ずっと君は誰もいない部屋の前を忍び足で歩いていたのだ。さあついてきたまえ、ポジャーズ、トリックを教えてあげよう」

彼とともに再び書斎に入ると、我輩はもう一度ドアの鍵を掛けた。そして偽執事とともに上の階の寝室へ上がっていった。彼はいまだに忍び足の癖が抜けないようだった。部屋に入るとすべてを元通りに戻した。本階段を下りて玄関ホールへ行き、ポジャーズはきちんと包装した新聞紙の包みを渡してくれた。我輩はこの包みをアパートに持ち帰り、助手に指示して新聞を調べさせたのだった。

我輩はトッテナム・コート・ロードの端まで辻馬車に乗り、歩いてJ・シンプソン骨董店へ行った。ぎっしりと品物が並べられたショーウインドウをしばらく眺めた後に、店へ入ってウインドウ内に飾られていた小さな鉄製の十字架を手に取った。昔の職人の手によるもののようだ。

　ポジャーズの説明のとおりの、実直そうな店員が控えているのにすぐ気付いた。彼こそが毎晩パーク・レーンの屋敷に金の入った鞄を運んでいた本人だった。そして我輩は、この店員こそラルフ・サマートリーズにちがいないと確信していたのである。

　どこからどう見ても彼はもの静かな店員以外の何者でもなかった。十字架の値段は七シリング六ペンスで、ソブリン金貨で支払った。

「お釣りは全部銀貨でもかまいませんか、お客様?」と彼は言った。我輩はさりげなく返答したが、こんなことを聞かれて湧きあがる疑念を抑えつけるのが大変だった。

「べつにかまわんよ」

　彼は我輩に半クラウン硬貨を一枚、二シリング硬貨を三枚、一シリング硬貨を四枚渡したが、すべて使い古した正真正銘の無骨な英国造幣局の硬貨だった。これで彼が偽金の流通役であるという説は却下された。なにか特に興味のある骨董品の分野があるかどうか尋ねてきたので、なにしろ素人なものでなんでも広く浅く興味があると答えると、店内を見て回るように勧められた。勧められたとおりにしていると、彼は再びパンフレットを封筒に入れて宛名を書き切手を貼るという作業を再開した。カタログのようなものだった。

　我輩をじろじろ見たりなにか売りつけようとしたりしなかった。我輩は適当に小さなインクスタンドを選んで、値段を尋ねた。二シリングと彼が言ったので、我輩は偽の五シリング硬貨を取り出した。彼は受け取ってなにも言わずにおつりを出した。これで彼が硬貨偽造団だという疑いは、完全に晴れたわけだ。

するとこのとき一人の青年が店内に入ってきた。一目で彼は客ではないのがわかった。

彼は急ぎ足で店の奥へと歩いて行き、正面玄関をのぞき見ることができるガラスパネルがついているついたての後ろに姿を消した。

「ちょっと失礼」と店員は言って、青年の後に続いて奥の部屋へと入っていった。

我輩が種々雑多のがらくた商品を見定めていると、机の蓋かむき出しのテーブルの上に硬貨がじゃらじゃら広げられる音がして、ぶつぶつ言う声が聞こえた。我輩はそのとき店の玄関近くに陣取り、目の端で奥の部屋をガラスパネルごしに睨みながら、一瞬の手業で入口のドアの鍵を音も立てずに抜き取って、蠟で型をとり、ばれずに鍵を元に戻した。すると同時に別の青年が店に入ってきて、まっすぐ我輩の横を通り過ぎて奥の部屋へと入っていった。こう彼が言う声が聞こえた……。

「すみません、シンプソンさん。やあ、ロジャース」

「やあ、マクファーソン」とロジャースは挨拶しながら出てきて、シンプソン氏に別れの挨拶をすると、口笛を吹きながら通りを下っていった。しかし彼が同じ曲を繰り返して吹く前に、また別の青年が入ってきた。彼はティレルと名乗った。

我輩はこの三人の名前を心に刻んだ。さらに二人が入ってきたが、人相は覚えたものの、名前は聞こえなかった。彼らが集金人なのは明らかだった。誰が来ても小銭のチャリチャリいう音がしたのだ。ここは小さな店であり、手広く商売をやっているわけでもなく、我輩がいたほんの三十分あまりのあいだに、客はたった一人だった。分割払いをしていたとしても、集金人は一人いれば十分なはずだ。

ところが五人もやってきた。そしてその日の成果を山と積み、サマートリーズが晩に持って帰るのだ。

我輩はサマートリーズが宛名を書いていたパンフレットを一部失敬することにした。カウンターの後ろの棚に積んであったのだが、手を伸ばせば十分届く距離だったので、一番上のを一部いただいてポケットにしまい込んだ。五人目の青年が通りに出ていくと、サマートリーズ本人が出てきた。彼は手にぱんぱんになった鍵付きの革鞄を持ち、肩ひもをだらりと下げていた。もう五時半になろうかという頃で、彼は店を閉めて帰りたがっている様子であった。

「なにかお目に留まるものはございましたか？」と彼は訊いてきた。

「いや、あると言えばある、ないと言えばない、といったところかな。なかなかいい品ぞろえだが、暗くなってきたのでよく見えない」

「五時半に閉店でございます」

「ああ、そうか」と我輩は言いながら時計を見て、「また出直してこよう」

「ありがとうございました」とサマートリーズはおとなしく答えたので、我輩も店を出た。

通りの反対側の横道の角から、我輩は彼が自分で店のシャッターを閉め、コートを着て金の入った革鞄を肩に掛けて出てくるのを観察していた。彼はドアに鍵を掛け、きちんと掛かったことを確かめると、通りを下っていった。片手には宛名書きをしていたパンフレットの封筒を抱えていた。しばらく彼をつけていると、パンフレットを一番近い郵便局で投函し、パーク・レーンの自宅へ向かって早足で歩いていった。

我輩がアパートに戻ってから助手に首尾を尋ねると、彼はこう答えた。

「売薬や石けんといったよくある広告を別にしますと、朝刊夕刊全部に共通している広告は一つだけです。その広告はまったく同じではないのですが、二つの共通点があります。いや、三つと言ってもいいかもしれません。みなうっかり癖の治療をうたっているんです。そして応募者の主な趣味も申告するように言っています。宛先も同じで、トッテナム・コート・ロードのウィロビー博士宛です」

「ありがとう」と我輩が言うと、助手は切り抜いた広告を前に置いた。

我輩はその広告のいくつかを読んでみた。みな小さなものだったのでたぶん今まで気が付かなかったのだろうが、それにしても奇妙な内容だ。うっかり屋の住所氏名とその趣味を知らせてくれれば、人数によって一シリングから六シリングまでの謝礼を進呈する、という文句もいくつかあった。ほかの切り抜きには、ウィロビー博士はうっかり癖の治療を専門としていると書かれていた。治療は行わないが無料でパンフレットを送ってくれるそうだ。それをもらってなんの役に立たなくても、別に害もないだろう。この医者は患者の問診はできないし、手紙での相談も断っていた。住所はトッテナム・コート・ロードのあの骨董店と同じだった。それを見て我輩はポケットから例のパンフレットを引っ張り出した。題名は「クリスチャン・サイエンスとうっかり癖について」とあり、著者はスタンフォード・ウィロビー博士だった。このパンフレットの末尾には広告と同じように、ウィロビー博士は患者の診察も手紙での相談も行わないと書いてあった。

我輩は便せんを一枚取り出して、ウィロビー博士に自分はとんでもないうっかり癖があるという手紙を書きはじめた。パンフレットをぜひ一部分けてほしい、自分の趣味は初版本の収集であるとも書いた。そして「アルポート・ウェブスター、ロンドン西区　インペリアル・フラット」と住所氏名を添えた。

実は我輩は人口に膾炙するウジェーヌ・ヴァルモンという名前ではなく、別の偽名で人に会わなければならぬことが多々あるのだ。我輩の部屋には二つドアがあり、一方には「ウジェーヌ・ヴァルモン」と名前が掲げてあるのだが、もう一方には名札入れだけが取り付けてあって、好きな名前を板に書いてそこに入れればいいようになっている。ビルの一階の右手の壁にある、すべての住民の一覧も同じようにしてある。

我輩は手紙に封をして宛名を書くと切手を貼った。そして召使にアルポート・ウェブスターの表札を出して、我輩の留守中にウェブスターを訪ねてくる人間がいたら、次回の訪問を取り付けておくように命じた。

翌日午後六時近くだった。アンガス・マクファーソンの名刺がアルポート・ウェブスター氏に通された。我輩は、この青年が前日にシンプソン氏の店に獲物を運んできた二番目の青年であることがすぐにわかった。彼は本を三冊かかえていた。その流暢で口のうまい様から、我輩は彼が一流のセールスマンであるとすぐに気が付いた。

「おかけください、マクファーソンさん。なんのご用でしょうか?」

彼は三冊の本を背表紙を見せて机の上に置いた。

「初版本にご興味はありませんか、ウェブスターさん?」

「実は唯一の趣味でしてね」と我輩は答えた。「しかしかなり金がかかるのが頭痛の種です」

「おしゃるとおり」とマクファーソンは同情したように言った。「ここに三冊本を持参しておりまして、そのうち一冊はおっしゃるような頭痛の種でございます。お値段は百ポンドです。実は先日ロンドンのオークションで百二十三ポンドまで値がつりあがった品でして。もう一冊は四十ポンド、最後のは十ポンドでございます。イギリス中どこの本屋でもこのお値段で出されることはないと思います」

我輩は本をじっくりと調べて、すぐに彼が正しいとわかった。彼はまだ机の反対側に立ったままだった。

「どうぞおかけください、マクファーソンさん。全部で百五十ポンドもする本をそのまま抱えてロンドン中を歩き回るなぞ不用心なのでは？」

青年は笑った。

「なんの危険もありませんよ、ウェブスターさん。みんな四ペンス均一本の棚から買った本を三冊抱えて持って帰る途中だと思うに決まっています」

我輩は彼が百ポンドの値段をつけた本を長々と眺めていたが、彼のほうを見やってこう言った。

「この本はどこから手に入れたのかね？」

彼はあけすけな明るい顔で、なんのためらいもなくはっきりと答えた。

「実は僕の本ではないのです、ウェブスターさん。僕も稀覯本貴重本の玄人なのですが、お恥ずかしい話、コレクターになるには資金が足りません。でもロンドンのあちこちで愛書家の方々と知り合いになりました。この三冊の本も、ウエスト・エンドの、とある紳士のコレクションから出たものです。僕はその紳士にたくさん本を売りまして、信用していただいています。その方がかなりお安く手放してもいいとおっしゃっているのです。で、僕にその交渉を任せてくださったわけです。僕は稀覯本がお好きな方を見つけて、取引を成立させれば、手数料がいただけるということになっています」

「ではどうして我輩が愛書家だとわかったのかね？」

マクファーソンは快活に笑った。

「まあ、ウェブスターさん、正直言うと偶然なんです。けっこうよくやるんですよ。こんなアパートに入っていって、玄関で名刺を出します。なかに入れてもらったらさっきのように『稀覯本にご興味はありませんか？』と聞くんです。ないと言われたら素直に引き下がります。あると言われたら品物をお見せする、というわけです」

「なるほど」と我輩はうなずきながら答えた。なんとまあぺらぺらよくしゃべる嘘つき青年なんだろうか。こんな正直そうな顔をして。そして我輩は次の質問で一歩真実に近付いた。

「なにしろいきなり来たのだから、マクファーソン君、もう少し話を聞かせてくれてもかまわないだろうね。そのウエスト・エンドにいる本の所有者の名前を教えてはくれないか？」

「ラルフ・サマートリーズさんといって、パーク・レーンにお住まいです」

「パーク・レーンに？　ああ、なるほど」

「本はお預けしておきましょうか、ウェブスターさん。サマートリーズさんと直接お会いになりますか。僕のことを保証してくださるのは間違いないと思いますが」

「いやいや、疑っているわけではない。その方をわずらわせるまでもない」

「実はですね」と青年は話を続けた。「僕には友達がいまして、彼が資本家というか、まあ援助をしてくれているのです。なにしろさっき申しあげたように、僕には金がまったくありませんから。で、たいていの人は大きな買い物はしづらいわけです。ですから僕があいだに入ってまずその資本家に本を買ってもらいお客様に渡し、お客様には毎週分割払いにしてもらえば、大きな額でも気軽に購入していただけます。一回あたりのお支払い金額はお客様の無理のない範囲内におさめます」

「君は日中は別の仕事があるのかね？」

「はい、シティにつとめています」

またしてもしゃあしゃあと嘘をつきおって！

「この十ポンドの本を買ったら、毎週いくらの支払いになるのかな？」

「それはもうご都合のいい額で。五シリングではいかがでしょうか？」

「よろしい」

「では決まりですね。五シリング頂戴いたします。本はどうぞお受け取りください。また来週の今日に集金にうかがいます」

我輩は手をポケットに突っ込んで、半クラウン硬貨を二枚取り出して支払った。

「残りの金額を確かに支払うという契約書にサインしようか？」

青年はにっこり笑って、「いえいえ、そんな堅苦しいことはご無用にしてください。僕はただこういう仕事が好きでやっているだけですから。もっともこの先いろいろ考えていることがあるんですよ。あなたのような愛書家の紳士方とお近付きになりたいんです。ゆくゆくは僕も保険会社を辞めて小さい本屋でも出すつもりで、そのときに本の知識が役に立てばと思っているんです」

そして彼はポケットから小さな手帳を取り出して記帳すると、丁寧に挨拶をして辞去していった。我輩はこの一連の出来事をじっくりと考えたのだった。

翌朝二つの届け物があった。一つは郵便で、「クリスチャン・サイエンスとうっかり癖について」という題名のパンフレットだった。我輩が骨董屋から失敬してきたのとまったく同じだった。もう一つは我輩があの店の入口で取った蠟型から作った、小さい鍵だった。ホルボーンの裏通りに住む、我輩の友人の器用なアナーキストがこしらえたものだった。

その晩十時に我輩は骨董屋に忍び込んだ。ポケットには電池を、ボタン穴には小さな電球を仕込んでおいた。押し込み強盗にも探偵にもとても使い勝手のいい道具である。

この一味の台帳は金庫のなかにしまってあるのだろうと見当をつけていた。金庫がパーク・レーンの屋敷にあるものと同一なら、我輩が持っている複製の鍵のうちのどれかで開けられるだろうし、さもなければ鍵穴の型を取って、またアナーキストの友人に任せるつもりだった。しかし驚いたことに、この犯罪に関連する書類はすべてみな、鍵も掛かっていない机の引き出しに入れたままになっていたのだ。帳簿は、業務日誌、仕訳帳、元帳の三冊からなっていた。帳簿の付け方は旧式だったが、それぞれの紙ばさみには何枚ものフールスキャップ版の書類が挟んであって、見出しには「ロジャース担当顧客名簿」、「マクファーソン担当」、「ティレル担当」と、我輩がすでに耳にしていた名前と、さらに三人の名前が書かれていた。書類の最初の欄には人名が書かれていた。二番目の欄には住所が記入されていた。三番目の欄には金額が書かれていた。そしてさらに続く小さな四角のなかに、二シリング六ペンスから一ポンドまでの金額が記入されていた。マクファーソンのリストの末尾にはアルポート・ウェブスターの名前とインペリアル・フラットという住所、そして十ポンドと記入されていた。そして小さな四角には五シリングとあった。

これらの営業担当の名前が書かれている六枚の書類は集金記録であり、見たところ怪しげなところもなかった。我輩の直感が働かなかったら、このままなんの成果も得られずに空手で帰ったかもしれない。

この六枚の書類はそれぞれ薄い紙ばさみに挟んであったのだが、机の上の本棚には何冊もの分厚い帳簿が立ててあった。そのうちの一冊を手に取ってみると、数年前までさかのぼる同じ一覧表が綴じ込まれていた。我輩はマクファーソンの一覧表に掲載されているセムタム卿の名前に目を引かれた。彼は変わり者の老貴族で、いささか面識があったからだ。もう一度さっき見た現在の帳簿をくってみた。彼の名前がまだ掲載されていた。我輩は帳簿をどんどんさかのぼって最初の記入を発見した。なんと三年も前のことだった。それからセムタム卿は五十ポンドの家具の支払いをずっと続けているのだ。彼は三年以上週に一ポンド払い続けているのだから、少なくとも一七〇ポンドも払った計算になる。この瞬間、我輩は彼らのあまりに単純な犯罪計画の全容を把握したのだった。このペテンにもう我輩は夢中になってしまった。持ってきた小さな電灯では捜査が終わる前に電池切れになってしまいかねなかったので、長丁場に備えてガス灯に点火した。

一部の顧客は店主のシンプソンが思っていたよりもずっと財布のひもが固かったようで、分割払いの支払いが終了した時点で「支払い済み」と名前のところに書いてあった。しかしこういう倹約家をのぞくと、ほかの連中はずっと支払いを続けていた。シンプソンはうっかり屋たちにつけ込んで、ほぼ成功していた。集金人は分割払いが終了してもずっと集金を続けている。セムタム卿の場合では、支払いはもうすっかり習慣と化していて、老人は愛想のいいマクファーソンに週に一回一ポンドを、支払いが終了した後二年間も渡し続けていたのだ。

分厚い帳簿から我輩は一八九三年の日付があるページを抜き取った。これによるとセムタム卿は彫刻入りのテーブルを五十ポンドで購入し、週一ポンドの分割払いを開始し、一八九六年十一月現在に至るまでその支払いを継続している。三年前の帳簿から抜き出したこのページは決定的な証拠だった。これと現在の帳簿を突き合わせれば連中はおしまいである。さらに我輩はマクファーソンの現在の顧客の住所氏名を書き写した。そうして慎重にすべてを元通りにした。ガス灯を消して店の外に出、ドアに鍵を掛けた。一八九三年のページをポケットに収めて、我輩はあの人当たりのいいマクファーソンが次回五シリングを集金に来たときの、びっくりした様を想像して楽しみでならなかった。

トラファルガー広場に来たときにはすっかり遅くなっていたが、まだ勤務中のスペンサー・ヘイル氏を訪問しないではいられなかった。彼は勤務中はあまり機嫌がよくなかった。なにしろ官僚主義が彼をがんじがらめにしているのだ。自分の威厳を誇示せねばならないし、しかも大きな黒いパイプでくさいタバコをふかすことも許されないのである。スコットランド・ヤードに行ったら予測していたとおり彼は我輩をそっけない態度で迎えた。そしてぶっきらぼうにこう言った。

「おいヴァルモン君、一体いつまでこれに関わり合っているつもりだ？」

「これって？」と我輩は穏やかに答えた。

「しらばっくれるな、サマートリーズ事件だよ」

「ああ、あれか！」と我輩はびっくりしたように叫んだ。「もちろんもうサマートリーズ事件は解決したよ。君が急いでいるなら、昨日のうちに片をつけておくべきだった。でも君もポジャーズも、いやあと何人いるかわからないが、もう十六、七日間はこの事件に奔走しているんだから、我輩がたった一人で数時間かけても問題はないと思っていたのだよ。それに急いでいると言わなかったではないか」

「おいおい、ヴァルモン君、言ってくれるね。つまり君はもうあの男を有罪にするだけの証拠を手に入れたってことかね？」

「申し分ない証拠をね」

「では誰が偽造していたんだ？」

「おお、我が友よ。いったい何度言ったら結論に一足飛びに飛びつこうとする癖がぬけるんだね？最初から我輩は、サマートリーズは偽金の製造も流通もしていないと言っていたではないか。我輩が入手したのはまったく別の犯罪の証拠なのだ。これは犯罪史上稀に見る事件であるぞ。我輩はあの骨董店の謎を見破って、貴君がサマートリーズに目をつけることになったさまざまな疑わしい行動の理由もきちんと解明したのだ。さて願わくば次の水曜日の晩六時十五分前に、我がアパートに来てくれたまえ。もちろん逮捕の用意をしてきてくれたまえよ」

「一体誰を、なんの容疑で逮捕するというんだ」

「いやいや、我が友へイルよ！　我輩は誰かを逮捕してくれ、とは言っていない。ただ逮捕の用意をしてきてくれと申したのみだ。今我輩の説明が聞きたいなら開陳してしんぜよう。この事件は非常に珍しい犯罪であるよ。しかし今忙しいなら、我が家にいつでも来てくれたまえ。事前に電話をしてくれれば在宅かどうかわかるはずだ。そうすれば貴重な時間を無駄にすることがないだろう」

こう言って我輩は深々と一礼をした。彼のきょとんとした様子から、我輩がからかっているのではないかと考えているようだったが、さきほどまでの威張った調子が消えて、今ここで事件の全貌を聞きたいと言った。我輩は上手いことへイルの好奇心をくすぐることに成功したようだ。へイルは当惑して眉をひそめながら話を聞いていたが、最後には歓声を上げた。「この青年は」と我輩は結論を述べた。「我輩のところに水曜日の午後六時に、二回目の五シリングの支払いを受け取りにくる予定になっておる。君は制服を着込んで、我輩とともに彼を迎えようではないか。入ってすぐ目の前に警察官がいるとわかったときのマクファーソン君の顔が楽しみだ。その後我輩にしばらく尋問をさせてくれないか。自分を不利にしないようになどと警告するスコットランド・ヤード式ではなく、自由で気楽なパリ式で。その後事件は君にお任せするから、やりたいようにやればいい」

「いやはや、君の説明は立て板に水だな、ヴァルモン君」というのが刑事の我輩への賛辞だった。

「では水曜日の六時十五分前に行くとしよう」

「それまでは、絶対に誰にも言わないでおいてくれたまえ。マクファーソンをびっくり仰天させなくてはいけないからな。これが肝心なのだ。水曜日の夜までは絶対に動かないように」

スペンサー・へイルが感動した様子でうなずいたので、我輩はその場を辞去した。

我輩の住む部屋のようなところでは照明は重要な問題であり、電灯にはかなりの工夫を凝らしてある。この点について我輩はいささかの自信がある。照明を自在に操って、室内のどこでも自由に煌々と照らし出すことができ、反対にそれ以外の場所は薄暗いままにしておけるのである。水曜日の晩、我輩は照明を工夫して光がすべてドアのところに集まるようにした。一方で我輩は薄暗いテーブルに座り、ヘイルは我輩の反対側に座った。彼には光が上から当たって、まるで厳めしく輝かしい正義を体現する生ける彫像であるかのように見せた。この部屋に入ってきたら、まず光で目がくらみ、つぎに制服に身を包んだヘイルの巨大な姿に目を奪われるはずであった。

アンガス・マクファーソンが部屋に入ってきたとき、彼は見るからにたじたじとなって後ずさり、敷居のところでかたまって巨大な警察官に目が釘付けになっていた。彼は最初逃げだそうとしたのだろうが、後ろのドアは閉まってしまい、錠が掛けられた音を我々同様彼も耳にしたはずだ。こうして彼は閉じ込められた。

「す、すみませんが」と彼はどもりながら、「ウェブスターさんにお目にかかるお約束なんですが……」

彼がこう言ったので、我輩はテーブルの下にあるボタンを押した。すると照明がぱっとついた。マクファーソンは我輩を見て弱々しい笑みを一瞬浮かべたが、どうにかこうにか平静を装おうとした。

「ああ、そこにいらっしゃったんですか、ウェブスターさん。気が付きませんでしたよ」

緊張の一瞬だった。我輩はゆっくり一言一言かみしめるように言った。

「君、ウジェーヌ・ヴァルモンという名前を聞いたことがあるだろう」

するとと彼はぬけぬけとこう言いおった。

「いえ、すみませんが、存じあげません」

この瞬間になんと間の悪いことだろうか、あのうすのろのスペンサー・ヘイルめがでかい声で大笑いしてくれたのだ。これで我輩が念入りに準備し整えたドラマチックな場面が、台無しになってしまった。イギリスにはろくな芝居がないのもむべなるかな、連中は人生の劇的な瞬間というものがわかっていない。

「ひゃひゃひゃひゃ」とスペンサー・ヘイルはまだ笑っていた。おかげで劇的な緊張感がなくなってしまった。さてこんなときはどうするべきか？　神の御心のままに、だ。ともかくヘイルの間の悪い笑い声は無視することに決めた。

「さあ、座りたまえ」と我輩はマクファーソンに言うと、彼はおとなしく座った。「君は今週セムタム卿のところへは行ったかね」と厳しい声で問うた。

「はい」

「で、一ポンド集金したのか？」

「はい」

「一八九三年十月に、君はセムタム卿に彫刻入りの骨董品のテーブルを五十ポンドで売ったな？」

「そのとおりです」

「先週ここで君は、ラルフ・サマートリーズというパーク・レーンの屋敷に住む紳士の名前を挙げたな。そのとき君は彼が雇い主であることを隠しておったな？」

マクファーソンは我輩をじっと睨み返し、なんの返事もしなかった。我輩はさらに冷静に続けた。

「さらにこのパーク・レーンのサマートリーズはトッテナム・コート・ロードの骨董店主のシンプソンと同一人物であることも知っているな？」

「ええまあ」とマクファーソンは言った。「一体なにをおっしゃりたいのかわかりませんが、商売をするのに仮名を使うのはよくあることじゃないですか。違法でもなんでもありません」

「違法行為についてはすぐに説明しよう、マクファーソン君。君、ロジャース、そしてティレルとあと三人がシンプソンの共犯だな」

「僕たちは彼に雇われているんです。共犯なんかじゃなくて、ただの店員ですよ」

「いいかねマクファーソン君、言ってみれば君はもう詰んでいるんだよ。スコットランド・ヤードのスペンサー・ヘイル氏立ち会いの下、君の自白を聞かせてくれたまえ」

ここで阿呆のヘイルが口出しをした。

「それからわかっているだろうが、これからの君の発言はすべて……」

「おいおい、ヘイル君」と我輩はあわてて遮った。「あとちょっと待てば事件は君に任せるから、このあいだ言ったように、ここは全部我輩に仕切らせてくれないか。さてマクファーソン君、自白したまえ。今すぐにだ」

「自白？　共犯？」と、マクファーソンはいかにもびっくりしたというように抗議した。「とんでもないことを言い出しますね、ええと、お名前はなんでしたっけ？」

「ひゃひゃひゃ」ヘイルが大声で「ヴァルモンさんだよ」

「頼むよ、ヘイル君。お願いだからあとちょっとだけ我輩に任せてくれたまえ。で、マクファーソン君、どう弁明するつもりだ？」

「なにも悪いことはしていないんですから、ヴァルモンさん、弁明なんてする必要ないじゃないですか。うちの商売についてあなたがほじくり出したいろいろな事実について説明しろというなら、結構でしょう、そうしましょう。疑念がおありになるのなら、できる限りご説明いたします。なにか誤解なさっているようですが、もっとよく説明していただかないとなにがなんだかわかりません。これでは外と一緒で五里霧中ですよ」

マクファーソンは驚くべき精神力でぐっと踏みとどまっていた。我輩の向かい側にしゃちほこばって座っている我が友スペンサー・ヘイルと大違いの、あっぱれなる外交官ぶりだった。その話し方は穏やかで、すべての誤解はすぐに解けると言わんばかりであった。一見したところ彼は無実の見本のように見えた。懸命に抗議するわけでもだまりこくってしまうわけでもなかった。しかし我輩にはまだ奥の手があった。ついにそれをテーブルの上に出した。

「これを見よ！」我輩は叫んだ。「この書類を見たことがあるだろう！」

彼は手に取ろうともせずにちらりと見た。

「ええ」と彼は言った。「うちの帳簿ですね。僕は訪問リストと言っていますが」

「さあ、さあ」と我輩は詰問口調で、「君は白状しないと言っておったが、我々はすべてお見とおしなのだ。まさかウィロビー博士を知らないとは言わせんぞ」

「知ってますよ、クリスチャン・サイエンスのつまらないパンフレットを書いた人でしょ」

「そのとおりだ、マクファーソン君。クリスチャン・サイエンスとうっかり癖についてだ」

「そうでしたっけ。読んだのはかなり前でしたから」

「この医者に会ったことはあるのかね、マクファーソン君？」

「ええ、もちろん。ウィロビー博士っていうのはサマートリーズさんのペンネームなんです。彼はクリスチャン・サイエンスの信者で、そんなものを書いてるんですよ」

「ああ、なるほど。君もようやく白状しはじめたな、マクファーソン君。早く正直になったほうがよいぞ」

「それはこちらの台詞ですよ、ヴァルモンさん。サマートリーズさんや僕をなんの嫌疑で取り調べているのか言ってくれれば、僕だってしゃべりようがあります」

「君の嫌疑は、詐欺罪だ。大資本家だってぶちこまれる犯罪だぞ」

スペンサー・ヘイルは我輩に向かって、丸々した人差し指を横に振って見せてこう言った。

「おいおい、ヴァルモン君、脅迫はいかんよ、脅迫は。わかっているだろうが」しかし我輩は無視した。

「たとえばセムタム卿だ。君は五十ポンドのテーブルを分割払いで売った。週に一ポンド支払っていたのだから、一年もしないうちに支払いは完了するはずだ。だが卿はうっかり屋だった。君がウィロビー博士の偽広告に応募した我輩のところにやってきたのは、うっかり屋をみんな集めて客にするためだ。そして君はずっと集金をやめずにすでに三年以上たっている。これで君の嫌疑がわかったかね？」

マクファーソンは追及をしているあいだ、ずっと頭を片側に傾けたままだった。最初彼は心配そうに顔を曇らせていたが、次第に晴れやかになっていった。我輩がしゃべり終えたころには、にっこりと微笑みを浮かべていた。

「なるほど、それはずいぶん悪辣な犯罪ですねえ。うっかり屋協同組合とでも名付けましょうか。まさに天才的です。サマートリーズさんもユーモアのセンスがあればおもしろがってくれるんでしょうが、残念ながらわからない人でしてね。クリスチャン・サイエンスなんかにのめり込んだばかりに詐欺師に間違われるなんてねえ。でも本当に悪事なんてたくらんじゃいません。あなたの説によると、サマートリーズさんと僕が共謀して、リストに載っているうっかり屋の人々のところに行って集金してまわっているということですよね。でもそれは誤解なんです。我々がセムタム卿に販売したのは三年前に彫刻入りのテーブル一つだという結論に飛躍したせいです。実は閣下はうちの店の常連さんでして、何度も何度もいろいろなものを購入されているんです。売り上げが入金より上回ることもありますし、反対に入金のほうが多くなるときもあります。それでも閣下にはずっと週に一ポンドお支払いいただくという商売の仕方なんです。閣下やほかに何人かのお客様とこういう取引方法をしているんですが、うちは定期収入が見込めるし、お客様は欲しいものはすぐに手に入るという利点があるのです。さっきも言ったようにこの書類を訪問リストと呼んでいるんですが、この訪問リストをきちんと理解するには、うちで事典と呼んでいる帳簿が必要なんです。何巻もあるのでそんなあだ名が付いているんですよ。一巻が一年分でして、一体何年分あるのか見当がつきません。この訪問リストの金額の上のところに、ところどころ小さい数字が書き込んであるでしょう。この数字がその年の事典のページ数なんです。そのページには新しい商品と販売額が書かれている、つまり元帳になっているんですね」

「なかなか愉快な説明ではないか、マクファーソン君。その事典とかいうものは、トッテナム・コート・ロードの店にあるのかね？」

「いいえ、違います。事典の各巻はそれぞれ鍵が掛けてあります。なにしろうちの商売の秘密が詰まっていますからね。パーク・レーンのサマートリーズさんのお屋敷の金庫にしまってあります。たとえばセムタム卿ですと、この日付の下に小さく一〇二と書いてあります。で、その年の事典の一〇二ページにはセムタム卿が買った品物と請求された値段の一覧が載っているという仕組みです。実に単純な仕組みです。電話をお貸しくだされば、サマートリーズさんはまだ夕食を始めてないでしょうから、頼んで一八九三年の巻を持ってきてもらいましょう。十五分もしないですべて適法であるとわかりますよ」

実を言うとこの青年の自然さと自信に満ちあふれた態度のおかげで、いささか自信がぐらついてきたのだった。しかしヘイルの唇には、おまえの言うことは一言だって信じないぞという、悪魔のような笑みが浮かんでいた。卓上電話機がテーブルの上にあったので、マクファーソンは弁明をし終わると手を伸ばして引き寄せた。そこにスペンサー・ヘイルが割って入った。

「待て、電話は自分がかける。サマートリーズ氏の電話番号は何番だ？」

「ハイド・パーク一四〇番です」

ヘイルはすぐに中央交換局を呼び出し、やがてパーク・レーンにつながった。彼がこう言うのが聞こえた。

「サマートリーズさんのお宅ですか？　おお、おまえかポジャーズ？　サマートリーズはいるか？よし。ヘイルだ。今ヴァルモン君のアパートにいる。インペリアル・フラットだ、わかるだろう。あ、こないだ一緒に行ったところだ。いいか、サマートリーズのところに行って、マクファーソンが一八九三年の事典が欲しいと言っていると頼むんだ。わかったか？　そう、事典だ。大丈夫、奴はちゃんとわかる。マクファーソンだ。いや、私の名前は言うな。マクファーソンが一八九三年の事典が欲しいと言っている、とだけ言え。そしておまえが持ってくるんだ。ああ、マクファーソンはインペリアル・フラットにいると言っていい。でも私の名前は絶対に言うな。そうだ。その本を渡されたら、辻馬車に乗ってすぐここに来るんだ。サマートリーズが本を渡すのを渋ったら一緒に来るように言え。それも嫌がったら逮捕して、奴も本もここに連れてこい。よし。大急ぎだ。待ってるぞ」

　マクファーソンはヘイルの電話になんの文句も言わなかった。あきらめきった様子で椅子にちんまりと座っていた。その表情を油絵にしたら「不当逮捕」とでも題をつけただろう。ヘイルが電話を切ると、マクファーソンはこう言った。

「もちろんあなたもプロでしょうけれど、サマートリーズさんを逮捕なんかしたら、ロンドン中の笑い者になりますよ。不当逮捕は詐欺と同じようなものですからね。サマートリーズさんは侮辱されて黙っているような人じゃありません。それに言わせてもらうなら、あなたのうっかり屋協同組合っていう説は、考えれば考えるほどへんてこな話じゃないですか。こんな話が新聞に知られたら、ヘイルさん、あなたは優に三十分はスコットランド・ヤードの上司にお説教を食らいますよ」

「そんなことを気にしたらなにもできん」とヘイルは断固とした様子で言った。

「僕は逮捕されているんですかね？」と青年は尋ねた。

「いいや」

「では失礼して帰らせてもらいましょうか。サマートリーズさんが事典を見せて僕なんかよりもずっと詳しく商売の中身を説明してくれるはずです。なにしろ僕の雇い主ですから。ではみなさん、ごきげんよう」

「いやそれはいかん。ちょっと待て」とヘイルはわめいて、青年と同時に立ちあがった。

「ということは僕は逮捕されているんですか」とマクファーソンは抗議した。

「ポジャーズが事典を持ってくるまでこの部屋から出てはならん」

「まあ、いいでしょう」と言って彼はまた座った。

そして話も尽きたので、我輩は酒と葉巻箱と紙巻きたばこの箱を出した。ヘイルは好みの酒を割ったが、マクファーソンは故郷の酒を断って、ミネラル・ウォーターを注ぎ紙巻きたばこに火をつけた。そしてなにもなかったようにしゃべり出したので、我輩もその肝の太さには感服した。

「ところで待っているあいだにですね、ヴァルモンさん、五シリングのお支払いをお願いできますか？」

我輩は笑ってポケットから硬貨を取り出して支払いを済ませた。彼は受け取って礼を言った。

「あなたはスコットランド・ヤードの関係者なんですか、ヴァルモンさん？」とマクファーソンが尋ねてきた。退屈な時間をどうにか会話でつなごうとしているようだった。

しかし我輩が返答する前に、ヘイルがうっかり口走ってしまった。

「そんなわけないだろう！」

「では国家資格がある刑事じゃないんですね、ヴァルモンさん？」

「そういう意味ならそうではないな」と我輩はヘイルの口を封じようとあわてて答えた。

「それは我が国にとって大きな損失ですね」とこの若者は、いかにも感心したようにまじめくさって言った。

彼を我輩のもとで仕込んでやれば、かなり優秀な探偵に育てあげることができるだろうに、と思いはじめていた。

「我が国の警察の失態は嘆かわしいばかりです。捜査法をよそから、そう、フランスから学べば、不愉快な捜査が改善されるんじゃないんでしょうかね。そうすれば被害者が嫌な思いをすることもなくなる」

「フランスとはね」とヘイルは鼻を鳴らしてあざけった。「無罪と証明されるまではみんな有罪にされる国がね」

「ですが、ヘイルさん、このインペリアル・フラットだって同じでしょう。あなたはサマートリーズさんは有罪だと頭から信じ込んでいるし、無罪が証明されるまでそんな調子でしょう。サマートリーズさんから直接話を聞けばびっくりすること請け合いですよ」

ヘイルはぶつぶつ言いながら時計を見た。我々が座ってたばこを吹かしはじめてから、一分一分がたつのが非常に長く感じられた。そしてついに我輩も不安を感じはじめてきた。

マクファーソンは我々の落ち着かない様子を見て、霧が先週と同じぐらい濃いので、辻馬車を見つけるのに手間取っているのだろうと言った。そう彼が話していると、ドアが外側から開き、ポジャーズが入ってきた。その手には分厚い本が握られていた。本を渡されたヘイルはびっくりしながらページを繰り、背表紙をまじまじと見つめ、こう叫んだ。

「『スポーツ百科一八九三年度版』だって！　ふざけているのか、マクファーソン？」

前に進み出てその本を受け取ったマクファーソンは怒りの表情を浮かべていた。彼はため息とともにこう言った。

「僕に直接電話させてくれれば、ヘイルさん、サマートリーズさんになにがいるのかちゃんと伝えられたのに。間違うんじゃないかって心配していたんですよ。昔のスポーツに関する本の人気が出てきていますんでね、この本のことだとサマートリーズさんは誤解したにちがいありません。部下の人にパーク・レーンに戻ってもらって、サマートリーズさんに、必要なのは事典といつも呼んでいる一八九三年の鍵を掛けてある元帳だと言ってもらってください。僕が伝言を書けばスムーズにいくと思います。ああ、もちろん部下の人が持っていく前にお見せしますよ」と彼は言い、ヘイルは彼の肩越しにのぞき見られる位置に移動した。

マクファーソンはさっきの発言を便せんに殴り書きをして、ヘイルに手渡した。彼はそれを一瞥してポジャーズに渡した。

「これをサマートリーズに渡して、できるだけ早く戻ってこい。辻馬車は玄関に待たせてあるのか？」

「はい」

「外は霧がひどいのか？」

「一時間前ほどではありません。今では渋滞もしていません」

「よろしい。できるだけ早く戻ってこい」

ポジャーズは一礼して本を抱えて出ていった。またドアには鍵が掛けられて、再び我々は黙りこくったまたばこを吸っていた。すると静寂が電話の鳴る音で破られた。ヘイルが受話器を取った。

「もしもし、こちらはインペリアル・フラット。ええ、ヴァルモンです。ああ、はい。マクファーソンはここにいます。なに？　絶版？　よく聞こえないが。絶版だって？　なに、事典は絶版なのか？誰なんだあんたは？　ウィロビー博士か」

マクファーソンは立ちあがり電話に出るようなふりをしたが、そのかわり（彼は素早く行動したのでなにをしようとしていたのかわからなかった）、彼が訪問リストと呼んでいた書類を手に取ると急ぐ様子もなく歩いて行き、暖炉の真っ赤に燃える石炭の上に置いた。

書類はぱっと燃えあがり、煙突のなかへと消えていった。我輩は怒って立ちあがった。しかし取り戻そうにももう手遅れだ。マクファーソンは我々ににっこり笑いかけた。

「なんで燃やしたのかね？」と我輩は問い詰めた。

「だってヴァルモンさん、これはあなたのものじゃないでしょう。それにあなたはスコットランド・ヤードの一員でもない。さらに言えばあなたはこれを盗んだ。だからあなたには所有権がない。第一あなたはこの国でなんの権限も持っていないでしょう。もしこれがヘイルさんのものだったら、燃やしたりなんかしませんよ。でもこの書類はうちの主人の店からあなたが、それもなんの権限もないあなたが盗んできたものです。忍び込んだところを発見されて抵抗して撃ち殺されたって文句は言えなかったんですよ。だからこの書類をどうしようとあなたに関係ありません。僕は前からずっとこんな書類は保管しておくべきではないと言っていたんです。ウジェーヌ・ヴァルモンのような知恵の回る人間に目をつけられたら、あれこれ詮索されてめんどうくさいことになりかねないと思ってね、今回みたいに。でもサマートリーズさんは保存しておくことにこだわっていました。それでひとつ譲歩して、万一僕が電報か電話で『事典』と告げたら、すぐに関係書類を焼却し、折り返し電話か電報で『事典は絶版だ』と連絡するように取り決めてあったんです。そうすれば上手く処理ができたことがわかりますから。

「さてみなさん、ドアを開けていただきましょうか。これ以上閉じ込めておくと問題になりますよ。正式に僕を逮捕するか、それとも自由にするかどっちなんですか。ヘイルさん、電話してくださってありがとう。ドアに鍵を掛けて閉じ込めてくれたヴァルモンさんには、これ以上文句は言わないことにしておきます。でも茶番劇もこれでもう終わりですよ。ここで起きたことはみな違法ですからね。失礼ですがヘイルさん、この古きよきイギリスでやるにしてはいささかフランス式が過ぎたんじゃないですか。こんなことが新聞記事になったら警視総監はさぞやご満悦でしょうねえ。さあ、逮捕するんですか、それともドアを開けるんですか、どっちなんですか」

沈黙のうちに我輩はボタンを押した。召使がドアを開けた。マクファーソンは敷居のところまで歩いて行き、立ち止まると振り返ってスフィンクスのように憮然として座り込んでいるスペンサー・ヘイルの顔を見た。

「ごきげんよう、ヘイルさん」

返事はなかった。マクファーソンは我輩を見てまた馬鹿にしたような笑みを浮かべて、「ごきげんよう、ウジェーヌ・ヴァルモンさん」と言った。「また来週の水曜日の六時にうかがいますよ。五シリングご用意ください」

幽霊の足音

The Ghost with the Club-Foot

有名な批評家連中は、小説は「偶然の一致のたまもの」だと言って馬鹿にしておる。創意工夫のない小説家が本を書くにはこの偶然の一致というやつが必要不可欠である、というわけだ。だがフランスの我が同胞の一流作家たちには当てはまらない。なぜなら彼らはイギリス人作家とは比べものにならぬほど、現実の人生に対する鋭い洞察力を持っているからだ。かのチャールズ・ディケンズは英語圏と同じぐらいフランスでも有名だが、彼はフランスの土地とフランス人を愛し、おそらく現代で人間性の複雑さについて彼ほど深く考察した作家はいないと思われる。しかし彼の作品を読むと、何度も偶然の一致が起きていることに気付くだろう。我輩自身の奇妙で波乱万丈の生涯を通じてみると、偶然の一致というものは現実の世界でもかなりの頻度で起こり、実際我輩がラントレムリーの幽霊を捜査していた当時もかなり偶然に一致したのだ。この事件のおかげで二人の人間の人生は劇的に変化した。一人は暴君的な嫌われ者であり、もう一人は慎ましい女性だった。もちろん三人目の人物もいて、彼に起こった変化こそが一番激しかった。これから我輩が語る話でよくおわかりになることだろう。

さて、新聞の切り抜きが届けられ、そしてソフィア・ブルックスが来訪し、心がずたずたになったこの女性が我輩のアパートから帰るとき我輩が、「週末までに、ラントレムリー卿本人が我輩に会いに来るだろう」という文章を書いたのが最初の偶然の一致である。なんとその翌日召使がラントレムリー卿の名刺を持ってきたのである。

その前にソフィア・ブルックスの来訪から説明せねばならぬ。順番は二番目になったが、彼女の話を聞くまでは問題の新聞の切り抜きに我輩はなんの関心も抱いていなかったのだ。

召使がタイプでこう打たれた紙を持ってきた。

「ソフィア・ブルックス　タイプおよび翻訳事務所

ロンドン、西中央区ストランド、ボーモント街五十一番地二階」

「この女性に失礼にならぬように、タイプ仕事を外注するつもりはないと言ってお断りしなさい。我輩は速記者を雇っているし、業務用タイプライターも持っておるしな」

しばらくして召使は戻ってきた。彼女が面会を希望しているのはタイプの仕事が欲しいのではなく、事件の捜査を依頼したいということだった。それでもなお我輩は彼女を招き入れるのを躊躇していた。なにしろ我輩は、ロンドンにやってきたばかりの頃と比べると上流階級の人々とのつき合いが多くなっていたのだ。当然依頼料は高くなり、我輩にしてみれば貧しい人々の依頼を受けるのは時間の無駄になってしまう。なにしろ事件を解決してやっても我輩の銀行口座の残高はすずめの涙ほどしか増えないし、依頼人が一銭も払えずただ働きになることもしばしばだったからだ。前にも言ったように、我輩は母親のような優しい心を持っておるのだが、そのせいで同情に駆られてしまって、悲しいかな、損ばかりしてしまうのだ。しかしときには一見貧乏人でもとんでもない重要人物であることがある。なにしろイギリスは変わり者でいっぱいの国なので、うっかり締め出しを食らわせると大変な間違いを犯すことになってしまう。我輩の召使が、なかなか帰ろうとしないぼろぼろの服を着た乞食を階段から突き落としたことがあったのだが、実は後になってその男はヴェントナー公爵閣下だと判明したこともあったのだ。だから我輩はいつも召使には、見た目だけで即座に人間を評価してはならないと戒めているのである。

「その女性をご案内しなさい」と我輩は命じた。入ってきたのはもじもじおどおどした中年の女性で、パリの大通りの華麗なドレスを見慣れた目には、質素な服装をしていた。彼女のような地味な女性が、世の中を渡っていくのはさぞや苦労があったことだろう。我輩は立ちあがって深々と一礼した。そしてあたかも王女様へ対するがごとく優雅なしぐさで、椅子を勧めた。だからといってなにか裏があるわけではない。これが我輩にとっては自然なことなのだ。ウジェーヌ・ヴァルモンを見くびってもらっては困る。我がお客様は女性なのだよ！

「マダム、いかようなるご用件でございましょうか？」と我輩は丁寧に尋ねた。

この粗末な身なりの女性はしばらく途方に暮れていたようだった。泣き出しそうになりながらようやくしゃべりはじめた。

「ラントレムリー城の悲劇について新聞記事をお読みになりませんでしたか？」

「その件についてはほかの重大事件に関連してぼんやりと覚えております。少々失礼いたします」と言って、我輩はその城の名前を新聞かもしくは記事の切り抜きで見たことがあるような気がして、新聞切り抜き業者から届いた最近の束を手に取った。我輩は見栄を張っているわけではない。一つの事柄についてさまざまな新聞がどう報道するかを見比べるのがおもしろいので、新聞切り抜き業者と契約をしているのだ。さらに、我輩は二種類の新聞を購読している。一つは個人で読むためであり、もう一つはイギリスとフランスとの違いを研究するためのものである。二つの国民性を比較して本を書くというのが、我輩の計画なのだ。イギリス人はまったくもってほかの国の人間には理解不能であるという我輩の説をしたためて上梓する予定である。

すぐに探していた新聞記事の切り抜きは見つかった。『タイムズ』紙への読者投稿で、「ラントレムリー城解体計画について」という題名であった。この投稿によれば、この城はイングランド北部のノルマン人の建造物のなかでももっとも有名で、チャールズ二世がウスターの戦いで大敗した後ここに数日間潜んでいたと言われている。この城の一部はクロムウェルによって破壊され、のちに王位を要求するチャールズ王子も一時的にここに隠れており、スチュワート家ゆかりの隠れ家でもある。新しいラントレムリー卿はこの建築学的にもまた歴史的にも貴重な古い城を解体しその石材を利用して現代的な屋敷を建てようとしている。この蛮行に対して筆者は大反対であり、歴史的建造物を国の宝として認定しているフランスを、イギリスも見習わなくてはならないのではないかと述べていた。

「さて、マダム、この記事によればラントレムリー城が近く解体されるとあります。それがおっしゃる悲劇なのですか？」

「いいえ、違います」と彼女は大声で否定した。「私が言っているのは、第十一代ラントレムリー卿が六週間前に亡くなったことなのです。十年間ラントレムリー卿はあの城で、事実上一人で暮らしておいでででした。あの場所には幽霊が出るというので召使は居着きませんし、それにラントレムリー一族は昔から残虐だと言われていましたから。それについては後でお話しします。一ヶ月半ほど前のことです。ラントレムリー卿には、卿より年上で性格が悪い執事が仕えておりました。ある朝この老執事が台所から、ラントレムリー卿の朝食を銀の盆にのせていつものように階段を上がっていきました。どのように事故が起こったのか詳しくはわかりませんが、執事が階段を下りるのではなく上がっていたときに、つるつるして滑りやすいのにカーペットを敷いていなかった階段の一番上から下まで落ちて、首の骨を折って倒れていました。ラントレムリー卿はほとんど耳が聞こえないので落ちる音も聞こえなかったようです。何度呼び鈴を鳴らしても答えがないものだから、かんしゃくを起こしてしまったのにちがいありません。よくあることなんです。それでベッドから起きて裸足で階段を下りていき、執事の死体を発見したのです。毎朝暖炉に火を入れにきてくれる召使が死んでいるのを見て、ラントレムリー卿は全身麻痺状態になってしまいました。医師によれば目は動いているそうですが、とてもおびえていたらしいです。あんな罪深い人生を送れば当然でしょう。右手がようやく少し動くようになってなにかを書こうとしているのですが、解読できませんでした。そうするうちに彼も亡くなり、臨終に立ち会った人々はこの世を離れる前に罰を受ける人間の魂があるなら、ラントレムリー卿の魂だろう、なにしろあんなに恐怖におびえた目をしていたのだから、と言っていました」

ここで女性は口をつぐんで息を整えた。まるで臨終の恐怖に彼女も囚われているかのようだった。

我輩はなにげない風を装って口を挟んだ。「それでは新しいラントレムリー卿が、城を解体しようとしているのですな?」

「そうです」

「先代の息子さんですかな?」

「いいえ、遠縁なんです。一族の分家の家系で、彼は商人をしておりまして、確かとても裕福な一家だと聞いています」

「なるほど、マダム、なかなかおもしろそうで奇怪な事件ですな。この事件にあなたはどうして関わり合いを持つようになったのですか?」

「十年前、私は速記ができてタイプライターを持っていて、しかもフランス語の知識がある貴族の秘書役を求むという広告に応募したのです。私はそのとき二十三歳で、二年間ロンドンで原稿をタイプする仕事をしていました。でもなかなかうまくいかなかったので応募してみましたら、採用されました。ラントレムリー城の図書室にはスチュワート王家のフランス亡命に関する多くの記録が残されていました。閣下はこれらの記録を整理し目録を製作してさらにそれぞれの複製も作るつもりでした。手紙の多くはフランス語で書かれていて、それを翻訳してタイプするのが私の仕事でした。陰気な感じのお屋敷でしたがお給料もよく、これから何年も続けられる仕事の量がありました。それに、この仕事は結構私に合っていたようで、まだ若かったせいもあっていろいろ空想しながら仕事に熱中していました。遥か昔の胸躍るような権謀術数のなかで私は生きていたのです。私が扱っていた文書は、まさに断頭台、斧、そしてマスクをかぶった処刑人が出てくるような命の危険にさらされていた人間が書いたものだったのです。酒と博打にしか興味がないと聞いていたラントレムリー卿のような評判の悪い人間が、どうしてこんな昔の歴史の研究をしようと思ったのか不思議でしたが、すぐにそんなことも気にならなくなりました。卿は私と同い年でオックスフォード大学に通っていた一人息子のためにこの仕事を始めたのです。

「ラントレムリー卿は当時六十五歳でした。顔色は暗く横柄でぶっきらぼう、言葉遣いも乱暴でした。とんでもないかんしゃく持ちでしたが、仕事には気前よく給料を払ってくれるので不満はありませんでした。実は卿のかんしゃくは数年前から幽霊が現れていたからなんです。卿はとても背が高くて威厳のありそうな姿をしていますが、かに足という障害があって歩くときに足を引きずっていたのです。その当時城にはたくさんの召使がいてこの屋敷を建てた主人の幽霊がある部屋に現れるというのですが、この幽霊は生きている一族の長にかに足の障害がある場合には、その姿を見せないという言い伝えがありました。さらに言い伝えによれば、当主が障害を持っているのにかに足の幽霊の足音が聞こえたときには、称号と土地が他人の手に渡る前兆であるというのです。幽霊が城のなかをうろつくのは、子孫の二本の足が正常のときだけなのです。この屋敷の創設者はかに足の人物だったようで、この障害が一世代か、ときには二世代現れないこともありますが、ほとんどは父親も息子もかに足の障害を負っていました。亡くなったラントレムリー卿とオックスフォード大学に通う息子さんも同じでした。私は超自然現象を信じませんが、奇妙なことにこの数年間に城に住んでいる全員がかに足の幽霊の足音を聞いて、しかも称号と領地がラントレムリー家以外の一族に相続されることになってしまったんです」

「そうですね、マダム、なかなかおもしろい話ですな。ほかのつまらない事件で我輩が忙しくなければ、一日中でもお聞きしたいところではありますが、あいにく……」と言って我輩は両手を広げて肩をすくめてみせた。

この女性は深いため息をついて言った。

「お時間を取らせて申し訳ありません。しかしどうぞご理解ください。これから事件の核心を申し上げます。私はさっき申し上げましたように図書室で一人で仕事をしておりました。私は自分の仕事をかなり気に入っていました。ラントレムリー卿の息子さんの親友で家庭教師でもあった牧師さんが、ラテン語の文献についていては手伝ってくれて、親しくなりました。彼は年をとっていてかなり世間離れしていました。ラントレムリー卿は牧師さんのことを軽蔑していましたが、息子のためを思ってか、干渉はしませんでした。

「卿の跡継ぎ息子のレジナルドさんがオックスフォード大学から帰ってくるまで、私の仕事は順調でした。困難なことも悩んだこともありましたが、あのときほど楽しいときはありませんでした。レジナルドさんはお父さんとは大違いの方でした。あの恐ろしい老人とは、かに足の障害以外はまったく似たところなんてありませんでした。優しくて高潔な息子さんと一緒にいると、そんなこともすぐに忘れてしまいました。先ほども申しましたようにラントレムリー卿が私を雇って古い文書を整理させたのですが、レジナルドさんも私の仕事が進んでいるのを見て興味を抱かれて、レジナルドさんと牧師さん、そして私の三人で一緒になってさらに一生懸命仕事を進めていきました。

「くだくだしいとはお思いでしょうが、あともうちょっとご辛抱ください。そうしないと事件の状況というものが理解しづらいと思うのです。こうして一緒に仕事をしていましたら私はレジナルドさんから結婚の申し込みを受けたのです。私はおろかにも、たぶん自分のことしか考えていなかったのだと思いますけれども、承諾してしまったのです。レジナルドさんはお父上が絶対にお許しにならないということはわかっていましたが、牧師さんが同情してくださって、なにしろ穏やかで世間離れしたお方でしたから、お城の礼拝堂で結婚式を挙げてくださいました。

「さっきも申しましたが、その当時お城にはたくさんの召使がおりました。そしてなかでも私がラントレムリー卿本人よりも怖がっていた例の執事が、なにをしているのか感付いてしまったのです。でも、執事と閣下が礼拝堂にやってきたのはちょうど結婚式が終わったばかりのところで、その後は大騒ぎになりました。閣下は年老いた牧師さんを投げ飛ばし、レジナルドさんがそれを止めようとしたら、頭に血が上った閣下は自分の息子さんの顔を握り拳で滅多打ちにしました。おかげで私の夫は礼拝堂の石床に死んだように倒れてしまいました。このときにはもう執事はドアに鍵をかけて、半分意識を失っている牧師さんから式服をはぎ取ってそれで手足を縛りあげていました。あっという間の出来事で、私は凍りついたように立ち尽くしたままで、叫び声さえも上げられませんでした。でも叫んでみたところで、あんな分厚い壁のなかではなんの役にも立たなかったでしょう。執事は鍵を取り出して礼拝堂の脇にある小さなドアを開けました。それは閣下の部屋から礼拝堂の一族の席へ行くためのものでした。そして夫の肩と脚を持って、ラントレムリー卿と執事は夫を運び出し、ドアの鍵を閉めてしまいました。私と牧師さんは礼拝堂に閉じ込められてしまったのです。老牧師さんは私のことなど眼中にないようでした。ようやく私の声に気が付きはしましたが放心状態で、結婚式で読みあげる聖書の一節をぶつぶつとつぶやくばかりでした。

「ほどなくさっきのドアの鍵を回す音が聞こえて、執事が一人で戻ってきました。彼は牧師さんの脚の戒めを解いて、外へ連れていって背後のドアに鍵を掛けました。あの怖い執事は三度目に戻ってきたときには、私の手首を乱暴につかみ、なにも言わずに引っ張っていきました。細い廊下を通り階段を上がり、正面ホールを通り、ようやく閣下の寝室の隣にある書斎に着きました。机の上には図書室から運んできたタイプライターがのっていました。

「そこでなにが起きたのか混乱してしまってよくわかりません。私は意気地なしですしラントレムリー卿と執事がとても恐ろしかったのです。私が入っていったとき閣下は部屋のなかを行ったり来たりしていました。そして私をののしって、彼の言うとおり手紙を書けと命じました。言うことをきかなかったら、閣下の表現そのままで言うと、息子は終わりだぞ、というのです。私はタイプライターの前に座り、言われたとおりに閣下宛の手紙をタイプしました。それは二千ポンドを払え、さもないと息子と秘密結婚をしたことを公表すると脅迫するものでした。そしてペンとインクが私の前に置かれ、サインをするように強要されました。言われたとおりにして私は夫に一目でいいから会わせてくれと頼んだのですが、閣下は拳を私の顔の前に突きつけて殴られるかと思いました。そして耳をふさぎたくなるような言葉でののしったのでした。これが私がラントレムリー卿と夫と牧師さん、さらにはあの執事と会った最後になりました。私はすぐ荷物とともにロンドンに送り返されました。執事本人が鉄道の切符を買って、列車が動きはじめたときに膝の上に片手いっぱいのソヴリン金貨を投げてよこしました」

この女性は話し終えて顔を両手で覆い、すすり泣きはじめた。

「この十年間、なにも対策を講じなかったのですか？」

彼女はうなずいた。

「なにができるというのでしょうか？」と彼女はしゃくりあげながら言った。「お金もありません、友人もいません。誰が私の話を信じてくれるでしょうか？　ラントレムリー卿は私を脅迫犯人に仕立ててあげられる、私がサインした手紙を持っていましたし、あの執事も私を悪者にするならなんでも証言したでしょう」

「結婚証明書はないのですね？」

「ありません」

「牧師さんはどうなりました？」

「わかりません」

「ではラントレムリー卿の息子さんは？」

「夫は健康のためにオーストラリアへ船旅に出かけたと発表されましたが、アフリカ沿岸で難破して、全員が亡くなったそうです」

「あなたはどうお考えで？」

「礼拝堂で殴られて殺されたと思っています」

「マダム、それはないでしょう。素手で殴られてもそうそう死にはしません」

「でも夫は後ろ向きに倒れたんですよ。頭を祭壇の足元の尖った石段に打ち付けたんです。執事と卿が運び出したときには夫はもう死んでいたんです」

「牧師も殺されたとお思いでしょうか？」

「そうだと思います。閣下も執事もどんな犯罪だって犯せるようなひどい人間です」

「息子さんからの手紙はお持ちではないですか？」

「いいえ。短いお付き合いでしたが、私たちはずっと一緒でしたから、手紙を書く必要はなかったのです」

「では、マダム、我輩へのご依頼の内容とは？」

「この事件を調査してください。そしてできればどこにレジナルドと牧師さんが埋葬されたのか見つけてほしいのです。なにも証拠はありませんが、そうでないと私の奇妙な体験の説明がつかないのです」


我輩は椅子の背にもたれかかり、彼女をじっと観察した。正直なところ、彼女の話を全面的に信じているわけではなかった。しかし彼女自身はその話を真実だと信じているのは確かだった。十年間も女性がたった一人、貧困のなか自分は不当に扱われたと思い込み、現実と空想をごっちゃにしてしまい、おそらくは青年との一時の火遊びが、思いがけず父親にばれてしまったことで頭のなかで今語ったような悲劇に作りあげられてしまったのだろう。

「現在のラントレムリー卿にこの事実を話してはいかがですか？」と我輩は示唆した。

「もうそういたしました」と彼女は短く答えた。

「その結果は？」

「閣下は私の話は馬鹿馬鹿しいとおっしゃいました。先代の閣下の書類を整理していたときに、私がタイプしてサインをした手紙を発見したそうです。おまえの話を裏付けたり否定したりすることができる人間が全員死ぬまで待って、こんな馬鹿げたことを言い出したのだろうと冷たく突き放されました。もしこんな信じがたい話を公表したりしたら牢屋にぶちこんでやるともおっしゃいました」

「ええ、まあ、マダム、卿のおっしゃることももっともですな」

「五十ポンドの年金を下さるとおっしゃってくれましたが、お断りしました」

「断るなんてマダム、間違っておられますぞ。我輩は、その年金はお受け取りになるべきだと思います」

彼女はゆっくりと立ちあがった。

「お金が欲しいのではありません」と彼女は言った。「私がお金に困っているのは本当です。でも私はラントレムリー伯爵夫人なのです。私はその称号を名乗る権利が欲しいのです。この十年間、私の存在は無視されてきました。私が疑いをかけられお城から追放されたといううわさが、一度ならずたてられました。今のラントレムリー卿が、私が無理やり書かされた手紙を破棄して、お城にいたあいだ私にはなんの問題もなかったという一筆を書いてくだされば、一銭も支払う必要はないのです。私はお金なんかいらないのです」

「そう頼んだのですか？」

「はい。どういう状況で手紙を書かされたのかを申し上げたのですが、手紙を破棄するのは断られました。しかし公明正大でいるために私には一生、週に一ポンドの年金をやろう、とおっしゃったのです。これは伯爵のまったくの善意でした」

「しかしお断りになった？」

「そうです。断りました」

「マダム、残念ですがこれではなんのお力になることもできません。なんの裏付けもないあなたのお話しかないのですからねえ。ラントレムリー卿の言うとおり、誰もあなたのお話を信じはしないでしょう。残念ながらラントレムリー城に行って調査をすることはできません。城に立ち入る正当な理由がありませんし、無理やり入れば不法侵入者として騒ぎになってしまうでしょう。どうぞ我輩の助言をお聞き入れになって、年金を受け取られるようお勧めいたします」

ソフィア・ブルックス嬢は、話をしていたあいだ感じていたその頑迷さのとおり、ゆっくりと頭を横に振った。

「お時間を取らせてしまって申し訳ありませんでした」と彼女は言って、そっけなく「ごきげんよう」と言うと部屋から出ていった。彼女の住所が書かれた紙に我輩は「週末までに、ラントレムリー卿本人が我輩に会いに来るだろう」という予言を書き付けた。


翌朝、前の日にブルックス嬢がやってきたのとほぼ同じ時間に、ラントレムリー伯爵の名刺が通された。

　閣下は無愛想で無作法な、落ち着きのない実業家だった。我輩は彼のことを成金であると思ったが、なにしろ一代で富を築きあげたのだからそう呼ばれても無理はあるまい。彼は自分の新しい称号のことも同じく自慢にしており、それらしく振る舞おうとはしていたが、時折傲慢で暴君的な態度が垣間見られ、鋭い攻撃的な雰囲気はさすが実業家ならではだった。抜け目のない金儲けの才能が、歴史ある称号と取っ組み合いを続けていたのである。彼は実業家か貴族かどちらかにすればよいのだが、同時に両方という器ではないようだ。我輩は直感的に彼には嫌悪感を抱いた。その称号を二十年もつけていれば、または貴族の称号が鼻先にぶら下がっている気負いなどない単なる実業家として彼と面談していたら、そんな感じは受けなかったのかもしれない。彼と先代の伯爵とのあいだにはなんの共通点もなかった。鋭くてずるそうな眼をし、いかにも金のあるところには鼻が利きそうで、薄い唇には人間としての優しさがみじんも見られなかった。彼はチビだが、かに足ではないのが特徴だった。椅子を勧める間もなく勝手に座り、我輩が目の前にいるというのに帽子も脱がなかった。彼が由緒正しい貴族か礼儀正しい実業家のどちらかだったら、絶対にやらないような振る舞いだった。

「私がラントレムリー卿だ」と彼は尊大な調子でのたまった。そんなことは言わずもがなである。なにしろ我輩は彼の名刺を手にしていたのだから。

「おっしゃるとおりですな、閣下。今日は、北にあるそのお名前がついている古いお城に出る幽霊を、我輩がどうにかできるか見極めにいらっしゃったのですかな」

「なんだと」と閣下は叫んであんぐり口をあけた。「一体全体どうしてわかったんだ？」

「わかったというよりも、二者択一の結果ですな。我が家においでになるには二つの理由があったはずです。我輩はそのうち第一の理由を選択したにすぎません。閣下は第二の理由は事務弁護士に任せるおつもりだろうと勘案したからでありますよ。弁護士はソフィア・ブルックス嬢の申し立ては考慮に値しないと言うに決まっています。ですから閣下が彼女がタイプで打ってサインした十年前の手紙の破棄を拒否なさったのも当然です。しかしそちらにも弁護士には言えない弱みがあったので、彼女には年に五十二ポンドの年金を出そうとお話しになった」

我輩があたかも周知の事実のごとくなにげない調子でしゃべり終える前に閣下は立ちあがって、我輩のことをまるで雷に打たれたようにびっくりして見つめていた。このおかげで、彼がいきなり入ってきたときには失した礼儀作法を改めてやり直す機会が与えられた。我輩は立ちあがって一礼し、こう言った。

「どうぞおかけください、閣下」と。

彼は座るというよりも、椅子にどすんと腰を下ろした。

「それから」と我輩は両手を前に伸ばしながら礼儀正しく申し上げた。「お話のあいださぞや邪魔でしょうから、お帽子を外の廊下の棚に置いておきましょうか?」

夢を見ている人間のように、彼は帽子を脱いで言われるままに我輩に渡した。帽子をしまったのちに、我輩は自分の席に満足して戻った。閣下が最初この部屋に入ってきたときよりもずっと彼と我輩の関係は平等なものに近付いていた。

「かに足の幽霊《スピリット》はいかがですか、閣下?」と我輩は快活に質問した。「ロンドンの現実的な商業の中心、シティでは、バーで売っている酒《スピリット》以外、そんなものの存在は信じられていないのでしょうな?」

「君が言いたいのは」と閣下は、どうにかまた威厳を取り戻そうと四苦八苦しながら言った。「君が言いたいのは、私が幽霊話を信じるような馬鹿者かどうかということなら、私の答えはノーだ。私は現実的な人間だ。北部に領地を持っていて、そのなかには農地、狩猟権、さらには何千ポンドという固定資本もある。君はなにもかも知っているようだがね、もしかしたらこの地所に新しい屋敷を立てる計画も知っているかね？」

「ええ、『タイムズ』紙の投書を読みました」

「よろしい。私有財産権が法律で守られているこの国で、自分の財産を自由にできないとは、なんともまあひどいことだ」

「我輩が思うにですな、閣下。閣下の屋敷に関しては、自分の財産を好きにできるかどうかという問題ではないのではないでしょうか。閣下がラントレムリー城を更地にして、現代的な屋敷を跡地に建てようとしても法律で阻止することはできないのですから」

「そんなことをさせてたまるか」と閣下は荒々しく答えた。「しかし私は世論に逆らってまでやろうとは思わない。

「私はいくつかの会社の社長をしているが、会社の業績は大なり小なり世間一般の評判にかかっている。無用な反感は買いたくない。つまりだ、私がこの古い城を明日にでも壊したければ壊せるという権利は主張するし、その権利を守るためなら断固として戦う。しかし今はまだ大きな問題にはなっていない。イギリスという国は、もう長年なんの役にも立っていない古いというだけの建物を壊すことについて、神経質になりすぎだ。代わりに現代的な優れた設備の屋敷を建設したほうが、明らかに国にとっていいことなんだ。一部の生意気なおせっかいがラントレムリー城の取り壊しに反対しているがそんなのは問題にはならん」

「ああ、では取り壊すことはお決まりなのですな？」と我輩は答えた。その声音にはいかにも残念という感情が満ちていた。

「いや、今のところは。このうるさい雑音が静まってからだな。それよりも実業家としては、この財産のうちかなりの額が投資もされずにほったらかしになっているほうが問題だ」

「どうしてほったらかしなどに？」

「この場所が呪われているなんて馬鹿げたうわさが信じられているからだ。それさえなければ、かなりの金額で明日にでも借り手を見つけられるのだが」

「しかし分別のある男性だったらそんなうわさには耳を貸さないでしょう」

「ところが分別のある男性はたいてい頭の弱い女と結婚するんだ。そういう女がうるさいんだよ。つい先日もベイツ・スタージョン・アンド・ベイツ社のベイツと交渉した。かなりの財産家でしかも頭が切れる。私の要求した金額を支払うと言っていた。彼は幽霊のうわさなど気にもしていなかった。でも家族がそんな場所は絶対に嫌だと言い出して、話はご破算になった」

「この幽霊の正体はなんだとお考えですか、閣下」

彼はいらだった調子で答えた。

「まともな人間が幽霊のことなど考えるか？　もっとも私にも城で聞こえる騒音については考えがある。長いあいだあそこは怪しげな連中の隠れ家になっていたんだよ」

「ラントレムリー一族は非常に古い家系ですからな」と我輩はなにげなく言ったが、閣下はその当てこすりにも気が付かず、「そのとおり、我が一族はかなりの歴史がある」と満足げに語った。「あの城は、ご存知だと思うが、巨大で今にも崩れそうだ。そして地下には蜂の巣のように入り組んだ地下室がある。こうした地下室や洞窟を密輸業者が隠れ家として使用していたのだと私は考えている。そして連中が密輸品を貯蔵していたのを、我がご先祖も承知していたにちがいない。まあ、実業家としては法律を守らなかったからといってうるさいことは言えないが。今あの城にはそういう伝説を利用して馬鹿な連中を幽霊のうわさで追い払っている悪人どもが巣食っているのは間違いないんだ」

「我輩に彼らの隠れ家を暴いてほしい、ということですかな？」

「そのとおり」

「城に泊まってもかまいませんかな？」

「なにを言っている、だめに決まっているじゃないか！　二マイル以内でもだめだ。門番小屋かそれとも三マイル離れた村に泊まれるように手配しておく」

「いやむしろ夜も昼も事件解決まで、城に泊まり込みでいきたいのですが」

「さすが現実的な方だ。分別がある判断だ。しかしその近所には誰も一緒に泊まり込んで世話をしてくれる人などいないぞ。誰かロンドンから連れてこなくてはいけないし、連れてきても長くは居着いてくれないだろうな」

「おそらく閣下がご威光をふるえば、村の警察署長が警官を一人派遣してくれるでしょう。荒れ果てた場所に泊まるのはまったく気にならないのですが、誰かに食事の用意はしてもらわねばなりません。

それから万一格闘になったときの助っ人ですな。そうなれば閣下の考えられた説が正しいとわかるわけですが」

「残念だが」と閣下は言った。「あの野蛮な地方の警察は農民同様迷信に取り憑かれている。私自身が巡査長に私の説を述べて、六週間かけて城に集まる悪党どもを捕まえようと捜査してもらった。ところが、ラントレムリー城で警備に当たった警官たちが、ほんの数日勤務しただけで辞職願いを出したんだ。信じられるか？　うめき声や金切り声が聞こえたり、オーク材の床の上を歩くかに足の足音が聞こえるなどと言ったそうだ。まったくもって馬鹿げているが、そういうところに君は行くのだよ！　六週間前に起きた事故の跡を掃除してもらうのに掃除婦や労働者を雇うこともままならない。ベッドもそのままだし、まだ階段の上り口に割れた食器や銀の盆もころがったままで、検死審問が行われたときから全然手付かずだ」

「なるほど、閣下。この事件にはさまざまな困難が伴いそうですな。それで実務的なお話なのですが、我輩の報酬はかなりの金額になると思われますが、それでかまいませんかな」

我輩が「報酬」という言葉を口にしたとたんに、今まで「閣下」と呼ぶごとに姿勢を正してきた、彼の付け焼き刃の威厳というものが一気にはがれ落ちた。彼は目を細め、生まれながらの守銭奴の卑しい表情が顔に浮かんで出た。彼はどうにかこうにかして値引きをさせようと手練手管を弄したが、我輩も、実はこの事件に興味を持っていてラントレムリー城をくまなく探し回れるなどという願ってもない機会を待っていたことなどおくびにも出さなかった。

この新伯爵が貴族らしい傲慢な態度でドアのほうへと帰り道をとり、我輩に向かって実業家らしい愛想のいい一礼をして姿を消したとたんに、我輩はアパートを離れて辻馬車に乗り、急いでストランドのボーモント街五十一番地の二階へ続く階段を駆け上がっていた。我輩が立ち止まったドアには「S・ブルックス、速記、タイプ、翻訳業」と書かれていた。我輩の耳にはなかから響く、すばやいタイプのカチャカチャという音が聞こえていた。ドアをノックするとタイプの音が途絶えて、なかに招き入れられた。その部屋の内装は貧弱で、まったく繁盛しているようには見えなかった。小さなサイドテーブルはきれいだったがテーブルクロスもなく、朝食の皿は洗われてはいたものの、まだしまわれてはいなかった。暖炉の消えそうな火にかけられたやかんを見て、このタイプを生業《なりわい》とする女性は自分で料理をしていたのだと思った。不格好なソファが部屋の片一方に寄せておいてあったが、これは実はベッドとして使っているのではないかと思った。たった一つの正面の窓の前には、タイプライターが小さな台の上に置いてあり、その正面に昨日の朝我輩の家に来たあの女性が座っていた。彼女は我輩を客だと思ったのだろうか、じっと見つめていた。誰だかわからなかったようだ。

「おはようございます、レディ・ラントレムリー」と我輩が挨拶すると、彼女は驚きの声を上げて飛びあがった。

「まあ、ヴァルモンさんじゃありませんか。すぐわからなくて申し訳ありません。おかけになりませんか？」

「ありがとうございます、マダム。こちらこそ朝から押しかけてきて申し訳ありません。一つ質問があるのです。料理はおできになりますか？」

彼女はびっくりして私を見つめた。そんなことを訊かれてむっとしたのかもしれない。彼女は答えはしなかったが、やかんをちらりと見、そして振り向いて壁際のテーブルの上の朝食の皿を見やって、青白い頬を赤らめた。

「マダム」と我輩は沈黙に耐えられなくなってついに口火を切った。「迷惑を迷惑だとも理解できずに面倒ばかり起こすこの外国人をどうかお許しください。我輩の質問に気を悪くされたのでしょう。我輩が最後にこの質問をした相手は若くて美しいヴァレリー＝モブランヌ伯爵夫人でした。彼女はその賛辞に喜んで拍手をし、熱心にこう答えました……『ええ、ヴァルモンさま、オムレツを作って差しあげましょう。そうすればおわかりになりますわよ』と。そして実際に作ってくれました。ルイ十八世自身もズアオホオジロのトリュフピューレかけを調理しましたが、その王室の晩餐に相伴したエスカール公爵は、それを食べて消化不良で亡くなったと言われております。料理とは高貴なもの、そう、王者の芸術なのです。我輩はフランス人として、そして我が祖国の国民すべてと同じように、料理人という仕事を、機械を操作するあなたのお仕事、そして我輩のような捜査科学の仕事よりもずっと崇高なものであるとあがめておるのです」

「ヴァルモンさん」と彼女は我輩の饒舌に怒りを抑えきれない様子で、先ほどの我輩の客よりはずっと板についた威厳に満ちた態度で尋ねた。「私に料理人になれとおっしゃるのですか？」

「そのとおりです、マダム。ラントレムリー城で」

「あそこにお行きになるのですか？」と彼女は息が止まりそうになりながら聞き返した。

「ええ、マダム。我輩は明日朝十時の列車で向かう予定であります。ラントレムリー卿からあの朽ち果てそうな建物のなかに幽霊がいるかどうか調査を依頼されたのです。我輩の必要とする助手を連れていく許可を得ましたが、近所には城に住み込んでくれるような人間は一人もおりません。あなたはあそこをよくご存知ですし、なにしろずっと住んでいたのですから、一緒に来てくださると非常に助かるのです。もし誰か信用できる幽霊を怖がらない人がいるなら、あなたのお連れとして明日一緒にラントレムリー城にぜひ来ていただきたい」

「私の部屋を掃除しに来てくれるおばあさんがいます。お願いすればなんでもやってくれるでしょう。耳が聞こえないので幽霊の音も聞こえないでしょう。それになによりも、彼女は料理が上手ですから」

我輩は彼女が最後に付け加えた、イギリス人の言うところの茶目っ気のある言葉を聞いて笑顔になった。

「それは願ってもないですな」と答えて、我輩は立ちあがり十ポンド札を彼女の前に置いた。「これで必要なものを購入してください。我輩の召使には旅客列車で大量の食料品を送るよう手配させました。我々よりも先に荷物は到着する予定です。列車の発車時刻の十五分前にユーストン駅で待ち合わせましょう。これでラントレムリー城の謎はすべて解明されるはずです」

ソフィア・ブルックスは素直に金を受け取り、謝意を述べた。彼女の細い手が札を財布にしまうときに、興奮のあまり震えているのに気が付いた。

我輩たちがあの陰鬱な建物のなかに入る前に日は暮れて闇が迫ってきていた。一見すると屋敷というよりもまるで要塞のような建物だった。我輩はロンドンから電報を打って馬車を手配しておいたが、それに乗ってまずは警察署に向かった。そこでラントレムリー卿の手紙を見せて城の鍵を受け取った。巡査長本人は鈍感で無口な人間だったが、それでも少しは我輩の任務に興味を持ったようで、馬車の四人目の席を占めて城まで送っていってくれた。そして暗くなる前に、戻る馬車に乗っていった。我輩には、この陰気な巡査長が暗くなってから出発するのを恐れているのがわかった。彼はなにも言わなかったが、ラントレムリー卿の唱えるこの城は悪党の巣窟になっているという説をまったく信じていないようだ。しかし貴族には敬意を抱いている巡査長からは、卿の説に反対だという言質を取ることはできなかった。だが巡査長は明らかにかに足の幽霊の存在を信じていた。我輩は一晩捜査をして、もしかしたら巡査長しか答えられないような質問があるかもしれないから、また翌朝ここに来てくれるよう頼んだ。この善良な男は約束を交わすと、あわてた様子で帰っていった。馬車の御者は門の外から村へ向かって長く陰鬱な通りを馬を飛ばしていった。

ソフィア・ブルックスは悲しみに沈んでばかりで、その晩は助手としてまったく役に立たなかった。思い出に圧倒されてしまったようだった。彼女はかつての仕事場だった図書室を訪れた。そこは彼女が愛を語り合った場所であり、戻ってきて目を泣き腫らし顎を細かく震わせながら彼女が語るには、十年前に彼女が仕事をしていたときのとおり大きな本が開かれたまま硬い図書室のテーブルの上に置かれており、仕事をやめさせられたときそのままだったそうだ。十年のあいだ、誰もあの図書室には立ち入らなかったのだ。この気の毒な女性に同情の念が湧いた。つかの間の喜びの場所に、まるで自分自身が幽霊のようにして立ち戻ったのだ。しかし彼女が同僚としてはあまり役に立たなかったのに比べると、もう一人の老婆はたいしたものだった。ストランドの裏の半スラム街のようなところでずっと暮らしていた彼女は、夏に田舎に行ったことなどほとんどなかったので、こういう長期の旅行をすることができて大喜びだった。そしてこの森のなかにあるだだっぴろい古い城は、まさに安小説の夢の世界が現実になったようなもので、彼女の想像力をおおいに搔き立てた。暖炉に火を入れると、彼女はとてもりっぱな夕食を作った。この場所についてあれこれしゃべったり、甲高い声で歌を歌ったりした。

夕食のすぐ後にソフィア・ブルックスは、長旅と高ぶった感情と数々の思い出のせいで消耗したのかすぐに休んだ。我輩は一人になって数本紙巻たばこを吸い、上質のクラレットを脇において一本空にした。数時間前、我輩はあの無口な警官に例の事故のことは訊かず、ワインセラーのありかを尋ね、そしてしっかりそこのドアの鍵も手に入れたのだ。ほこりまみれの瓶また瓶、蜘蛛の巣だらけのボトルがいっぱいで、我輩の孤独な徹夜の見張りのまたとない相棒を見つけることができたというわけである。陰気な地下室のなかには有名なヴィンテージものさえあったのだ。

我輩が捜査を開始したのは夜十時半か十一時ごろだっただろうか。あらかじめ我輩はロンドンをたつときに、懐中電灯を六個も持ってきていた。これがあれば二、三十時間はずっと明かりをともしていられるし、必要なときだけ使えばもっともつはずだ。この電灯は太い筒型のおよそ一フィート半の長さで、その端には半球レンズがついている。スイッチを押すと電気の光がまるで自動車のヘッドライトのように光り輝くのだ。スイッチから手を離せばすぐに闇に戻る。これを使えばどこでも自在に明かりを当てることができて便利であり、反対に周りは暗いままなので無意識のうちに目は必要なところに集中するという利点があった。水がホースの口からほとばしるように、白い光を目的のところに集中して当てることができるのだ。

この巨大な屋敷はしんと静まり返っていた。我輩は懐中電灯を一本手に取ると、例の悪党執事が命を失った大階段の最下部へと行った。そこには、伯爵閣下が言っていたとおり、銀の盆が転がり、その近くには銀の水差しとスプーン一組、ナイフとフォーク、さらにはその周りに割れた皿やらカップやらソーサーやらの破片がちらばっていた。我輩に先んじた捜査担当者の馬鹿さ加減に驚きながらも、階段を一段飛ばしに駆け上がると右に折れ、廊下をずっと進んで故伯爵のいた部屋へと行った。ベッドのカバーははがされていて、ちょうど伯爵が床に飛び降りたときのままだった。耳が遠かったというが、執事が階段の下まで転がり落ちて死んでしまったときの音はかすかながら耳にしたのにちがいあるまい。巨大なオーク材のたんすがベッドの枕側に、壁から六インチほど離しておいてあった。このベッドの枕元にあるたんすに立てかけてあったのが小さな丸テーブルで、そのカバーが滑り落ちてたんすの戸の一部を隠していた。我輩はこの彫刻が施された古い黒いオークのたんすの上によじ登り、壁とのあいだの隙間を電灯で照らしてみた。そして我輩が笑い声を立てたところ、なんと後ろのほうから別の笑い声が響いてきたのである。我輩は床に飛び降りて、電灯の明かりでまるで戦艦のサーチライトのようにぐるぐるあたりを照らし出した。しかしこの部屋には我輩以外人っ子一人いなかった。もちろん、我輩は最初こそびっくりしたものの、この笑い声は我輩の声がこだましたものだと気が付いた。この古い屋敷の古びた壁は、まるで反響版のようによく響いたのだ。ここは演奏を終えたばかりでまだ音が震えている古びたバイオリンのような場所だったのだ。迷信を信じる人々が幽霊を信じ込むようになるからくりは簡単なものだ。実際、なにも敷物のない廊下を早足で歩いていて突然立ち止まっても、その音が残って歩く音が聞こえるという経験は我輩にもあった。

さて我輩は再び階段の一番上に戻った。そしてつるつるの床板を調べて満足いく結論を得た。短い時間にたくさんの情報を得て我ながらびっくりしながら、ポケットから故伯爵が死にかけながら半分麻痺した手で書き残そうとした紙片を取り出した。この紙は巡査長が渡してくれたものだった。階段の一番上の段に座ってこの紙を床に広げてじっくりと調べはじめた。まったくもってなにを伝えたいのかわからなかった。二つの単語と三つ目の言葉の頭文字だけは読める。さてこの不気味な書面だが、真正面から見てわからなくとも、さまざまな角度から観察をしているうちに解読できることもあるだろう。木や葉っぱの描かれている絵のなかに隠された人物像を探そうと、半眼になって見つめるのと同じである。我輩はその紙を腕をいっぱいに伸ばして持ち、懐中電灯の明かりを当ててあらゆる角度から目を見開いたり、半眼で観察した。そしてついに斜めにして見ることで、書かれている言葉の意味が「あの秘密」だというのを発見した。その秘密を彼はどうにかして伝えたかったのだろうが、しかし題を書く気力しか残っていなかったのだ。我輩は推理にあまりに没頭しすぎていたので、静寂のなか階段の下で「おお、神様！」という息を飲むような声を聞いて、びっくりして飛びあがった。

我輩は明かりを消して壁にもたれてもう気絶しそうになっていた。するとソフィア・ブルックスが、狂気を帯びた目を光らせ、まるで幽霊のように真っ青な顔で現れた。彼女は化粧着をひっかけていた。

我輩はぱっと立ちあがり、「ここで一体なにをしているんです！」と叫んだ。

「あら、ヴァルモンさん、あなたでしたの？　神様、ありがとうございます！　ありがとうございます！　私、頭がおかしくなったのかと思いました。体のない手だけが、白い紙をつかんで浮かんでいるのを見たんです」

「それは体のない手などではありません、マダム。我輩の手であります。しかしどうしてこんなところにいるのですか？　もう真夜中近いのですぞ」

「真夜中だからです」と彼女は答えた。「ここに来たのは夫が三度も『ソフィア、ソフィア、ソフィア！』と、こんな具合に呼んだからです」

「ナンセンスです、マダム」と我輩は女性に向かっては使わないような辛辣な言い方で答えた。しかし冷静沈着が求められる捜査活動中、彼女のこのヒステリックな状態が続くのだとわかってきた。我輩は彼女を連れてきたのを後悔した。「ナンセンスです、マダム。あなたは夢を見ていらっしゃる」

「本当なんです、ヴァルモンさん。夢なんかじゃありません。眠ってもいません。はっきり聞こえたんです。私のことを頭が狂っているとか迷信に取り憑かれているとか思わないでください」

　頭が狂って迷信にも取り憑かれているくせに、と我輩が心のなかで思った次の瞬間、彼女はさらに証拠を見せようというのか、突如として走りよってきて、我輩の腕をわしづかみにした。

「聞いて！　聞いて！」と彼女はささやいた。「なにか聞こえませんか？」

「ナンセンス！」と我輩はもう一度叫んだ。堪忍袋の緒が切れそうになった。これ以上捜査を邪魔してもらいたくはなかった。

「シーッ！」と彼女はささやいた。「耳を澄ませて！」と言って指を立てた。我々は二人とも彫像のように立ち尽くしていたが、突然我輩は不思議なぞっとする感情に襲われた。

いかに文明化されていようとも、完全には拭い去ることのできない迷信から来る恐怖だった。息詰まる沈黙のなか、誰かがゆっくり階段を上がってくる音が聞こえた。足の不自由な人間が苦労しながら上がってくる音だった。それまで明かりを消していたのだが、緊張のなか我輩は懐中電灯のスイッチを押し、光を階段の上へ下へとあてた。そこには誰もいなかった。しかしそのたどたどしい足音は我輩たちのほうへ向かってどんどん上がってきた。もうその足音は目の前まで迫ってきた。その瞬間ソフィア・ブルックスは金切り声を上げて我輩の腕のなかに倒れこんだ。おかげで取り落としてしまった懐中電灯が階段の下へと転がり落ち、我輩たちは真っ暗な闇のなかに取り残されてしまった。我輩は本当は勇敢な男なのであるが、しかし誰しも困惑する状況というものはあるのである。我輩はあの執事の二の舞にならないようおっかなびっくり、気を失った彼女を慎重に階段の下まで運び下ろした。そしてようやく食堂まで連れ戻り、蠟燭に明かりをつけた。ぼんやりした明かりだが、我輩の懐中電灯よりはずっと安定はしていた。彼女の顔に水を振りかけて意識を取り戻させると、新しいワインのコルクを抜いて一杯飲むよう勧めた。彼女はそれに従った。

「あれはなんだったんです？」と彼女はささやいた。

「マダム、わかりません。おそらくはラントレムリーのかに足の幽霊でしょう」

「幽霊を信じるんですか、ヴァルモンさん？」

「昨晩までは信じていませんでしたが、この誰もが寝静まっている時間となっては、いまや我輩が信じるところは唯一つであります」

彼女は立ちあがり、恐怖でうろたえたことをあやまりながら震え声で笑った。しかし我輩はあの階段上にいた二人ともパニックに陥っていたのだと慰めた。蠟燭を手にして懐中電灯を探してみると運のいいことに、例の執事が命を失ってしまったのと同じ階段を転げ落ちたにもかかわらず、無傷で見つかった。我輩は彼女を部屋まで送っていき、おやすみというよりおはようの挨拶をして別れた。

庭園に立ち込めるかすかな霧のなかから朝日が上っていた。そして真夜中に想像力の産物として立ち現れた幽霊どもは消えていったのであった。巡査長がまたやってきたのは午前十時半頃だった。この想像力の欠如した男の頭が少しでも動いたのならそれは不肖我輩のおかげであろう。

「あの執事が階段を上がったのはどうしてだと思うかね？」

「主人の朝食を運んでいたんでしょう」と巡査長は答えた。

「そうだとしたら銀の水差しは空だったはずがない。それに皿が割れているのに、パンやバターやトーストなどが、どうして床に転がっていなかったのかね？」

巡査長は目を見開いた。

「でもほかに朝食を運ぶ相手はいませんよ」と反論してきた。

「それが貴君が誤りを犯している点なのだよ。執事が覆いていた靴を貸してくれたまえ」

「靴は覆いていなかったんです。布のスリッパを覆いていました」

「どこにあるのか知っているかね？」

「ええ、下駄箱にありますよ」

「よろしい。ではそれを持ってきてくれたまえ。底を調べてみれば、オーク材の短い木片が刺さっているのが見つかるはずだ」

巡査長はさっきよりももっと呆然としながらスリッパを持ってきた。そして大声で「こいつはやられた！」と叫びながら、こちらにやってきて、スリッパの底を上にして我輩に渡してよこした。そこには先ほど我輩が言ったように、オーク材の破片が刺さっていた。

我輩はそれを抜き取った。

「さて、このオーク材の破片を階段の一番上の板と比べてみれば、その端の欠けたところとぴったり一致するはずだ。きっちりと見るべきものを見る、捜査というものはこういう風に行うものなのだよ」

「おやまあ、こいつはやられた！」と彼は再び言い、一緒に階段を上がっていった。

スリッパに刺さっていた木片が、我輩が指し示す欠けた部分にぴったり一致することを実証してみせた。

「ということは、執事が落ちたのは階段を上がっていたときではなく、下りていたときということだ。真っ逆さまに落ちたときには、さぞやすごい音がしただろう。たくさん物を運んでいたから足元はおぼつかず、スリッパには木片が刺さっていたし、両手がふさがっていたからなにかにつかまることもできなかった。そして階段を頭から落ちていったのだ。しかしだ、なにはともあれ執事は主人の朝食を運んでいたのでもないし、済んだ朝食を下げていたわけでもない。とするとこの城には別の誰かがいて、その人物に食事を運んでいたのだ。そいつは一体誰なのだろうか？」

「自分はさっぱり見当がつきません」と巡査長は答えた。「しかし変じゃありませんか。執事が朝食を運んでいたんじゃないなら、朝食を下げていたんですよ。なにしろ空の皿があったんだから。さっきそう言ったじゃないですか」

「いや、それは違う。伯爵閣下は物音を聞いたときに衝動的にベッドから飛び起きたんだが、あわてていたので自分の盆が置かれていた小さいテーブルをひっくり返してしまった。その盆は飛んでいって、ベッドの枕元にあるオークのたんすの裏側に飛び込んでしまったのだ。壁との隙間をのぞいてみたまえ。盆と皿と朝食の残骸が今でも残されたままになっておるよ」

「おやまあ、こいつはやられた！」と巡査長はまた叫んだ。

「最も重要な点はここだ」と我輩は冷静な口調で続けた。「執事が事故に遭ったことでもなければ、伯爵がショックで死んでしまったことでもない。食事を運んでもらっていた囚人が、もう六週間ほどなにも食事を与えられていないということなのだ」

「すると、もう死んでいますね」と警察官は言った。

「死人の幽霊よりは生きている人間のほうが簡単に見つかりますぞ。我輩は真夜中にその男の足音を聞いたのだ。非常に弱りきっている人間の足音のように聞こえましたぞ。そういうわけで巡査長、我輩は貴君の到来を今か今かと待ちわびておったのだ。死んだ伯爵が紙に書き残した最後の言葉は『あの秘密』というものだった。そして息絶える直前に書いた判読不能の一文字は、『R』という字であると確信しておる。もし彼が全文を書いたとしたら、『あの秘密の部屋（room）』と書いていたでしょう。それでですな、巡査長、この城に秘密の部屋があるなぞ伝説のようなものだが、どこにあるかご存じかな？」

「秘密の部屋のありかも入口の場所も知りませんよ、ラントレムリー一族以外は」

「しかしロンドンにいる今のラントレムリー卿はなにもご存じないようだ。我輩は夜が明けてからあちこち調べまわって、屋敷の大きさにおかしな点がないかどうか計ってみた。我輩の推定では、その秘密の部屋はこの階段の左側にある。おそらく続き部屋を含む複数の部屋があるだろう。この階段と同じ階段があるのは間違いない。真夜中にこの階段を上がっていたときに、かに足の男が下りてくる足音が聞こえたのだ。もしかしたら幽霊に脅されたのかもしれないが、我輩は人間であると信じておる」

　するとここで巡査長は初めて、なるほどと思われるような意見を言った。

「この壁が分厚くて、閉じ込められている人間の叫び声が聞こえないのはいいとして、だとしたらどうしてもっと小さい音のはずの足音だけが聞こえるんですか？」

「いいところに気付いたね。しかし今朝早く、我輩も同じことを考えたのだ。この城の構造を調べようとしたときのことだ。まず最初に玄関ホールの幅は巨大な扉のところと階段付近を比べると、二倍の差がある。正面のドアを背にして立ってみれば一目でわかるだろうが、どうして建築家はこのような奇妙で無駄な角度をつけてホールの奥のほうを狭めたのだろうか。そしてこの階段を見ていただきたい。すばらしい彫刻が施されたオークの親柱がまるで記念柱のように立っているが、考えてみたまえ。この階段はホールと同様に、かつては現在の倍の幅があったのではないだろうか。今見えているのは半分だけで、同じような親柱が隠し部屋のほうにもあるにちがいない。いいかね、巡査長、この秘密部屋はちっぽけな隠れ家などではないのだ。二度もこの一族は国王をかくまっているのだよ」

王室に言及すると巡査長は頭を垂れた。我輩と我輩のやり方に対する、島国根性からくる偏見が消え去っていた。そして初対面のときとは違って大いなる尊敬の目で我輩のことを見つめていた。

「壁は音をまったく通さないほど厚い必要はない。煉瓦の壁を二重にしてあいだに防音材を詰めておけばいいのだ。この城が建設されたときの住居部分とこの秘密の部屋は別物で、もともとの設計にはなかったものだった。仕切りの壁はおそらく緊急の必要に迫られてあわてて作ったのだろう。階段の真ん中に仕切りの壁は建てられ、階段の踏み板はそのまま壁の下でつながっているのだ。そういうわけでこの秘密の階段を上がると、その足音が反響して姿の見えない存在が外の階段を上がっているように聞こえた、というわけなのだ」

「なんということだ！」と巡査長は畏敬の念を込めた様子で言った。

「それでは、巡査長。我輩はここにつるはしとバールを持ってきておる。さあ謎の答えを見つけようではないか」

しかしこの提案に巡査長はしぶった。

「ロンドンの伯爵閣下の許可なしに壁を壊すんですか？」

「巡査長、ロンドンになどラントレムリー卿はいはしない。ここからたった十フィート向こうには、やせ衰えた本物のラントレムリー卿がいるのだ。官僚主義など顧みず、卿を緊急に救出するのです。地元の領主様に食事と飲み物をただちに差しあげるのに、なんの不都合があるというのですか」

「承知しました」と巡査長は叫んで、驚くほどの熱心さで、「さあ、どこから始めましょう」

「どこでもいいだろう。玄関ホールからここいらへんまで、この壁は全部偽物だ。それに執事は食事を上に運んでいたのだから、踊り場から始めるのが時間の節約になるだろう」

巡査長は知力よりもずっと筋力のほうが優れていた。彼はまるでバリケードの上の過激派のような活躍をした。斧とつるはしでばらばらにして古いオーク材のパネルの一部をはがし、煉瓦壁にたどりついた。しかしこれも巡査長の筋力の前には脆かった。さらにむしろのような詰め物をひきずりだし、もう一つの煉瓦壁に突き当たった。そしてその向こうはパネル材だった。我々が開けた穴の向こうは真っ暗で、大声で呼びかけてもなんの答えも返ってこなかった。ようやく人間が入れるだけの穴を開け、我輩は懐中電灯を手になかに入った。巡査長もバールを手にしたままその後に続いた。予想どおり、我々は外の階段と同じくらいの幅の上の階の踊り場に出た。電灯の光に照らされて、上の階の踊り場にある暖炉に相当する場所にドアが見つかった。鍵が掛かっていなかったのでその向こうの大きな部屋に入っていった。出口のない中庭に面した鉄格子入りの窓から漏れる日の光でぼんやりと照らし出された室内は、この城の中外とはまったく様相を異にしていた。足の下でガラスが割れる音がした。床を見やるとワインのボトルがたくさん転がっていた。その首は叩き折られており、コルクははまったままだった。向こう端にあるマットレスの上には一人の男が横たわっていた。髪の毛は灰色でもじゃもじゃ、鉄灰色の顎ひげを生やし放題にしていた。寝ているようにも死んでいるようにも見えたが、懐中電灯の明かりを顔に当てると、まだ生きている証拠に無気力そうに目をこすり、話すというよりもうなり声をあげた。

「ようやく来たか、このくそ執事め。なんでもいいから食い物をくれ！」

彼を揺さぶって起こした。彼はどうやら酔っぱらっているようで、しかもかなり衰弱していた。彼を立ちあがらせてみると、脚の一方に障害があることに気が付いた。彼に手を貸して外に連れ出し、下の食堂へと連れてきた。そのあいだずっとなにか食べ物をくれと叫んでいたのだが、いざ目の前に食べ物を並べてやると、ほとんど触れもしなかった。ワインを二杯飲むとようやく人間らしさを取り戻し、灰色の髪の毛から連想されるほどの年寄りではないということがわかった。彼の目には苦悩の光が宿り、こわごわとドアのほうを見ていた。

「執事はどこに行った？」と、ようやく彼は質問をした。

「亡くなりました」と、我輩は答えた。

「僕が殺したのか？」

「いいえ。階段から落ちて首の骨を折ったのです」

男は耳障りな笑い声を上げた。

「親父はどこに行った？」

「あなたの父親とは誰でしょうか」

「ラントレムリー卿だ」

「卿も亡くなりました」

「なんで死んだんだ？」

「執事が死んだ朝に麻痺の発作を起こして亡くなりました」

これについては男はなにも言わず、顔を背けてさらにもう少しものを食べた。そして我輩にこう言った。

「ソフィア・ブルックスという女の子を知らないか？」

「知っております。十年間あなたは死んだと思っておったのです」

「十年だって！　なんてことだ。僕はあそこに十年もいたっていうのか？　じゃあ僕はもう年寄りじゃないか。最低でも六十歳になっている」

「いいえ、まだ三十を少し過ぎたところです」

「ソフィアはもしかして……」とまで言って彼は口をつぐみ、再び目には取り憑かれたような光が戻った。

「いいえ、彼女は元気で、この城におります」

「ここに？」

「この敷地のどこかに。彼女と召使は散歩に出てもらっています。昼食の時間まで帰ってこないよう命じてあるのです。巡査長と我輩は用事があるので邪魔されたくなかったのです」

男はもじゃもじゃの顎ひげを両手でかきまわした。

「ソフィアに会う前にちょっとは身だしなみを整えないと」と彼は言った。

「お手伝いしましょう、閣下」と巡査長は大声で言った。

「閣下？」と彼は鸚鵡返しで言った。「ああ、そうか。わかったぞ。君は警官だったね？」

「はい、閣下。巡査長であります」

「では自首しよう。僕は執事を殺した」

「それは不可能です、閣下！」

「いや可能なんだ。あのけだもの、そう僕は奴のことをそう呼んでいたんだが、奴も年をとってきて、ある朝出ていったあとドアを閉めるのを忘れていたんだ。こっそり跡をつけていって、階段の一番上でやつの腰を蹴飛ばしてやったんだ。これで真っ逆さまだ。地獄に堕ちる音がしたよ。あの人でなしを殺したかったわけじゃなくて、脱出したかったんだ。ところが僕が階段を駆け下りようとしたときに、親父がまるで……まるで……いや、言うのはやめておこう……ともかく親父の姿を見てぞっとした。昔親父に感じた恐怖を思い出してね。廊下を通って親父が僕のほうへと向かってきた。僕は恐ろしくて隠し戸のなかに飛び込んで閉めてしまったんだ」

「隠し戸はどこにあるんですか？」と尋ねた。

「隠し戸はあの暖炉だ。左の角の彫刻の飾りを押すと、暖炉全体が内側に動くようになっている」

「つまり飾りの暖炉ということですね？」

「いや、火をつけることもできる。煙もちゃんと煙突から出る。僕は執事を殺したんだ、巡査長。でも殺すつもりじゃなかった、誓ってもいい」

するとと巡査長はいぶし銀のなかなかひねりのきいた答えをした。

「閣下、それについては不問に付したいと思います。法律的に閣下が手を下したとは言えないのです。実は、執事の事件についてはもうすでに検死審問の陪審員が『階段から転落したことによる事故死』という評決を下しているのです。評決をひっくり返すわけにはいきません」

「なるほど」と伯爵閣下は答えて、何年かぶりの笑顔を見せた。「なんにせよもう裏側はこりごりだ。

あの煙突の裏にずっと、これ以上ないくらい閉じ込められていたんだしな」

ワイオミング・エドの釈放

The Liberation of Wyoming Ed

人間誰しも自分がお世話になる医者や弁護士や探偵には、すべて真実を話さなくてはならぬ。患者は治療してくれる医者を全面的に信頼しなくてはいけないし、弁護士が訴訟で勝利するには依頼人がどうして訴えられたのか、有利な点はなにかを知っておかなくてはいけない。諜報部員が事件を解決するには、すべてのカードをテーブルの上にさらさなくてはいけないのである。完全に信用されなかったために不満足な結果に終わっても、プロとしてはがっかりする必要はないのだ。

我輩を全面的に信用してくれなかったばかりに、危険な犯罪者が釈放され、我輩は心ならずも強盗と協力せねばならなくなり、しかも法律を侵すはめになったことがあった。もちろん我輩は、すべてのイギリス人が生まれながらに信頼している法律というものを、頭から信じているわけではない。我輩は法律というものを知りすぎてしまい、何度となく大きな誤りを見てきた。だからイギリス諸島の人々と違って法律を盲信はしないのである。

我輩があれこれ書くよりも、この精神をうまく表している詩があるからそれをご紹介しよう。

立派な法律のおかげで
悪党どもはみんな絞首台のがれ

この詩はそういうイギリス人の考え方をよく表している。法廷の陪審員に疑問を呈するようなことがあれば、君はもう悪党扱いで、おしまいである。ところがイギリス人が法律の網をかいくぐろうとすると世界中で最も上手なのである。なんという連中だろうか！　ほかのまともな国ではあり得ないことである。

このような弁解の余地のないまったく違法な事件に巻き込まれてしまったのは、ひとえに我輩の不徳の致すところである。

我輩の依頼人は最初は金の力で言うことを聞かせようとした。当然ながら我輩はそんな袖の下を拒否した。すると彼は崩れ落ち、てっきり意識を失ったものだと思った我輩の同情を引こうとしたのだ。イギリス人がやるにしてはかなりめずらしい方法である。優しい心が我輩の一番の弱点である。我々フランス人はセンチメンタルなのだ。フランスは理想の存亡をかけて今も昔も戦いに挑んだのに対し、ほかの国々は領土や金や商売のために戦争をするのだ。我輩はお金の槍では倒せないが、同情の杖をひと振りすれば我輩はあなたの下僕である。

我輩のアパートで待ちかまえていた男は、名をダグラス・サンダーソンと名乗った。それが本名かどうかはわからない。我輩はいちいち本名を確かめたりなどしない。それにこの文章を書いている時点でも、彼の本当の名字は知らない。たとえ偽名でも、彼と初めて会った朝はそう名乗ったのである。彼は生まれながらの威厳と冷静さを兼ね備えた老人で、ゆっくりとしゃべり、くすんだ色の洋服を着ていた。彼の格好は専門職のようには見えず、また紳士階級でもなかった。彼の属する階級を、我輩は瞬時に見抜いた。相手にするにはもっともやっかいな連中だった。長い歴史を持つ、たぶん貴族の信頼を受けた召使とか執事といった人間なのだ。こういう人間は、彼自身はたいしたことはないが、仕える一族の責任と美徳が乗り移った存在であり、先祖代々彼も、その父親も、祖父も、曾祖父も仕えるうちにそういう人間に作りあげられていったのだ。執事といった人間は自分が仕える一族の名誉を、一族の人間よりも大事にすることがままある。彼らはたいてい一族の秘密の宝庫で、その宝庫は金や脅しや甘言をもってしてもびくともしないのだ。

サンダーソンに会ったということはすなわち、我輩はその主人に会ったということでもある。実は数多くの事件で、主人と従僕はそっくりであるという実例に何度も遭遇していたのだ。イギリスの常套句で「この主人にしてこの従僕あり」というやつである。召使はほんのちょっと傲慢でいささか不親切であり、ちょっと排他的で、いささか信用に欠け、ちょっと恩着せがましく、いささか人間味に欠け、さらにちょっとばかり保守的であり、要するにいささか不愉快でうまくやっていくのが難しい連中なのである。

我輩が手で腰かけるよう指し示すと、彼は話しはじめた。「私は金なら十分持っていますから、これからお願いする仕事には十分なお礼は払うつもりです。いきなり金の話とはビジネスらしくないとお思いでしょうが、私は正直言ってビジネスマンではありません。私がお願いする仕事は特に秘密を守っていただきたいので、十分な報酬をお支払いするのです。もしこの仕事で手足や体の自由を失ったりしても、補償はいたします。かなりの金額になることでしょうが、どうぞお好きなだけ請求してください」

ここで彼はいったん口を閉じた。彼はゆっくりと念を押すようにしてしゃべっていたが、その声音には尊大さがにじみ出ていて我輩はいささかむっとした。しかしまだこの時点では我輩も一礼して、彼と同じような傲慢な態度で返してやった。

「やるに値しないか、それとも嫌な仕事かどちらかのようですな。まず最初に報酬の話をするのは、物事の順序を間違えておりますぞ。まずなによりも先に、我輩に望むことをおっしゃるべきです。そして我輩がその依頼を引き受けたところで、ようやく報酬の話をするべきなのではないですかな」

彼はこんな返事をされるとは思ってもおらず、また金を支払うというのも本当は嫌々だったようで、しばらくのあいだずっと床を見つめたままだった。そして唇を結んで一言も発しなかった。ようやく彼は口を開いた。屈折した様子も人を見下した態度もそのままで、我輩をのっけからいらいらさせたが、彼が身にまとっていた冷徹な威厳というものは無残にも落ちはがれていた。

「父親として、愛する息子の奇行を赤の他人に明かすのは忍びないのです。そこでお話しする前にどうかここでの話は絶対に内密に願います」

「スラ・ヴァ・サン・ディール」

「私はフランス語はわかりません」とサンダーソン氏は、まるでこの言葉に傷付けられたようにぴしゃりと返してきた。

我輩は気にもせず、「『言うまでもない』という意味です。口外はしません。ここで息子さんのことをいくらお話しになろうとも、誰にもしゃべりません。どうぞお続けください。これ以上遠回りはなしでお願いします。我輩も忙しい身ですので」

「息子はいささか乱暴で我慢がきかない性格なのです。この国にいればなんでも思いどおりにできたはずなのにアメリカに行き、悪い仲間とつきあうようになりました。子供のやることですから、実害はないのですが、持ち前の無謀さで事件に巻き込まれてとんでもないことになってしまいました。西部でもう五年間も刑務所に入っています。あの子の通り名はワイオミング・エドといい、その名で服役しています」

「なんの罪を犯したのですか？」

「列車を止めて強盗をしたのです」

「懲役は何年なのです？」

「終身刑を受けました」

「我輩になにをお望みですかな？」

「州政府にはあらゆる手を使って恩赦を嘆願しました。しかしすべて失敗しました。しかし十分な金さえあれば息子が脱獄できるという話を聞いたのです」

「つまり、我輩に刑務所の役人を賄賂で籠絡せよ、と？」

「息子は無実なんです」

初めてこの老人の声のなかに、人間らしい感情がにじみ出た。

「それが証明できるのなら、どうして再審を請求しないのですか？」

「状況があまりにも悪すぎます。息子が逮捕されたのは当の列車のなかで、たくさんの証人もいます。再審をしたところで判決が覆る望みなどありません。不可能だと言われました。法的手段はすべて取りました」

「なるほど。それで今度は不法な手段に訴えようというわけですな？　あなたの言われるような不法行為への荷担はお断りいたします。貴方はフランス語はわからないとおっしゃいましたな、サンダーソンさん。ではラテン語はいかがです。『ヴェリタス・プラエヴァレビット』、意味は『真実は勝利す』です。息子さんについてのご心配はご無用。御子息は今この瞬間も、あなたがおつとめの大屋敷で慎ましく働いておられる。息子さんは、あなたが父親の跡を継いだように、あなたの跡を継ごうとしている。あなたは金持ちでもなんでもない。ただの召使だ。あなたの息子はアメリカになぞ行ったこともなく、一生行くこともないだろう。西部の監獄にワイオミング・エドとしてつながれているのはあなたの主人の息子、広大なイギリスの領地の相続人なのだ。あなたがなんと言おうとも、我輩は彼が正当な有罪判決を受けたと確信しておる。帰ってそう主人に伝えなさい。あなたがここに来たのは裕福で地位もある一族の恥ずべき秘密を隠蔽するためだ。屋敷に帰った頃にはそんな秘密も周知の事実となっておるでしょうな。なにしろあなたが我輩に秘密を守るようにと言った前提条件そのものが嘘だったのだから、我輩がそれに縛られるいわれはない。これが嘘の代償なのだ」

老人はあからさまに我輩に対して軽蔑の態度を表した。あまりにも冷たい人を見下した態度だったので、てっきりそのまま席を蹴って自分を侮辱した相手とはもうこれ以上交渉はできないと、出ていくものだとばかり思っていた。彼の主人もきっとそうするだろう。ところがこんな侮辱を受けたにもかかわらず、彼は威厳も尊厳もいきなりかなぐり捨ててしまったので、我輩はびっくりした。我輩が彼と同じようにずけずけと言い出すと、彼は座っている椅子の肘掛けを震える手でつかみ、我輩の話を聞きながら幽霊かなにかを見たかのように目を見開いて我輩を見た。我輩がでたらめに射た矢が、真実の的に当たったことがわかった。彼の顔色はまだらになり、そして真っ青と言うよりも緑色になった。我輩が最後に嘘をついていると糾弾したとき、ゆっくりと立ちあがったのだが、麻痺を起こしている人間のように震えて立っていることができず、くたくたとまた椅子に崩れ落ちた。そして目の前のテーブルにつっぷして、大声で泣きわめいた。

「どうぞ、どうぞお助けください！」と彼は叫んだ。「私だけの秘密じゃないんです」

我輩はドアへと飛んでいき、鍵を掛けた。これで誰にも邪魔はされない。そしてサイドボードへと歩みを進めてロアール地方から輸入した最高級コニャックをグラスになみなみと注いで勧めてやり、彼の肩を叩きながらぶっきらぼうに言った。

「さあ、これを飲みなさい。これ以上事態が悪くなることはないから。我輩は秘密は守る男だ」

彼はブランデーを一気に飲み干して、ようやく正気を取り戻した。「私は使いとして失格です」とすすり泣いた。「さっきの説明でどうして本当のことがばれてしまったのか、さっぱりわかりませんが、とにかく私はとんまな奴です。こんな失敗をした私を、神様、どうぞお許しください」

「気にすることはない」と我輩は答えた。「あなたの説明から見破ったわけではないのだ」

「嘘つきとおっしゃったじゃないですか」と彼は続けた。「あまりにもひどい言いようです。しかし私は自分のために嘘をついたんじゃない。心から尊敬する主人のためなんです。うまくいかなかったのは残念でたまりません」

「さあさあ、失敗はあなたのせいじゃないんだ。単にできもしないことをやろうとしただけのことだ。ありていに言えば、あなたの提案は、我輩をアメリカに行かせてそこで役人に賄賂を渡して囚人を脱獄させるという犯罪を、いやそれ以上の犯罪をしろと言っているのですぞ」

「いやそれは大げさです。ああいう新興国じゃ、法律があっても無法地帯のようなものなのはご存じでしょう。あの鉄道強盗の真犯人はまだ逃げたままです。うちの若様だけが気の毒なことに捕まってしまったんです。お父上はイギリスでも最も高貴な方々の一人なのですが、このとんでもない屈辱でどっと老け込んでしまわれました。もう死んだように気落ちされているのですが、先祖代々続くご一族が持ち合わせる勇気のおかげで、どうにか持ちこたえております。若様は一人息子でいらっしゃって、行方不明のままですと、万一お父上が亡くなった場合、領地は赤の他人のものになってしまいます。さらに事態は深刻で、公にはなにも動きがとれないのです。旦那様はこの国の支配者階級のなかで長年影響力をふるわれていますから、イギリス人だったら誰でもその名前を聞けば、どんなことでも思うとおりにできる方だと思うでしょう。しかしそういう権力を振りかざしてまで、重罪犯の息子の命を救おうとなさらないのです。旦那様が病気だということは絶対秘密にしておかなくてはいけませんし、これ以上秘密を知っている人間が増えたら、もうすべてが明るみに出てしまいます」

「現在事情を知っているのは何人ですかな？」

「我が国では三人、アメリカの刑務所に一人です」

「その若様とは連絡を取り合っているのですかな？」

「もちろんです」

「直接？」

「いいえ。第三者を介してです。若様はお父上に直接手紙を書かないでくれと懇願なさいました」

「その言わば仲介役が、秘密を知る三人目の人物なのですな？　それは誰なんです？」

「それは申し上げるわけにはいきません」

「サンダーソンさん、我輩にはなにも隠し立てをしないほうが、あなたの主人と若主人のためになるのですよ。全面的に信用してくれなくては、とんでもないことになりかねない。若主人はなにか釈放について言ってきたかね？」

「ええ、はい。しかし私がさっき申し上げたようなことではありません。最近の手紙によりますと、六ヶ月かそれ以内に州知事の選挙があるそうです。金次第では、若様を釈放してくれる人物が州知事に当選するかもしれないとおっしゃっていました」

「なるほど。それでその金は仲介役に渡すことになるのだね？」

「はい」

「この五年間、知事に恩赦を出してもらう賄賂のために、かなりの金額を仲介役に与えてきたのではないかな？」

サンダーソンは答えずにしばらくもじもじしていた。実際彼はしゃべってしまいたいという気持ちと義務とのあいだで揺れ動いていた。我輩が要求する情報をすべて提供したいと思う一方で、主人の命令にまだ囚われていた。ついに我輩は手を振ってこう言った。

「答えは結構、サンダーソンさん。その仲介役がこの事件でもっとも重要な鍵です。この人物は脅迫犯ではないかと強く疑っております。もしその人物の名前を教えてくれれば、我輩はそやつをこの部屋におびき出しましょう。ここには我輩専用の小さな独房がありますから、そこに奴を押し込めてやりましょう。一週間もパンと水だけで真っ暗ななかに閉じ込めてやれば、この事件の真実も明らかになりますよ」

イギリス人はなんと非論理的なのだろうか！　サンダーソン老人はさっきはこの我輩にアメリカの法律を破らせようとしたばかりなのに、我輩がここイギリスで男を監禁したらどうかと軽く言っただけで、恐怖で凍り付いてしまった。彼は我輩をあきれたように見つめ、そしてあたりをきょろきょろ見回した。自分の下に土牢へとつながる落とし穴が仕掛けられているのではと思っているように見えた。

「おびえないでください、サンダーソンさん。あなたは安全ですよ。あなたは最初から間違った対処をしてしまった。その仲介役に五年ものあいだ金を払い続けて、なんの結果も得られなかったのでようやくイギリスの大物も目が覚めたということですかな。その忠実なる召使は言うまでもありませんが」

「そのとおりです」とサンダーソンは言った。「実は私はずっとこの仲介役を疑っていました。しかしご主人様が彼が唯一の望みだとこだわっていらっしゃったのです。もしこの仲介役が問題だとして、彼はロンドンのどこか、私たちの知らないところに住んでいます。万一彼が一週間以上行方不明になった場合、この事件の全容が公にされることになっているのです」

「サンダーソンさん、それはノアの方舟と同じぐらいの古くさい脅しですぞ。ぜひとも我輩にやらせていただきたい。こやつを捕まえるのです。秘密がばれる心配はありません」

　サンダーソンは悲しげに頭を振った。

「おっしゃるとおりかもしれませんが、仲介役を捕まえたいわけではないのです。若様が自由になりさえすればいいのです。我々がナンバー・スリーと呼んでいるその男が、我々を翻弄していたとしても、結果がよければそれでいいのです」

「失礼ですが、それは違うと思います。もし若様が自由になって戻ってきたとしましょう。そうしたらそのナンバー・スリーは、その後も父上にこの五年間したことを、若様にすることになるのですぞ」

「私の計画どおりにいけば、そんなことは防げるはずです」

「アメリカの役人に賄賂を渡すというのがあなたの計画ですか？」

「ええ。ここにうかがうのもかなり苦労をしました。実はご主人様の命令に逆らって無理をしてやってきたのです。この五年間ご主人様が金を、それもかなりの金額をこのナンバー・スリーに支払うのを見てきましたが、それでなにも得られませんでした。ご主人様は疑うということを知らない方で、現実世界をほとんどわかっておられない。誰もがみな自分と同じように正直だと思っていらっしゃるのです」

「なるほど、だとしたらですな、サンダーソンさん。では一体誰がこの賄賂の計画を立てたのですかな。きつい言い方を避けますが、あなたの主人のような正直な方は、違法行為にはつきものの、世の中の下世話な知識をご存じないと思われますが」

「それは私です、ヴァルモンさん。ご主人様は私の計画など、まったくご存じありません。ご主人様はナンバー・スリーが要求した大金を私にお渡しになりました。この金はすでに支払われたと思っておいでです。実はまだ手元にあります。今回ここにご相談に来て断られてしまったら、払うつもりでした。実は、あなたがこの仕事をお引き受けくだされば、資金としてこの金を使うつもりなのです。ナンバー・スリーにはいつもどおり毎月支払っている額だけ渡します。彼にはご主人様は考慮中だと言っておきます。これで六ヶ月はごまかせます。ご主人様は即決即断される方ではありませんから」

「ナンバー・スリーは六ヶ月以内に知事選挙があると言ったというが、どこの州ですかな？」

サンダーソンは州名を教えてくれた。我輩は本棚から今年のアメリカの年鑑を手に取って調べ、机の上に置いた。

「その州ではこれから十八ヶ月間、選挙などありませんぞ、サンダーソンさん。ナンバー・スリーは、我輩の予想どおりただの脅迫犯です」

「そうでしたか」とサンダーソンは答えて、ポケットから新聞を取り出した。「スペインの牢獄に監禁されていた男の記事を読みました。友人たちが役人と手を結んで、囚人が死んだことにしてその遺体を身内に引き取らせたというのです。もし同じことがアメリカでできるのなら、二つの利点があります。まず若様を牢獄から脱出させる一番簡単な方法であるということです。そして記録上では死んだことになっているのですから、脱獄とは違って追跡される心配もありません。この仕事をお引き受けくださるなら、若様に牢内で面会して、ナンバー・スリーに、自分は重病だと書いて送るようお伝えください。そしてあなたは監獄の医者と取引をして、若様が死んだことにするのです」

「なるほど、それだったらできそうですな。しかし脅迫犯を振り切るのは至難の業です。奴は人間の血の味を覚えた人食い虎ですからな。しかし我輩の独房は用意が整っておりますし、奴を黙らせておくあなたの計画が失敗した場合には、我輩がもっと過激で不法な方法で、うまいことやってご覧に入れましょう」


この仕事を受ける際の我輩の良心の痛みや、この老人に最初抱いた嫌悪感も、前述したような会話を交わしていくうちに次第に薄れていった。絶対的な存在である主人の意志に反してこのチャンスに賭けている老人は、とんでもないストレスにさらされているのを感じたのである。

この大金を脅迫犯に渡さずにいると、ナンバー・スリーが直接主人に連絡を取るかもしれないという危険をダグラス・サンダーソンは冒していた。この老召使は背任すれすれのところに身を置いているわけで、横領も問われかねなかった。しかしそれもこれもみな、雇い主のためを思って行った勇気ある行動だったのである。長い時間話しているうちに、我輩の目にはサンダーソン老人が、最初抱いた印象とは正反対に、次第にヒーローであるかのようにうつってきた。そしてついにはその依頼を引き受けたのだった。

我輩のアメリカでの冒険は別に誇るべきほどのものではないが、成功裏に終わったということだけは言っておこう。我輩はこの元囚人の若様とともに、西部からニューヨークへやってきて、イギリス行きの一番早い汽船アロンティック号に乗り込んだ。二、三年も荒々しい鉱山キャンプや牧場で働き、その後五年間も懲役に服していたのだから、不自由な生活を続けた結果、性格だけでなく見た目もすっかり変わっていたとしても無理はなかろう。それでもやはり、この青年が希望と自慢の種だったイギリスの名家にしてみれば、彼を見たらかなりがっかりすることだろうと思った。

身だしなみを整えて洗練された洋服を着せてやっても、ワイオミング・エドは紳士ではなく犯罪者と言ったほうがお似合いだった。この青年には失礼に当たると思って親のことは一切尋ねなかった。もちろん我輩がその秘密を知りたいと思っていたら、サンダーソン老人がインペリアル・フラットの我が部屋から帰るときに、テーブルの下にあるボタンを押すだけでよかった。そうすれば彼は地の果てまでも尾行される仕組みになっていたからだ。我輩はさらにこの元囚人に、彼自身や家族のことも訊かなかった。たった一度だけ、船に乗り込んで我輩と一緒にデッキを上り下りして歩いていたときに、彼がこう尋ねてきた。

「あんたは誰かに雇われているんだろ?」と彼は言った。

「そのとおり」

「そいつはイギリスにいるんだろ?」

「そのとおり」

「そいつが金を出したんだろ？」

「そのとおり」
二、三回会話を交わせるぐらいの時間、沈黙が続いた。
「やっぱりそうか、すっきりしたぜ」と彼はようやく言った。「あっち側から助けが来ると思ってたよ。しかしジム大佐もずいぶん手間取ったな。忘れられたかと思ったぜ」

「ジム大佐とは誰かね？」

「ジム・バクスター大佐だよ。あいつが金を出してくれたんじゃないのか？」

「そんな名前は聞いたことがない」

「じゃあ誰が金を出してくれたんだ？」

「ダグラス・サンダーソンだ」と我輩は答えて、横目で彼をうかがったが、なんの反応もなかった。

彼は眉をひそめてこう言った。

「あんたはバクスターを知らないって言うが、俺もサンダーソンなんて奴は知らねえよ」

ダグラス・サンダーソンは我輩に本名を名乗らず、教えてくれた住所もでたらめではないかという疑いが心に浮かんだ。アメリカから作戦の成功を報告する電報は打っていなかった。イギリスの地を踏むまでは成功とは断言できないし、実は無事帰国してもそうと言えるかどうか疑わしかったからだ。ともかく我輩は禍根を残しておきたくなかったので、アロンティック号がリヴァプールに到着してすぐに、サンダーソンに今夜我輩のアパートで会おうと電報を打ったのだった。

ワイオミング・エドと我輩が一緒に帰ってきたとき、サンダーソンはすでに待ちかねていた。老人は見るからに不安げだった。彼は後ろで手を組んだまま部屋のなかをうろうろと歩き回り、我々が入ってきた物音を耳にしたときは部屋の向こう端にいた。両手を後ろにまわしたまま、険しい顔には心配そうな表情がありありと浮かんでいた。電灯はすべてつけてあり、室内は昼間のように明るかった。

「若様は一緒じゃないんですか？」と彼は叫んだ。

「一緒じゃないわけがないでしょう？」と我輩は返した。「ワイオミング・エドですよ！」

老人はしばらく彼を見つめていたが、ようやくこううめいた。

「なんてことだ、人違いです！」

我輩はともに旅をしてきたこの短髪の男に向かって言った。

「貴様はワイオミング・エドだと言っただろう！」

彼は居心地悪そうに笑った。

「まあ、そうとも言えるからな。俺はこの五年間はワイオミング・エドだったけどその前は違ったんでね。じいさん、あんたはジム・バクスター大佐に雇われているんだろ？」

サンダーソンは、我輩たちがこの部屋に入ってから十歳は年をとったように見え、話すこともできず、ただ絶望したように頭を振るだけだった。

「おいおい、みなさんよ」とこの元囚人は決まり悪そうな笑い声を上げながら叫んだ。半分おもしがり、半分当惑した様子だった。「なにか誤解があったんじゃないか？　ジム大佐に来てもらって説明してほしいもんだな。そうだろ、ボス」と突然我輩のほうを向いて大声で言った。「あんたらが待ってたのは俺じゃなくて別の奴だったみたいだが、それは俺のせいじゃない。赤ん坊をすり替えるのとはわけが違うんだからな。まさか俺をまたあの地獄の穴のなかに戻そうっていうんじゃないだろうな？」

「そんなことはしない。正直に話してくれればな。まあ、座りたまえ」

元囚人はできるだけドアに近い椅子を選び、座るときにさらにちょいと椅子を動かした。その顔は鋭くずるがしこく、まるで罠にかかったネズミのようだった。

「君はなにも心配することはない」と我輩は請け負った。「テーブルのそばに座りたまえ。あのドアから飛び出しても、このアパートからは出られんよ。サンダーソンさん、どうぞお座りください」

老人は手近の椅子に意気消沈して倒れ込んだ。我輩はボタンを押して召使が来ると、こう命じた。

「コニャックとスコッチ・ウイスキー、グラスとソーダ・サイホンを二本持ってきたまえ」

「ケンタッキーかカナディアンはないのかよ？」と囚人は舌なめずりをしながら聞いてきた。長年牢屋に入っていて青白くなった顔は、さらに恐怖で真っ青になっていたが、この脱獄囚の両目からはその獰猛さが見て取れた。彼は、我輩が彼を気遣っていたのは自分が別の人間と間違えられていたからであり、牢獄を脱出以来自分は仲間ではなく赤の他人のなかにいるのだということに、ようやく気が付いたのだ。わけがわからなくなって、彼は故国の酒に助けを求めようとしたのだ。

「カナディアン・ウイスキーを一本持ってきなさい」と召使に命じると、すぐに戻ってきて注文どおりの品を運んできた。我輩は召使が出ていった後ドアに鍵を掛けてポケットにしまった。

「ではどう君のことを呼べばよいのかな？」と元囚人に尋ねた。

作り笑いをしながら彼は「とりあえずはジャックとでも呼べよ」と答えた。

「なるほど、じゃあジャック、好きなだけ飲みたまえ」と言うと、彼はでかいグラスにカナダ産の酒をなみなみと注ぎ、ソーダで割るのを断った。サンダーソンはスコッチを選び、我輩はブランデーを小さいグラスに注いだ。

「さて、ジャック」と我輩は口火を切った。「正直に言えば、君を監獄に送り返すと我輩自身も罪に問われてしまうのだ。君は法律的にはすでに死んでおり、生まれ変わるチャンスが与えられたのだ。これはまたとない機会だ。これから三週間君が刑務所の門の前でがんばっても、なかには入れないだろう。君はもう死んでいるんだ。これで安心したかね？」

「ああ、旦那、自分が死んだって聞いて喜ぶなんて、今まで考えたこともねえや。でも旦那が言ったことが本当で、監獄なんかには絶対に戻らなくていいっていうなら助かるぜ」

「それは間違いない。それでだ、これから訊くことに正直に答えてくれれば、新しい生活を始めるのに十分な金をやろう」

「いいだろう」とジャックはぶっきらぼうに言った。

「君は刑務所ではワイオミング・エドと呼ばれていたんだな？」

「ああ」

「それが君の本名でないのなら、どうしてそう名乗ったんだ？」

「汽車のなかでジム大佐が俺にそう頼んだからだ。そうすればイギリスから助けを呼んで、俺を自由にしてくれると言っていた」

「ワイオミング・エドという人物を知っているのかね？」

「ああ、旦那。汽車を襲った俺たち三人のうちの一人さ」

「彼はどうなった？」

「撃たれて死んだよ」

「撃ったのは乗客か？」

　その場は沈黙に包まれた。老人はうめき声を上げ、頭をがっくりと垂れた。ジャックは床を見つめ、そして顔を上げるとこう言った。

「俺に仲間を売れと言うんじゃないだろう？」

「その仲間は君をこの五年間ほったらかしだったじゃないか。もう義理立てする必要もないと思うが」

「あの人がやったって確かめたわけじゃない」

「我輩はそうだと思うぞ。とにかく、ジム・バクスター大佐がワイオミング・エドを撃ち殺したんだ。それはどうして？」

「いいかい、旦那、そう先走らないでくれ。俺はそんなことは言ってない」

　彼はふてくされたように、カナディアン・ウイスキーの瓶に手を伸ばした。

「失礼」と我輩は言い、静かに立ちあがってボトルを手にとって酒を注いだ。「客人に不快な思いをさせるのは本意でない。しかしこれは酒の上の馬鹿話ではないのだ。真剣な話なのだ。ウイスキーをこれだけ飲めばかなりの勇気も湧いて、物事の真贋も見えてきたのではないかな。我輩に真実を話すのか、話さないのか、どちらだね？」

　ジャックはしばらく考え込んでいたが、ようやく口を開いた。

「わかったよ、旦那、俺は自分については洗いざらい本当のことを話す。だが仲間を売るようなことはしたくねえ」

「さっきも言ったが、彼は君の仲間などではないのだ。彼が君にワイオミング・エドを名乗るよう命じたのは、そうすればワイオミング・エドの父上から金をゆすり取ることができるからなのだ。彼はこの五年間ゆすり続けて、ここロンドンで贅沢三昧の暮らしをしている。君を助けようなどとは露とも思わずにな。実際、君がこの国にいると知ればびっくり仰天するはずだ。今頃彼は監獄の医者から、君が死んだという報せを受け取っているだろう。これで自分は安泰だと思っているのだから」

「もしそれが本当だって証明してくれるなら……」とジャックは言った。

「できる。そうするつもりだ」と我輩は遮った。そしてサンダーソンのほうを向いてこう要求した。

「次にナンバー・スリーと会うのはいつですか？」

「今夜九時に」と彼は答えた「毎月の支払いをする予定です。前にお話しした巨額の資金を要求しています」

「どこで会うのです？　ロンドンですか？」

「はい」

「ご主人の屋敷で？」

「はい」

「我々をそこに連れていって、奴から見えずにこちらからは見えるようなところに、隠してもらえますかな？」

「大丈夫です、どうぞよろしくお願いします、ヴァルモンさん。屋根付きの馬車が八時に迎えにきますから、ご一緒にいらしてください。でも、ヴァルモンさん、そいつがこの青年が言っている人物と同じだという保証はなにもないのですが」

「まず間違いはないでしょう。その人物はジム・バクスター大佐とは名乗っていないとは思いますが？」

「違います」

この会話中、元囚人は我々を見比べていた。すると突然椅子を引いてテーブルににじりよった。

「いいかい」と彼は言った。「あんたらは堅気の旦那方だってことはわかるし、それになによりも俺を監獄から出してくれた恩人だ。それでだ、俺はジム大佐についてあんた方の言っていることを全部信じたわけじゃないが、なにが起こったのかちゃんと話してやろう。ジム大佐はイギリス人だ。だからワイオミング・エドとうまくやってたんだろうな。俺たちはジム・バクスター大佐と呼んではいたが、自分では大佐だともなんとも言っていなかった。昔イギリス陸軍にいたけど、インドでなにか事件を起こして脱走したってことだ。自分のことはなにも話さなかったが、奴はみんなが満足するような計画を立てられる男らしい男だった。奴のことを大佐と呼んだのは、いつも背筋をぴんと伸ばして、軍隊がパレードするときみたいに歩いてたからだ。あのイギリス人の坊やがやってくると、大佐と仲よくなった。大佐はトランプでかなりの金を巻きあげてたが、それで仲が悪くなるようなことはなかった。大佐はいつもトランプ賭博じゃ負けることがなかったよ。たぶんそれが軍隊を辞める原因だったんだろうな。あんなツキのある野郎は見たことがねえ。俺たちが出会ったのは新しい採金地だったが、いくら砂金を探しても一銭にもなりゃしなかった。どんどん仲間はどこかへ行っちまった。けど、ジム大佐がやめようって言ってもワイオミング・エドはがんばっていた。まだたくさん仲間がいた頃は、ジム大佐も地面なんか掘らなくても金に困ることはなかった。ところが人が減っていって俺たちしかいなくなったら、困ったことになった。そこで、ジム大佐は汽車を襲う計画を立てたんだ。俺にも仲間にならないかと声をかけてきたんで、あまり人数が多くなければ、と答えた。前にも同じ仕事をやったことがあるが下手に人数が多すぎるのが一番危険なんだよ。三ダースで列車を襲うよりも、三人でやったほうがずっとうまくいくもんだ。みんな運送会社の社員を気にするが〔当時のアメリカン・エキスプレス社等、貴重品を取り扱う運送会社の社員は銃で武装していた〕、あんな奴を黙らせるのは簡単だ。なにしろあっちは明るいところにいるんだから、俺たちは暗闇からズドンと一発お見舞いしてやればいい。まあ最初、俺はワイオミング・エドが計画を立てたのかと思ってたよ。切り通しで汽車がやってくるのを待っているあいだ、奴は俺たちはその汽車に乗ってサン・フランシスコまで行く、なんてことを言っていたから。俺は冗談だと思ってたがな。ジム大佐は、やばくなってもエドが俺たちを見捨てて逃げることはないだろうと思っていた。エドはまるでライオンみたいに肝が太いと知っていたんだな。汽車が上り坂にさしかかる切り通しで、大佐はランタンの明かりをつけて薄い赤のシルクのハンカチでくるんだ。急行列車はここを真夜中に通過する予定だったが、ヘッドライトが見えたときはもう一時近くになっていた。乗客全員は寝台車のベッドに入っているか、喫煙ラウンジや座席で仮眠をとっているはずだった。そういう連中に手を出すつもりはなかった。大佐は鉱山からダイナマイトを一、二本持ってきていた。急行列車の金庫をそれで吹き飛ばして、なかにあるお宝を頂戴しようという算段だった。

「汽車は信号で停車した。大佐は二発銃をぶっぱなして、機関士に俺たちの予定を教えてやった。機関士と釜たきはすぐ両手を挙げた。大佐は呆然としてつっ立っていたエドに、部下の兵隊に命令するみたいなきつい言い方で、『この二人を見張っていろ。来い、ジャック！』と言った。そして俺たちは貨物車に押し入ろうとした。なかにいる奴は鍵を掛けてかんぬきまでしやがった。大佐が拳銃で鍵を撃ち抜き、肩をドアにぶつけてぶち破ったと思ったら、今度はなかにいた運送会社の奴がとんでもない野郎だったんだ。明かりを消して、開いたドアに向かって銃を乱射しやがった。大佐は貨車に飛び込んで、物陰に隠れたおかげでやられなかったが、俺は膝のすぐ上に一発くらって足が折れた。おかげで倒れ込んじまった。その瞬間大佐はまるで虎みたいに、運送会社の奴に向かって七発撃った。おかげで奴は金縛りに遭っちまった。すると大佐は素早くマッチを擦ってランプに火をつけた。張り切ってた運送会社の男も殺されるんじゃないかってびびって、ジム大佐が頭に拳銃をつきつけると、あっさり金庫の鍵を渡して開け方までしゃべっちまった。俺は客車の隅にもたれかかったまま、痛みにうめいていた。ジム大佐は金庫の棚から金をつかんで袋に詰めていた。『やられたのか、ジャック？』と彼は叫んだ。

「『ああ、脚が折れた』

「『たいしたことない。俺たちに任せろ。馬には乗れるか？』

「『だめかもしれねえ』と俺は言った。『これで終わりかもしれねえ』

「ジム大佐は金庫のなかをぞっとするほど徹底的に荒らし回った。包みを破りあけるとなかの現金だけ奪って鞄に詰め込んで文字通り大金持ちになった。すると突然奴は吠えた。列車が動きはじめたんだよ。

「『エドの馬鹿野郎はなにをしてやがる？』と彼は怒鳴って立ちあがった。

「その瞬間エドが入ってきた。両手にピストルを持ち、顔を真っ赤にしていた。

「『この強盗どもめ！』とエドはわめいた。『俺はここに列車強盗をしにきたんじゃない！』

「『向こうに行け、この馬鹿！』とジム大佐は怒号した。『行って汽車を止めろ。ジャックは脚が折れちまった。こっちに来るな、来たら殺すぞ！』

「ところがエドはそのまま歩いてきた。ジム大佐が後ずさりした瞬間、車内で大砲みたいにでかい銃声が響いて、エドは前のめりにぶっ倒れた。ジム大佐がひっくりかえすと、額の真ん真ん中に弾が当たっていた。汽車はかなりのスピードで走ってたから俺たちが馬をつないである場所からもう何マイルも離れてしまっていた。ジム大佐は口汚くののりしながら、エドの上着の内ポケットを探って紙束を取り出すと自分の服のポケットにつっこんだ。そして俺のほうを向いて猫なで声で言ったんだ。

「『なあジャック、悪いがおまえをおいてくよ。逮捕されるだろうが、殺人罪じゃない。あそこにいる運送会社の男が証人だ。それに俺にしたって殺人はしてねえ。正当防衛だ。俺が近付くなと言ってるのに奴が来やがったのは見てただろう』

「運送会社の男にも聞こえるように大声でそう言うと、かがみ込んで俺にささやいた。

「『最高の弁護士をつけてやるが、悪いが牢屋行きは免れねえな。万一そうなったらこの金の最後の一ペニーまで、おまえを助けるために使うぜ。裁判では自分の名前はワイオミング・エドだと言え。エドの身分証明書はいただいたから身元がばれることはない。懲役をくらっても心配するな。俺は一生懸命がんばるぜ。金で出られるものなら出してやる。なにしろこの身分証明書のおかげで金はいくらでも手に入るんだ。エドの家はイギリスの金持ちだから、おまえが奴のふりをしていれば必ず手を回してくれるはずだ』と言って、奴は別れの挨拶をすると列車から飛び降りた。これが正真正銘の事実で、俺がジム大佐があんたをよこして自由にしてくれたと思った理由がわかっただろう」

この囚人が真実を語ったということは疑いの余地もなかった。その晩九時に、ジャックは仲介役のレン少佐という男がジム・バクスター大佐だと見破ったのだった。サンダーソンは我々を、盗み見はできるが音は聞こえないギャラリーに隠した。老人は我々が自分のいる場所が絶対にわからないようにするために細心の注意を払っていた。また会話が聞こえない場所を選んだのは、万一少佐が雇い主の貴族の名前をしゃべっても、聞かれないようにするためだったのだろう。

少佐が帰ってからも我々はしばらくギャラリーでそのまま待っていた。サンダーソンが再びやってきた。手には包みを持っていた。

「馬車を待たせています」と彼は言い、「よろしければヴァルモンさん、お宅までご一緒してもかまいませんか」

我輩が老人の用心深さに苦笑すると、彼は重々しい口調でさらに続けた。「いえ、違うのです、ヴァルモンさん。まだご相談したいことがありまして、よろしければもう一つ仕事を依頼したいのです」

「なるほど。今の事件のように単純なものでなければよろしいのですがね」と我輩は言ったが、この老人はなんの反応も見せなかった。

我輩のアパートへ戻る道すがら、馬車のなかでは誰も口をきこうとしなかった。サンダーソンは用心深く馬車の窓のブラインドを降ろしていたがそんなことをする必要はなかった。なにしろ前にも言ったように、我輩がその気になれば彼の主人の正体を暴くなどなんの造作もないことだったから。実際は今日に至るまでそれが誰なのかはわからないのだが。

再び我輩の自宅には電灯がともった。そのときのサンダーソンの表情を見て我輩はびっくり仰天した。それはまさに残忍な殺人を犯して、その罪で絞首刑にかけられる人間の顔だったからだ。復讐の渇望というものを人間の表情で表したのなら、その夜の彼の表情ほどぴったり当てはまるものはないだろう。老人はゆっくりと話をしながら、テーブルの上に手にした包みを置いた。

「賛成してくださるでしょうが」と彼は言った。「あのレン少佐と称する男にはどんな厳罰を下しても厳しすぎるということはないでしょう」

「俺だって喜んで明日にでもロンドンの道ばたで、奴を撃ち殺してやりたいよ」と元囚人は言った。

「命令してくれればな」

サンダーソンは冷たく話を続けた。「あの男は若様を殺しただけではなく、五年ものあいだお父上を悲しみと不安に暮れさせ、しかも年中金をむしり取った。しかしそれも奴の犯した罪の数々からしてみればまだ序の口です。明日私はご主人様に若様が五年前にお亡くなりになったと報告するつもりですが、ご主人様には大きな衝撃でしょう。ただ若様が正直で名誉ある男としてお亡くなりになったのがせめてもの慰めです。この極悪人を殺してやるというお申し出、ありがとうございます。私も奴は死ぬべきだとは思いますが、簡単に楽に死んではほしくありません」

ここで彼は包みを開けた。そして一枚の写真を取り出して、ジャックに渡した。

「誰だかわかりますか？」

「ああ、こいつはワイオミング・エドだ。鉱山に現れた頃も、撃たれたときも同じ顔をしてた」

サンダーソンは写真を我輩に回してよこした。「ヴァルモンさん、あなたについて書かれた新聞を読みましたが、なんでも誰にでも変装できるそうですね。だったら若様に変装することはできませんか？」

「おやすいご用です」と我輩は答えた。

「ではお願いできないでしょうか？　お二人には変装していただくのです。私がレン少佐の行きつけの場所をお教えします。そこでお二人一緒かそれとも別々で何度も姿を見せて、奴を発狂させるか自殺させてやりたいのです。なにしろ奴はジャックさんは死んだと思っていますから」とサンダーソンは言って、ジャックを見やった。「奴がそれを知っているのは、今夜の様子からまず間違いはありません。私が出し渋っていた大金をやたらと欲しがっていましたからね。ジャックさんの声は知られているでしょうから話しかけてもかまいません。しかしヴァルモンさんはしゃべらないほうがいいでしょう。若様の声ではないと気付くといけません。最初はお二人一緒のほうがいいと思います。それに夜がいいでしょう。あとはお任せします、ヴァルモンさん」

そう言って老人は立ちあがり、去った。

もしかしたら我輩はここで語るのをやめたほうがいいのかもしれない。我輩は人殺しの罪を犯してしまったのではないかという悩みは消えないのだ。

我々は二人一緒にレン少佐の前には現れず、まずジャックがある街灯の下で姿を見せ、そして次の街灯の下で我輩と、という具合にした。ちょうど真夜中過ぎ、通りには人っ子一人いなかった。劇場の人混みも過ぎ去り、最終の乗合馬車も行ってしまって、時折辻馬車が行き来するだけだった。レン少佐がクラブの階段を下りてきて、最初の街灯の明かりの輪のなかに入ってきたとたん、元囚人のジャックが一歩進み出た。

「ジム大佐」と彼は言った。「エドと俺は待ってたぜ。三人で強盗をして一人が裏切り者とはな。死んだ仲間が裏切り者を迎えにきたぜ」

少佐は街灯を背によろめいた。両手で顔を覆うとなにかつぶやいた。ジャックが後で教えてくれたのだが、「もう酒はやめだ！　酒はだめだ！」と言ったそうだ。

そしてようやく気を取り直して、次の街灯へ小走りで向かった。我輩は音を立てずに彼の正面にぬっと立ちはだかった。彼が我輩の姿に目を見張っていると、ジャックが荒々しい声で叫び、その声はあたりに響き渡った。

「いいから、ワイオミング・エド、奴をかまうな。後からついてくるさ」

そしてジャックは鬨《とき》の声を上げた。少佐は振り返りもせずに我輩を見つめ、脳卒中の患者のような荒い息を繰り返していた。我輩はゆっくりと帽子を上にあげた。そして眉の上の真っ赤な弾痕を彼に見せつけた。彼は両手を上げ歩道に崩れ落ちた。

検死審問の陪審員団の評決は「心臓麻痺」であった。

レディ・アリシアのエメラルド

Lady Alicia's Emeralds

イギリス人に我輩のことを尋ねてみたまえ。多くの連中は悪口を言いつのることだろう。どうせ我輩の言うことなど気にしないのだろうが、我が祖国の一部の連中が我輩の長所までけなすときのように優雅に嫌みや当てこすりを言う高等技術は、イギリス人にはない。スコットランド・ヤードのスペンサー・ヘイル氏の想像力のなさを、我輩はこれまで何度も矯正してやろうとしたのだが、目に見える進歩などまったくなかった。ところが彼は我輩がこの回想録の連載を始めたところわざわざ読んで鼻で笑い、我輩が成功した事件のことばかり書くのは利口だ、なにしろメトセラ［『旧約聖書』に登場する長命の人物］ほど長生きしたって、我輩が失敗した事件の記録を書くには時間が足りないだろう、と言ったというのだ。そう言われた人は、それが我輩の作戦なのであると答えたという。これは彼らがお気に入りの言い回しである。我輩は、解決に成功した事件だけを餌として小さなパンフレットに収録し、その一方で中国の百科事典にならった千巻からなる我が失敗の記録を次から次へと一般大衆に売りつけようとしているのだそうだ。

ああ、なんということだ。こんな言われようには言葉も失う。どんな仕事にしても大なり小なり中傷はつきものではあるが、どうして同じ探偵仲間からそんな仕打ちを受けなくてはいけないのだろうか？　我輩はこんな愚鈍な連中の轍を踏む気はないのだが、周知の事実であるイギリスの警察組織の馬鹿さ加減だけは声を大にして言いたいのである。もちろん我輩にも失敗はあった。しかし我輩は人間らしく振る舞っただけではないか？　失敗の原因はなんだと思っておるのか？　イギリス人の保守主義が原因なのである。解決すべき謎があったとき、普通のイギリス人はたいてい警察に依頼する。彼らが解決の糸口も見いだせず途方に暮れ、警官が辺り一面踏み荒らして、見るべき人間がみれば証拠となり得たものをすべてだめにしてしまい、不器用な手がそこらじゅうの証拠をすべてつぶしてから、ようやく我輩が呼ばれるのである。そして失敗でもしようものなら、「なにを期待していたんだ。奴はフランス人だぞ」と来たものだ。

レディ・アリシアのエメラルド事件で起きたのが、まさにそういう事態だった。二ヶ月間警察はなにもできなかっただけでなく、騒ぎまくったおかげでヨーロッパ中の泥棒たちを用心させてしまったのだ。イギリス中の質屋はくまなく捜索を受けた。こんな貴重なコレクションを盗むような犯人が、質屋に持ち込むなんて馬鹿なまねをするものか。もちろん警察は、犯人がばらばらにして宝石を一個ずつ売りさばく可能性を考えたのだと言っている。しかしこのエメラルドのネックレスは、宝石自体の価値を上回る歴史的な価値があるのだから、ばらばらに売るよりもずっとたくさんの金を手に入れるために本来の持ち主と買い取り交渉をするだろう、と普通なら考えるだろう。しかし警察が大騒ぎをしたおかげで、当然のことながら盗品を持っている人間はひっそりと身を隠してしまった。ヨーロッパ大陸へ渡るすべての港は監視されたが、無駄だった。フランス、ベルギーそしてオランダの警察もこの宝石の発見に努めたが、無駄だった。貴重な二ヶ月間が空費され、その後にブレア侯爵が我輩に依頼してきたのだ！　我輩は依頼を受けた瞬間からもうこの事件には悲観的であった。

どうしてブレア侯爵は二ヶ月という貴重な時間を警察に浪費させておいたのだろうか、と疑問に思われるかもしれない。しかしこの貴族を知っている人間だったら、彼が無駄な希望に便々とすがりついていたとしても決して驚かないだろう。貴族院でもブレア卿より金持ちだという議員はほとんどいないし、彼よりけちな人間もいないだろう。彼の言うには、自分は税金を払っているのだから泥棒から守られる権利というものがあり、政府には宝石を取り戻す義務があるのだそうだ。そしてそれができなければ保証金を支払うべきなのだそうだ。この理論はイギリスの法廷では受け入れられはしないものの、スコットランド・ヤードはこの二ヶ月間努力を続けてはいた。とはいっても連中の知的レベルからすれば、失敗するのは目に見えていたのではあるが。

我輩はブレア邸に呼ばれた。非常に醜い、あえて言うなら現代建築とでも言える屋敷に着いてすぐさま謁見の栄に浴した。閣下直筆の手紙でロンドンから呼ばれたのだが、その手紙に切手は貼っていなかった。我輩が到着したのは午後遅くで、最初の面談はなんというか不毛であった。話題となったのは依頼料のことばかりで、侯爵はどうにかして我輩の探偵料金を、ロンドンとブレア邸の往復料金にも満たない金額に値切ろうと粘った。そのような大幅な値引きに我輩が同意するはずもなく、侯爵は自分の出した条件が拒絶されてどうにもならないとわかると、今度は宝石が回収できたら報酬を支払うと言い出した。我輩がこの条件を二十回断った頃には日が暮れて、夕食の時間を知らせる銅鑼の音が響いた。我輩は食堂でたった一人で食事をするはめになった。この屋敷の客人ではないと言われているようで、探偵料はしみったれているし、さらには出されたクラレットもひどい代物なので、我輩は明日の朝一番でロンドンに戻る決心をしていた。

食事を終えて、厳めしい給仕が重々しくこう話しかけてきた。

「レディ・アリシアが、応接間でお話があるので少々お時間をいただきたい、とおっしゃっています」

我輩は彼の跡をついて応接間へ向かった。若い女性がピアノのところに座っていた。ぼんやりと上の空でなにか曲を奏でていたのだが、その弾きぶりからかなりの腕前であることがうかがわれた。彼女のドレスは今さっき晩餐のテーブルを離れたばかりとは見えない、なんというか質素でありきたりの衣装であり、この土地を治める大貴族の家族の一員というよりも、別荘の管理人の娘といったほうがふさわしかった。頭は小さく漆黒の髪の毛は豊かであった。この大きな薄暗い部屋の芳しくない印象は、上品で快活な彼女が掻き消してしまった。一瞬にして我輩はイギリスの田舎屋敷の陰鬱な応接間から、光り輝くパリのサロンへと移動してしまったようだった。優美な頭の動かし方、小さくて完璧な形の両手のあらゆる仕草、笑いやひそひそ話にさまざまに変化する声音、我輩は母国の貴婦人を思い出さずにはいられなかった。このような完璧なる生きた大輪の花が、このジョージ王朝に建てられた陰鬱で醜い巨大な領主屋敷にいること自体が不思議だった。しかしブレア家はフランスのベレール家の流れを汲み、この家系にはルイ十四世の宮廷で人気を博したド・ベレール侯爵夫人がいたことを思い出した。今我輩のほうに向かって歩いてくるのは、三百年近く前にこの味気ない世界に輝きを与えた、あの魅力的な侯爵夫人の生まれ変わりであったのだ。しかしそれにしてもイギリス人というのはなんと外見を気にしない連中なのだろうか！　我輩は時々これを忘れてしまい、イギリス人に注意することもないが、おかげで彼らはたるんでいるのではないか。この生き生きとした二十世紀の侯爵夫人であるレディ・アリシアは装い以外は完璧だった。我が国のパリのドレス・デザイナーは、彼女のためにぜひともドレスを作りたいと切望することだろう。ところが彼女はこの陰鬱なイギリスの屋敷で、労働者のおかみさんのような高い襟の服を着て閉じ込められているのだ。「よくいらっしゃいました、ヴァルモンさん」と彼女はほぼ完璧なフランス語で大きな声で言った。「おいでいただいて本当にうれしいですわ」そしてまるで我輩のことを家族の古い友人であるかのように歓迎してくれた。彼女には人を見下したところはまったくなかった。また変な愛想のよさもないが、我輩の取るべき位置や身分の違いは無言のうちに伝わってくる。我輩は貴族の行儀の悪さはがまんできるが、彼らの人を見下した態度だけは断固拒否する。しかしレディ・アリシアはまさにド・ベレール家の末裔であった。我輩はいささかどぎまぎしながら彼女の細い手を取って一礼し、こう言った。

「侯爵夫人、お会いできて光栄の極みでございます」

彼女はこれを聞いて静かな笑い声を上げた。美しいとろけそうな笑い声だった。

「ムッシュ、私の称号をお間違えよ。伯父は侯爵だけれども、私はただのレディ・アリシアです」

「これは失礼いたしました。我輩は今一瞬、ルイ太陽王のまばゆいばかりの宮廷にいたのです」

「まあお口が上手なこと、ムッシュ。上の階のギャラリーにはド・ベレール侯爵夫人の肖像画がございますから、明日ご覧になってください。あなたのお世辞に私が喜ぶのも無理はないことがおわかりになりますわ。私のようなつまらない女をあんな美人にたとえてくださったんですもの。でも今はこんなことを話している場合ではありません。私はムッシュをお待ちしていたのです。まるで青ひげの塔に閉じ込められているアンヌ姉さまのようにね」

この我輩を信頼してくれている彼女の言葉を聞いて、我輩がすっかり舞いあがっているのが彼女にばれるのではないかと心配になった。そしてその美しい目は言葉よりもずっと雄弁だった。我輩は即座に彼女の伯父と交わした会話の内容が恥ずかしくなった。明日ロンドンに戻ろうとしていたことなど忘れ去った。ただちにこの上品な淑女のためになら、一身を捧げる決意をした。ああ、ヴァルモンの心は、この魅力的な瞳に青二才のようにいちころだったのである。

「この家は」と彼女は快活に話を続けた。「この二ヶ月間、包囲されているようなものです。私がいつものように庭や芝生を散歩したり、庭園のなかを歩いていても、いつも無骨な警察官が藪のなかをかき分けていたり、私服刑事が道に迷ったよそ者のふりをして話しかけてくるの。無神経な警察のやり方にはもううんざり。本物の犯罪者がのうのうとしているのに、うちの気の毒な正直者の召使やうっかり入ってきたよその方が、夜も昼も見張られているのですわ」

田舎の人間があまり気が付かないような点を指摘して、この若い女性の顔が怒りに曇る様も、一幅の絵のようであった。我輩は大いに満足した。

「ロンドンから馬鹿な連中ばかり来るものだから、うちはもう八週間も大混乱なのです。ねえ、エメラルドはどこに行ったんでしょう？」

彼女は突然、パリっ子のアクセントでこう質問をしてきた。ちょっと手を前に突き出し、目をきらめかせ、頭を傾けることで、我輩もよくやるように言葉では足りない部分を補ってみせた。

「ムッシュ、あなたがおいでになったおかげで、あのやっかいな集団もそわそわしています。そわそわという言葉が、ああいう象みたいに動きの鈍い人たちに適当かわかりませんけれど。伯父以外の我が家全員が安堵のため息をついていますのよ。今夜夕食の席で『ヴァルモンさんが最初からこの事件を調べてくだされば、もっと早く宝石は戻ってきていたはずよ』と伯父に申しましたの」

「おお、レディ・アリシア」と我輩はやっきになって「我輩をあまり過大評価してくださるな。盗難があったその晩に呼ばれていたとしたら、今よりもずっと成功の確率は高かったというのは真実ではありますが」

「ムッシュ」と彼女は膝の上で手を握りしめながら、我輩のほうへと身を乗り出して、うっとりするようなまなざしでじっと見つめながら叫んだ。「ムッシュ、あなただったら、一週間もしないうちにあのネックレスを取り戻してくださる、と私は信じています。最初からそう言っていたんです。ところでムッシュ、ここには一人でおいでになったんですよね？　部下や助手をたくさんお連れにはなっていませんわね？」

「ご覧のとおりです、レディ・アリシア」

「思っていたとおりだわ。この二ヶ月間捜査してきた野蛮な連中と、優れた頭脳の戦いになるわけね」

　このときほど成功してやろうという野望に燃えたときはなかった。そして彼女を失望させてはいけないという決意に我輩の全身はみなぎった。高く評価されることほど人間をやる気にさせるものはない。そして今、我輩はまたとない形で評価されたのだった。おお、ヴァルモン、ヴァルモン、おまえは老成するということを知らないのか！　たとえ我輩が八十歳であったとしてもこの瞬間、同じ熱狂と興奮を指の先まで感じていたことだろう。ブレア邸を朝一番で出ていく？　フランス銀行をもらってもまっぴらだ！

「伯父は窃盗事件の詳しい話をしましたか？」

「いいえ、レディ、別のお話をしておりました」

彼女は椅子の背にもたれかかり、半分目を閉じると深いため息をついた。

「どんなお話だったか、だいたい見当はつきます」とようやく彼女は言った。「ブレア侯爵はあなたに、高利貸しのような条件を押し付けようとしたのでしょう。反対にあなたは毅然として、そんな欲得尽くの話などはねのけられた。そしてできるだけ早くお帰りになるつもりだったんでしょう」

「レディ・アリシア、一時そのように思ったかもしれませんが、我輩はこの応接間に入ってからは考えを改めました」

「ありがとうございます、ムッシュ。でも伯父と話をして嫌になったでしょうね。もう老人ですし、気まぐれなんです。金に卑しい人物だとお思いでしょうが、それは認めます。でもだとしたら私もですわ。そうなの、ムッシュ、私だってとってもお金には卑しいんです。お金に卑しいって、つまりお金が大好きだということよね。この世に私ほどお金の好きな人間は、伯父のほかにはいないと思うわ。でもムッシュ、私たちは正反対なんですよ。伯父はお金を貯めるのが大好きですけれども、私はお金を使うのが大好きなんです。お金があればなんでも買えるから。フランスのご先祖のように、みんなに贈り物をばらまいてみたいんです。田舎の屋敷もメイフェアにある邸宅も大好きです。お金を使うことでみんなが幸せになるのなら、そうしてあげたいんです」

「そういうお金の愛し方なら、レディ・アリシア、あなたは敬愛されるでしょう」

彼女はうなずくと明るく笑った。

「ヴァルモンさん、あなたには嫌われたくないから、どんなに私が貪欲な人間か見せないでおきます。もしかしたら伯父から聞くかもしれませんが、どんなに私があの宝石を取り戻したがっているかおわかりになるかしら」

「かなりの価値なのでしょうね？」

「それはもちろんです。ネックレスには二十個の宝石が付いていて、どの石も一オンス以上の重さがあります。全部合計すると、二千四百か二千五百カラットにはなるでしょう。そして宝石の価値は一カラットあたり少なくとも二十ポンドはします。だから石だけでも五万ポンドになりますけれど、これでもネックレス自体の価値から比べたらたいしたことはありません。あのネックレスは百万ポンドもするものなんです。あれさえあれば、私が欲しくてたまらない田舎の屋敷もメイフェアの邸宅も手に入るわ。エメラルドさえ取り戻せば、みんな私のものになるんです」

彼女がこの事件について説明しながら顔を紅潮させる様を、我輩は観察していた。彼女が叫んだときの笑い声には、いささかの狼狽があったように感じた。

「こんなことを申し上げて私のことをどう思われるかしら。どうか早合点しないでくださいね。私は自分のためだけじゃなくて、ほかの人のためにもお金を使うつもりです。たとえ伯父があなたに詳しい話を打ち明けなくても、私は思い切って全部お話しするつもりですが、今夜はやめておきます。巻き込まれている混乱を解決するには、ありとあらゆる事実を知らなくてはいけませんよね？」

「そのとおりです、レディ・アリシア」

「わかりました、ヴァルモンさん。伯父が話さないことは私がお話しします。でも一言注意しておきますね。伯父も警察もある青年が犯人だとにらんでいるんです。そう思われる証拠を警察がいくつか発見したんですけど、でもまだ逮捕にまでは至っていないんです。最初は私も、彼はこの事件には関係ないと思っていたんですけれども、最近はなんだか自信がなくなってきました。どうか先入観なく捜査に当たっていただきたいんです。伯父の偏見に囚われないでください」

「その青年の名前はなんといいますか？」

「ジョン・ハッドン閣下です」

「閣下とは！　そのような恥ずべき行為をするような人なのですかな？」

彼女は頭を振った。

「彼が犯人でないのはほぼ確実なのですが、断言はできません。今では乱暴な押し込み強盗の罪で、貴族の一人や二人、監獄に入っているじゃありませんか」

「レディ・アリシア、もしかしたら伯父上も警察も知らない事実をご存じなのですか？」

「ええ」

「失礼ですが、その事実は青年の有罪を決定付けるものなのではありませんか？」と我輩が言うと、彼女は椅子の背にもたれかかり、我輩をじっと見つめたまま、困惑したように眉間にしわを寄せた。そしてようやくゆっくり語りはじめた。

「おわかりでしょうけれどもヴァルモンさん、かつては友達だった人に不利な証言をするのは気が進まないのです。もしあのままずっと友達でいたなら、私たちみんなが心を痛めて困惑しているこんな事態は、絶対に起こらなかったはずなんです。伯父からこの不愉快な話を聞いていただきたくはないのですが、ジョン・ハッドン閣下は貧乏で、私のような育ちの人間には、貧乏な人間と結婚するなど問題外なのです。彼は頑固で聞く耳など持たないので、伯父と話し合いをしたら激しいけんかになってしまい、私はがっかりしてしまいました。私にとっては幸せな結婚が大切なのに、彼は金持ちと結婚するのが大切で私の考えなんてどうでもいいのです。あんまり彼が鈍感なので気持ちも冷めていきました。それでも彼のためにならないことをするのは、あまり気が進まないのです。だから私だけが知っている証拠は、あなただけにお話しするのです。絶対に秘密にしておいてくださいね。伯父に気付かれないようにしてください。ハッドン閣下をよく思っていないんですから」

「彼がネックレスを盗んだとあなたが確信するような証拠なのですかな？」

「いいえ。彼が実際に盗んだとは信じていません。でも事後従犯……って法律用語でしたっけ？　それだと思うのです。さあヴァルモンさん、今夜はここまでにしておきましょう。これ以上この事件についてお話ししていたら、眠れなくなってしまいますわ。この現状を打開するためにも明日すっきりした頭でお話ししましょう」

我輩は自室に引き下がったが、明日この事件を捜査するにはすっきりした頭が必要だとわかってはいたものの、眠ることができなかった。レディ・アリシアとの会話が我輩に与えた影響はなかなか表現しづらいが、比喩を用いるなら、最初はことのほか上質そうに見えたシャンパンを飲み過ぎて、うきうきした気分が冷めてしまった、とでも表現しようか。我輩はレディ・アリシアの話を聞くよりも先に、その瞳に完全に魔法にかけられた状態だった。彼女は自分のことを「貪欲」であると言っていた、それが本当かどうかはさておき、正直言って、自分の恋人に立候補した友人に対する無関心な態度にはいささか面食らった。我輩は容疑をかけられているまだ見知らぬ青年に同情を覚えた。万一彼がエメラルドを盗んだとしても、金銭的欲望が動機ではないと我輩には自信があった。実際スコットランド・ヤードは宝石の行方をいまだに突き止められていない。少なくともネックレスがそのままでもばらばらにされていても、売却されていたならば行方はつかめるはずである。一個一オンスもの重さがあるエメラルドはめったにないのだから。たとえばホープ・エメラルドは六オンスもあり、デヴォンシャー公爵が所有していたものは直径は最大で二・二五インチあった。ブレア家のエメラルドのネックレスを処分するのは、そう簡単ではない。エメラルドを売却したり、かたとして金をゆすり取ろうという動きはまだないと我輩は見ていた。さて人を虜にするレディ・アリシアを冷静に分析してみると、あの若い女性は宝石のような輝かしさだけでなく、冷たさをも持ち合わせているのではないかと疑いはじめた。困難に陥っている友人への同情の言葉がなに一つなかったのだ。さっきの会話を思い出してみると、あの若い女性の唯一の望みは、それは当然の望みでもあるのだが、盗まれた宝石を取り戻すことだけだった。その裏には我輩もまだ知り得ないなにかがありそうなので、翌朝にはブレア侯爵にうまいこと質問をして話を聞こうと決めた。彼相手でうまくいかなければ、今晩は手玉にとられてしまったがいささか厳しい質問を姪である彼女にしなければならない。誰が真実を知っているにせよ、我輩は一度ならず女性にだまされたことがあった。しかし白日の下であったなら、あの魅惑的な瞳の魔力にも太刀打ちできることだろう。よし！　よし！　誘惑に抗することさえできれば、事件解決などたやすいことだ！

年配の独身者であるブレア侯爵の書斎に通されたのは、翌朝十時だった。彼の前の席に座るあいだ、彼は鋭い目でじっと我輩を見つめていた。

「それで？」と彼は短く言った。

「閣下」と我輩は慎重に言いはじめた。「この事件につきましては、新聞記事で読んだ以上は存じませぬ。窃盗事件が起こってからもう二ヶ月たちました。日に日に捜査は困難になっております。はかない希望に我輩の時間も閣下のお金も無駄にはしたくありませぬ。ですからどうぞご存じの事実をすべて明かしていただきたい。そうしていただければ我輩がこの事件をお引き受けできるかどうか、この場でお返事いたしましょう」

「犯人の名前を君に言えというのかね？」と閣下は尋ねた。

「ご存じなのですか？」と我輩は訊き返した。

「ああ。ジョン・ハッドンがネックレスを盗んだのだ」

「それを警察にはおっしゃいましたか？」

「ああ」

「ではどうして警察は逮捕しないのでしょう？」

「彼に不利な証拠が足りないのだ。それに彼は盗んでいないという可能性が高いのだ」

「彼に不利な証拠とは？」

閣下は年とった事務弁護士のように無味乾燥で慎重な物言いで答えた。

「盗難が起きたのは十月五日の晩だった。一日中ひどい雨で、地面は濡れていた。どうしてかは言いたくないのだが、ジョン・ハッドンはこの屋敷でも我が領地でも顔なじみだった。召使たちも彼のことはよく知っていたし、腹立たしいが人気まであった。金離れのいい浪費家だったからだ。彼の兄のステフェナム卿の領地はうちの西側に隣接していて、卿の屋敷はここから三マイルのところにある。五日の晩、ステフェナム卿の屋敷で舞踏会が開かれて、もちろんわしの姪とわし自身も招待を受けたので、承諾した。わしはジョンの兄とは仲が悪いわけではないからだ。わしの姪がエメラルドのネックレスをつけるつもりだと、ジョン・ハッドンは知っていた。盗難が起きたのは、田舎の屋敷で一番犯罪が起こりやすい時刻、つまり我々が晩餐の席に着き、召使のほとんどが屋敷の下の階に集まっている時間帯だった。十月で日も短くなっていた。あの夜は特に暗かった。雨は上がったが星は出ていなかった。犯人は上の階の窓枠にはしごを立てかけて、窓を開いて入ってきた。この屋敷のことを熟知していたにちがいない。姪が晩餐に降りるとき、宝石をきちんと置いておいた鏡台がある婦人の間に、まっすぐ向かった跡が残っていたのだからな。宝石は晩餐の一時間前に金庫室から出しておいたのだ。宝石箱には鍵が掛かっていたが、そんなものはなんの意味もない。犯人は蓋をこじ開け、錠を壊し、ネックレスを盗んで入ってきたところから逃げていった」

「犯人は窓を開けたままで、はしごをそのまま放置していったのですか？」

「そうだ」

「変だとお思いになりませんでしたか？」

「いいや。犯人はプロの犯罪者ではないと思ったからだ。プロだったらそんな跡を残して、事件が発覚するようなまねはしない。実際、犯人はうっかり者で、そこからまっすぐ野原を兄の屋敷まで横断していった。足跡を柔らかい地面に残していったのだ。その足跡は所有地の境界にあるフェンスまで続いていた。頭の働く人間のやることだとは思えん」

「ジョン・ハッドンには財産はあるのですか？」

「奴は一文無しだ」

「その晩舞踏会には行かれましたか？」

「ああ。行くと約束してしまったからな」

「ジョン・ハッドンはいましたか？」

「ああ。しかし遅くなってから姿を見せた。開会のときにはいるはずだったから、兄は姿が見えないのでかなり困っていた。やってきても乱暴で礼儀知らずな振る舞いをしておったから、客たちはジョンは酔っていると思っておった。姪もわしもあの振る舞いにはあきれ果てた」

「姪御さんも彼を疑っているのでしょうか？」

「最初はそうでもなかったようだった。舞踏会からの帰りに、おまえが首にかけるはずだった宝石は、今はステフェナム卿の屋敷にあるにちがいないと言ったら、腹を立てていた。しかし後になって意見を変えたようだ」

「話は元に戻りますが、ジョン閣下がこの付近を徘徊する姿を召使は目撃しておりませんか？」

「口をそろえて見ていないと言っている。しかしわしはこの目で、奴が暗くなる前に、野原を横切ってこちらの屋敷へやってくるのを見たのだ。翌朝見てみると、同じ足跡が往復していた。状況証拠はそろっているようにわしには思える」

「閣下以外に目撃者がいないというのは残念ですな。警察が探しているさらなる証拠とはなんなのです？」

「連中は彼が宝石を処分するのを待っているのだ」

「ではまだ処分していないとお考えで？」

「絶対そんなことはしないと思う」

「ではどうして盗んだりしたのでしょう？」

「我が姪と、婚約者のシェフィールドのジョナス・カーター君との結婚を妨害するためだ。来年のはじめに結婚する予定だったのだ」

「閣下、よくわからないのですが、カーター氏とレディ・アリシアが婚約をしているのなら、どうして宝石を盗むと結婚式の妨げになるのでしょう？」

「ジョナス・カーター君は賞賛すべき人間ではあるが、我々とは異なる世界の住人だ。彼は鋼や食器類の製造に携わっているが、百万ポンド近いかなりの資産があり、ダービーシャーの広大な領地と、ロンドンのハイド・パークに面する屋敷も所有している。非常に有能な事業家で、姪もわしも結婚相手としてふさわしいと意見の一致をみた。わしは契約ごとについてはいささか厳しいのだが、カーター君は気の利く男で、わしと婚約の前交渉をしてくれた。アリシアの父親は死んだときには全財産を失くし、しかも友人からは借りられるだけの金を借りてしまっていた。生まれはいいがわしは奴のことが嫌いだった。わしのたったひとりの妹と結婚してしまっていたが。ブレア家のエメラルドは、知っているかもしれないが、代々女系に相続されている。だから母親から姪へと相続された。かわいそうな妹は死ぬずっと前から、自分が結婚した相手は地位はあっても実はただのならず者だったということに気が付いていた。そしてわしにエメラルドの保管を頼んできちんと娘に相続させるよう手を打っておいたのだ。これが姪の唯一の財産で、今ロンドンで売りに出せば、おそらく七万五千か十万ポンドの値がつくだろう。もっとも実際の価値はそれほどでもない。ジョナス・カーター君は姪の持参金はたったの五万ポンドでいいと言ってくれた。その金はわしに宝石の保管を今まで通り任せてくれれば、先渡ししようと言ってある。これがカーター君とわしとの取り決めなのだ」

「しかし宝石が盗まれたからといって、カーター氏が婚約を破棄することはないでしょう？」

「する。するのが当然だろう」

「では閣下は五万ポンドを先渡しなさらないんですか？」

「しない。しないのが当然だろう」

「まあ、我輩からしてみますと」と微苦笑を浮かべながら、「ジョン青年はあなた方お二人にとどめを刺したようですな」

「そのとおり。しかしそれもやつが監獄にぶちこまれるまでのことだ。ステフェナム卿の二十歳の弟であっても、絶対にそうしてやるのだ」

「どうかあと一つだけ質問にお答えください。その青年を監獄にぶちこみたいのか、それともエメラルドを無事に取り戻せばよいのか、どちらですか？」

「もちろん奴を監獄にぶちこみ、エメラルドも取り戻すのだ。しかしどちらかだけというのなら、ネックレスのほうを選ばざるを得まい」

「承りました、閣下。この事件をお引き受けしましょう」

　この書斎での話し合いが終わった頃にはもう十一時になっていた。そして清明でさわやかな十二月の朝、我輩は庭を抜けて野原へと出た。よく手入れされた私道を歩きながらこれから行動に移ろうかそれとも今までの証言について検討しようかと迷っていた。実はレディ・アリシアが明かしてくれると約束していた秘密を聞くまでは、道筋をつけようがなかったのだ。今のところは例の青年に直接ぶつかって、今彼が陥っている危機を正直に説明して、ネックレスを我輩に素直に渡してくれるよう説得するのがいいように思えた。葉の落ちた巨木の下を歩いていると、突然我輩の名前が何度か呼ばれるのが聞こえた。あたりを見回すと、レディ・アリシアが我輩のほうへと走ってきた。頬は健康的に紅に染まり、瞳は輝き、どんなエメラルドよりも人を惑わす光を放っていた。

「ああ、ヴァルモンさん。お待ちしていたのに気付いてくれなかったのね。伯父とはお会いになりました？」

「はい、十時からずっとご一緒していました」

「それで?」

「レディ・アリシア、さきほどの閣下とそっくりの物言いですな」

「あら、じゃあ今朝は伯父と私が似ている点をもう一つ見つけたのね。それでどうでしたの? カーターさんのことはお聞きになりました?」

「はい」

「じゃああの宝石を取り戻すのが私にとってどんなに大事なのか、おわかりになりましたよね?」

「はい」と我輩は言いながらため息をついた。「なにしろハイド・パークのそばの屋敷とダービーシャーの広大な領地ですからな」

彼女はうれしそうに手を叩き、我輩の周りを楽しそうに踊り回った。ぴょうんぴょん、ぴょんぴょん、そして横へ。我輩の重々しい歩みに合わせながら、彼女は二十歳の女性というよりも、まるで六歳の小さい女の子のようだった。

「それだけじゃないの!」と彼女は叫んだ。「それに百万ポンドも使えるんだから! ねえ、ヴァルモンさん、あなたはパリはご存じでも、山ほどお金があるっていうことの意味はまだご存じないようね!」

「まあ、レディ・アリシア、我輩はパリも、世界各地も見聞しておりますが、しかしあなたが百万ポンドを使い尽くせるかどうかはいささか疑問が残りますな」

「なんですって!」と彼女は叫んで立ち止まり、不機嫌に眉間にしわを寄せた。「エメラルドは取り戻せないの？」

「いえ、エメラルドは必ず取り戻してみせます。我輩、ヴァルモンは約束を守る男であります。しかしジョナス・カーター氏が、伯父上が五万ポンドの持参金を払わない限り結婚式を中止すると言っておられるのをみますと、正直申し上げて、結婚後百万ポンドがあなたの自由になるかどうかは、はなはだ疑わしいと申し上げておるのです」

彼女の機嫌は即座に直った。

「ふん！」と彼女は大声で言うと、我輩の目の前を踊り回ったかと思うと、行く手に立ちふさがったので、我輩は歩みを止めた。「ふん！」と彼女は繰り返して指を鳴らした。あのかわいらしい手でやる仕草は誰もまねのできないものだった。「ヴァルモンさん、あなたにはがっかりだわ。昨晩はあんなにかっこよかったのに。私がカーターさんと結婚しても、彼から欲しいだけのお金を巻きあげられないなんて、失礼だわ。下を向いていないで、ちゃんとこっちを見て答えてよ！」

我輩は彼女を見やって、笑いをこらえることができなかった。この少女には森の魔法がかかっていた。彼女の魅惑的な瞳のなかにはフランスの悪魔がちらりと顔をのぞかせていた。もうがまんできなかった。

「おお、ベレール侯爵夫人、繊細なるルイ王の宮廷に絶望をまき散らしてはいけませぬ！」

「おお、ムッシュ・ウジェーヌ・ド・ヴァルモン」と彼女は我輩の口調と身振り手振りをまねて叫んだ。それを見て我輩はびっくりした。「昨晩のあのド・ヴァルモンにもう一度戻りはせぬのか。そなたのことを夢にまで見ていたのだ。ところが朝になると、おお、この変わりよう！」彼女は小さな両手を握りしめ、頭を垂れて、甘い声は憂鬱そうに低くなった。真に迫っていたので、彼女がその直後に突然笑い声を立てたのには、我輩はびっくり仰天した。この陰鬱なイギリスの田舎で、一体どうやってこんな演技を覚えたのだろうか?

「サラ・ベルナールの舞台はご覧になりましたか?」と尋ねてみた。

普通のイギリスの女性だったら、この突然の問いになんのことかと聞き返すだろう。しかしレディ・アリシアは我輩の思考についてきていた。そしてただちにまるでこの問いを予想していたかのように返答した。

「もちろん、ムッシュ。あの天才サラ! ああ、年に百万ポンドの収入とハイド・パークの屋敷があれば彼女から会いにくるかもね。でも現実の世界で私が会えるのはヴァルモンさんだけ。ところがあなたも! こんなに変わってしまうなんて! さあ、ふざけるのもこれでおしまい。まじめにならなきゃ」と言い、彼女は落ち着いて我輩の隣を歩きはじめた。

「どこに向かっているのかご存じ? 教会へ向かっているのよ。ああ、びっくりしないで。礼拝じゃないわ。教会をヒイラギで飾りつけているの。手伝ってくださらない? トゲを取ってほしいの」

私道は森のなかを通り、たどりついたのは人里離れた森のなかの空き地に建つ、とても小さい優美な教会だった。さっき出てきた屋敷よりも何百年も昔に建てられたものだった。その向こうには灰色の石の廃墟があった。レディ・アリシアによると、これはヘンリー二世時代に建てられた昔の屋敷跡だという。この教会は大広間に接して建てられた家族専用の礼拝堂で、歴代領主によって修復が続けられてきたのだそうだ。

「貧しき者の言葉に耳を傾けよ、そして大侯爵をいかにあざけるかを知るのだ」とレディ・アリシアはうれしそうに叫んだ。「イギリスで一番貧乏な男が、日曜日に教会へ行くときこの私道を歩いていくのよ。そして大侯爵は彼を止められないの。もちろん、この貧乏人がこれより先に進んでいたら不法侵入の罪に問われるかもしれない。でも平日ならここは領地のなかでも一番ひっそりとしている場所だし、残念だけれども伯父は日曜日だってここには来ないわ。わたしたちは堕落した人種かもしれないわね、ヴァルモンさん。勇敢で信仰も深かった私たちの先祖がこの教会を建てた。腕のいい石工がこの石を積みあげた。でも三百年の時を隔ててこの古い教会を目にしても、ベレア侯爵夫人にしろレディ・アリシアにしろ、そんなことはどうでもいいの。それが現代人ていうものかしら。ああ、ヴァルモンさん、エメラルドのネックレスなんて心配したってどうなるの？　この美しい古い教会を見ていると、ハイド・パークのお屋敷だってなんの価値もないように思えてしまう」と言ったレディ・アリシアの目には、驚いたことに涙が浮かんでいた。

　正面の扉は鍵が掛けられていなかったので、静まりかえった教会のなかに歩いて入った。列柱にはヒイラギとツタがからんでいた。壁に沿ってたくさんの木が積み重ねられ側廊に脚立が立てかけてあり、聖堂の飾り付けがまだ終わっていないことがうかがわれた。さきほどまで生き生きと飛び跳ねていた彼女も、ここではいささか落ち着きを見せていた。芸術家気質らしく、この場所の荘厳さに敏感に反応したのにちがいない。なにしろ壁に埋め込まれている真鍮と大理石でできた墓標は、彼女のご先祖様のものだったからだ。

「あなたしか知らない証拠を教えてくれる約束でしたね？」とようやく我輩は口を開いた。

「ここじゃだめ」と彼女はささやいた。そして座っていた信者席から立ちあがると、こう言った。「行きましょう。今朝は働く気分じゃないわ。飾り付けを完成させるのは午後にしましょ」

我々は再び冷たく輝かしい日の光の下に出た。そして家の方向へと歩いていると、彼女の気分はすぐにまた高揚しはじめた。

「ぜひ知りたいのです」と我輩は言い続けた。「どうして最初は無実だと思っていた青年を疑うようになったのですか」

「よくわからないけど、今は無罪だと信じています。でもネックレスのありかは彼が知っているはずよ」

「どうしてそう思うのですか、レディ・アリシア」

「彼からもらった手紙に、とんでもない提案が書いてあったんです。たとえネックレスが見つかるとしても、とうてい受け入れられないようなこと。でもヴァルモンさんの助けがあれば、できるかもしれないわ」

「レディ・アリシア」と言いながら我輩は一礼した。「『命じるのはそなた、従うは我』です。その手紙にはなんと書いてあったのでしょう?」

「読んでみてください」と彼女は答えて、ポケットのなかから折りたたんだ紙片を取り出して渡してよこした。

これをとんでもない書簡だと彼女は言っていたが、まさにそのとおりだった。ジョン・ハッドン閣下は、さきほど我々が訪れた古い教会で、結婚式を挙げようと提案していたのだ。そうすれば、彼女に対する激しい愛情を抱いた自分を慰めることができるというのである。結婚式自体は拘束力はなく、誰でも好きな立会人を連れてきてもいいという。もし信頼できる人がいなければ、彼が大学の旧友を呼ぶから、翌朝七時半に教会に連れてこられるだろう。たとえ本物の牧師が結婚式を執り行っても、朝八時から午後三時のあいだに行わなければ法的に有効ではない。彼女が提案を受け入れれば、エメラルドのネックレスを返す、ということだった。

「頭がおかしい人間が書いたとしか思えませんな」と我輩は言いながら、手紙を返した。

「そうね」と彼女は答えながら、平然と肩をすくめた。「彼はいつも私のことを頭がおかしくなるほど愛していると言っていたし、そうだと私も思うわ。でもこんな茶番劇が彼の一生の慰めになるんだったら、言うとおりにしてあげてもいいいんじゃない？」

「レディ・アリシア、この美しく歴史ある教会を、偽りの結婚式で汚すおつもりか？　分別のある人間がやることではありませんぞ！」

再び彼女の両目は喜びできらめいた。

「だってジョン・ハッドン閣下は、さっきも言ったように、分別のある人間じゃないもの」

「本当に彼の言うとおりにするのですか？」

「いけない？　どうしてそんなことを訊くの？　だってエメラルドのためだもの。ただの頭のおかしい人なんだから、理由なんてないわ、ね、ヴァルモンさん」と彼女は懇願するように叫びながら、両手を握りしめた。しかしその嘆願するような声音の下に、笑い声が潜んでいるように我輩の耳には聞こえた。「牧師の役を演じてくださいません？　今みたいにまじめくさった顔をして、牧師の礼服を着ればだいじょうぶよ」

「レディ・アリシア、気は確かですか？　我輩はいささか世間ずれしておる男ですが、それでも聖職者を騙《かた》ろうとはしません。冗談でしょう。そうですな、レディ・アリシア」

彼女はくるりと向こうを向くと、非常にすねた様子で、

「ヴァルモンさん、あなたの騎士道精神なんてものは上っ面だけだったようね。『命じるのはそなた、従うは我』って言ったくせに。ええ冗談よ。ジョンが自分で偽の牧師を連れてくるわ」

「明日彼に会うつもりなのですか？」

「ええ、そう。約束したもの。ネックレスは取り戻さなくちゃ」

「彼が返してくれると確信しているようですな」

「もし彼が約束を守らなかったら、私の切り札はヴァルモンさんよ。最初のお願いは断られちゃったけど、次のお願いはきいてくださる？　明日、この道の入り口のところで七時十五分に待ち合わせて、教会まで一緒に行ってくださらない？」

我輩は一瞬口ごもってしまったが、彼女にあの魅惑的な瞳でじっと見つめられてしまっては、どうにもならなかった。

「よろしゅうございます」と我輩は答えた。

彼女はまるでどこかに連れていってくれると約束してもらって大喜びする少女のように、我輩の両手を握りしめた。

「ああヴァルモンさん、やっぱり優しいのね！　ずっと昔からお友達だったみたいな気がするわ。私

の言うとおりにしても絶対後悔させないから」と言い、一寸間をおいて、「エメラルドが取り戻せたら、の話だけれども」

「もちろん、もしエメラルドのネックレスが手に入れば、ですがね」と我輩は答えた。

我々はもう屋敷が見えるところまで戻ってきていた。彼女は翌日会う約束の場所を示した。そして我輩たちは別れたのだった。

翌朝我輩が約束の場所に着いたのは、七時ちょっと過ぎだった。レディ・アリシアはなかなか姿を現さなかったが、ようやくやってきた彼女の顔は、これからやろうとしているお遊びの結婚式を控えて、女の子らしい喜びに満ちあふれていた。

「決心はお変わりになりませぬか？」と我輩は朝の挨拶をした後に尋ねた。

「もちろん、ヴァルモンさん」と彼女は明るい笑い声を立てて返事した。「エメラルドのネックレスを取り戻すためですもの」

「さあ、急がないと、レディ・アリシア。遅刻してしまいます」

「まだ時間は大丈夫よ」と彼女は冷静に答えた。彼女の言うとおりで、教会が見えてきたとき、時計は七時半を指していた。

「さあ、私はここで待っているから、こっそり教会へ行ってステンドグラスのない窓から、なかをのぞいてみてくれません？　ハッドンさんとお友達が来るより先に着きたくないから」

我輩が言われたとおりにすると、二人の青年が中央の回廊に一緒に立っているのが見えた。一人は牧師の正装をし、もう一人は普通の服装だった。彼がジョン・ハッドン閣下だと我輩は判断した。こちらから彼の横顔が見えた。その冷静な表情には頭がおかしい様子はこれっぽっちもなかった。彼はきりっとした顔でさっぱりとひげを剃り、とても男らしかった。信者席には女性が一人座っていた。後で聞いたところでは彼女はレディ・アリシアのメイドで、我々が遠回りの道を歩くあいだに、近道の小道を通って屋敷から来るようにと命じられていたのだった。我輩は戻ってレディ・アリシアを教会までエスコートした。そこでハッドン閣下と牧師の格好をした友人に紹介された。儀式はすぐに執り行われた。世知に富んでいると自認している我輩だが仲間内の茶番劇につきあわされていらいらしていた。メイドと我輩が証人として証明書にサインするよう求められたときに、我輩はこう言った。

「リアリズムを追求しすぎではありませんかな？」

ハッドン閣下はにやりと笑って答えた。

「フランス人ともあろう方が、リアリズムに徹することに異論を唱えるなんて、びっくりです。私自身にしてみれば、かの有名なウジェーヌ・ヴァルモン氏のサインをいただくのは願ってもない喜びなのですが」と言うと、彼はペンを差し出したので、我輩もサインをした。メイドはもうすでにサインを済ませて姿を消していたので、偽牧師は教会の外で一礼して、道を歩いていく我々をポーチで見送っていた。

「エド」とジョン・ハッドンは叫んだ。「三十分もしないうちに戻るから、時計の鐘の音に気を付けておくよ。待っていてくれるだろう？」

「もちろん。神のご加護を」と言った彼の声の震えは、さらなるリアリズムを我輩に感じさせた。

レディ・アリシアは頭を垂れたまま、森の暗がりに入るまで我々をせきたてた。そして私を無視して突然青年のほうを向き、両手を彼の肩に掛けた。

「ジャック、ジャック、ジャック！」と彼女は叫んだ。

彼は二度口づけをした。

「ジャック、ヴァルモンさんがエメラルドのネックレスがいるっていうのよ」

青年は笑った。彼女は彼のほうを向き、我輩には背を向けていた。そっと青年は彼女の襟の高いドレスの喉元をゆるめ、ぱちんと音がすると、なんとびっくりしたことに、荒涼とした十二月の風景を緑の春に変えてしまうような美しくまぶしく輝かしい緑色の物体を取り出したのだ。少女はバラ色の顔をこちらに向け、肩越しににっこり笑った。青年はあのすばらしいブレア家のエメラルドを我輩に渡してよこした。

「宝石はここです、ヴァルモンさん」と彼は叫んだ。「まさか犯人を逮捕するなんておっしゃらないでしょうね」

「共犯もね」とレディ・アリシアは、襟の高いドレスの喉元を締めながら苦しそうに言った。

「つじつまの合う話を作ってくださいよ、ヴァルモンさん。伯父さんにこのネックレスを届けるときには、心臓がどきどきするような探偵談をしてやってください」

教会の時計塔の鐘が八時を打つのが聞こえた。そしてすぐに小さな鐘の音が十五分過ぎの鐘を打ち、さらに次の瞬間三十分の鐘が鳴った。「やった！」とハッドンは叫んだ。「エドが自分で鐘を鳴らしたんだ。なんていい奴なんだ、あいつは」

我輩は自分の時計を見た。八時三十五分を指していた。

「すると、あの結婚式は正式なものだったのかね？」と我輩は尋ねた。

「ああ、ヴァルモンさん」と青年は花嫁をいとおしそうに軽く叩きながら、「あの結婚式は正真正銘、ほんとの結婚式だったんですよ」

そして興奮したレディ・アリシアは彼にぎゅっと抱きついたのだった。

訳者解説

ロバート・バー（Robert Barr、一八四九〜一九一二）は、イギリスに生まれカナダに育ち、成人してから再びイギリスに戻って来たという経歴の作家、編集者である。

彼はグラスゴー近郊のバロニーという町で生まれたが、一八五四年にカナダのウォーレスタウンに、一家を挙げて移民した。父親は大工だったが向学心があり、学校に通って教師になった。バーも教育を受けて教師になり、さらには一八七四年にはウィンザーという町のセントラル・スクールの校長にまでなった。

文章を書く才能にも恵まれていたバーは、一八七〇年代から「ルーク・シャープ」という筆名で小話や、滑稽小説を書いていた。この筆名はたまたま通りがかった葬儀屋の看板から取ったと言われている。ついには小説を売り込みに行ったデトロイトの新聞社デトロイト・フリー・プレスに入社して、新聞記者に転職してしまった。教師よりも編集の仕事のほうが彼には向いていたようで、一八八一年にはイギリス版を出すためにロンドンに派遣された。ニュースよりも娯楽記事が中心の週刊紙は、かなりの成功を収めたという。

一八九二年にバーは「アイドラー」誌を創刊した。その前年に創刊された「ストランド」誌が、シャーロック・ホームズの読み切り連載をはじめて爆発的な流行を収めたことにより、続々と創刊された家庭向き総合娯楽雑誌の一つである。彼とともにこの雑誌を興したのが、ユーモア小説『ボートの三人男』などを書いた作家のジェローム・K・ジェロームだった。

バーは非常に社交的な性格で、編集者、作家として活躍しながら数々のイギリスの作家とも友人になった。ジョセフ・コンラッド、ラドヤード・キップリング、H・ライダー・ハガード、H・G・ウェルズらとの交遊も知られるが、アーサー・コナン・ドイルとも親交が深かった。ドイルは自伝『わが思い出と冒険』のなかでこう書いている。

このころ私の会った文人たちのうちで、もっとも印象に残っているのは、新しく出た雑誌「アイドラー」誌に集まった一群であった。これはみごとにユーモラスな「ボートの三人男」で一躍有名になったジェローム・K・ジェロームの始めたものだった。（中略）「アイドラー」は彼のほかにロバート・バーが協同編集者であって、これはイギリスいやむしろスコットランドとアメリカの血のまざった癇しゃく持ち、荒っぽい態度と激しい言葉の奥にまったく親切な心持ちを抱いた人物であった。彼は私の会ったうちでもっともすぐれた座談家の一人で、むしろ作家としての彼はそれに及ばぬのではないかと、いつも感じている。ディケンズの作品に出てくるような奇妙でやさしい人物に似たジョージ・バーギンが副編集者で、それにバリイ、ザングウイルその他新進の作者たちが定期的に集まって食事したものであった。私は「ストランド」誌を裏切ったわけではないが、時おりこの雑誌で不要になった原稿が出ると、「アイドラー」に回すので、「アイド

ラー」とも関係ができた。（コナン・ドイル、延原謙訳『わが思い出と冒険』新潮文庫、一九六五年、一四〇〜一四一ページ）

ここで言及されているバリイとは『ピーター・パン』を書いたことで有名な劇作家で児童小説家のジェームズ・バリー、ザングウイルとは密室ものの古典『ビッグ・ボウの殺人』を書いたイズレイル・ザングウィルのことだ。

このように親しい仲だったからこそ、ドイルが『シャーロック・ホームズの冒険』を「ストランド」誌に連載を開始したその翌年に、バーは自分の雑誌「アイドラー」一八九二年五月号に「ペグラムの怪事件」という題名のホームズ・パロディを掲載したのだ。このときにバーはアメリカ時代から使っていたルーク・シャープの筆名を使い、のちに単行本『顔と仮面』に収録されてようやくバー作品であるということが公表された。

この作品は発表時期が早かっただけでなく、パロディとしての完成度も高く、エラリー・クイーンがホームズ・パロディだけを集めたアンソロジー『シャーロック・ホームズの災難』を編んだときにも、その冒頭に並べたほどだった。ただ、この作品が世界初のホームズ・パロディであるという誤った記述をときおり見かけるが、現在一番古い作品は、匿名の作者の手による「シャーロック・ホームズとの一夜」（「スピーカー」誌、一八九一年十一月二十八日号）である。

また、バーの書いたホームズ・パロディはもう一編ある。「第二の収穫」は『シャーロック・ホームズの栄冠』（北原尚彦編訳、論創社、二〇〇七年）に収録されているので、興味の湧いた方はぜひ手に取っていただきたい。

『ウジェーヌ・ヴァルモンの勝利』

今回訳出したこの本は、*The Triumphs of Eugène Valmont* (Hurst & Blackett, London, 1906) の翻訳である。

シャーロック・ホームズに習って連作読み切りである名探偵ウジェーヌ・ヴァルモンのシリーズは、まずアメリカで発表され、ついでイギリスではさまざまな雑誌にばらばらに発表された。それが影響したのか、イギリスで単行本にまとめられたときには、なぜか「短篇集」ではなく、それぞれの短篇もばらばらに解体されて小さな章にわけられた、さまざまなエピソードを重ねていく「長篇小説」の形になっていた。

つまり最初の「ダイヤモンドのネックレスの謎」が、第一章「運命の五百個のダイヤモンドの発見」、第二章「オークション・ルームの風景」、第三章「セーヌ川での真夜中の追跡」。次の第二話の「シャム双生児の爆弾魔」が、第四章「イギリス人の奇妙な点」、第五章「シャム双生児の爆弾魔」、第六章「拒絶と返答」、第七章「緑色の悪魔に魅入られて」、第八章「ピクリン酸爆弾の運命」。第三話「銀のスプーンの手がかり」は、第九章「テンプル法学院での七人の晩餐会」、第十章「銀のスプーンの手がかり」。第四話「チゼルリッグ卿の失われた遺産」は、第十一章「予言者の伯父さん!」、

第十二章「チゼルリッグ卿の失われた遺産」。第五話「うっかり屋協同組合」は、第十三章「捜索令状の無駄」、第十四章「スコットランド・ヤードのスペンサー・ヘイル氏」、第十五章「パーク・レーンの奇妙な屋敷」、第十六章「トッテナム・コート・ロードの怪しい店」、第十七章「うっかり屋協同組合」。第六話「幽霊の足音」は、第十八章「ソフィア・ブルックスの悲しい事件」、第十九章「ラントレムリー卿からの依頼」、第二十章「かに足の幽霊」。第七話「ワイオミング・エドの釈放」は、第二十一章「ある貴族一家の秘密」、第二十二章「間違った男の解放」。第八話「レディ・アリシアのエメラルド」は、第二十三章「魅力的なレディ・アリシア」、第二十四章「エメラルドが発見された場所」のようになっていた。しかし今回の邦訳では、このような形式に従ってもむやみに煩雑になるだけなので、元通りの短篇集の形にした。

本書の名探偵ウジェーヌ・ヴァルモンは、フランスの元刑事局長だったが、作中でも語られているようにある事件がきっかけでフランスを追われ、ロンドンで私立探偵を開業している。

ご存知のように「フランスとイギリス」は常に対立してお互いをののしり合っている、というのがお決まりの設定だが、本書でももちろんその「伝統」を踏襲している。ただしここで一筋縄ではいかないのが、作者がスコットランド系カナダ人であるということだ。スコットランドは元を正せばイングランドとは別の国であり、内心ではイングランドに征服された過去を忸怩たる思いで噛みしめている。そして実は文化的にはフランスに親近感を抱いている。さらにロバート・バーは新大陸に渡り、イギリス植民地の生活から、さらにイギリスから独立したアメリカでの生活を経験していた。そういう彼がフランス人のキャラクターに仮託して語ろうというのだ。

しかもそのフランス人ヴァルモンは、まさに絵に描いたようなフランス人らしさを振り回すカリカチュアそのもののような存在である。フランスがなにごとにおいても世界一であり、そのフランスで刑事局長を務めた自分は世界一の名探偵と自負している。もちろん自分の捜査法が世界で一番優れていて、イギリス人の証拠主義の客観的な捜査法や、容疑者の権利擁護などまどろっこしくてたまらない。権威主義的に容疑者を怒鳴りつけたり、違法を承知で容疑者を捕まえて監禁し、拷問まがいのことをやっても正義のためなら当然である、というような独善的な人間だ。さらに独善的な人間にはつきものの、自分は謙虚で常に反省をし、イギリス人とも仲良くやっていけるという確信を、なぜか抱いていたりもする。

そういったキャラクター設定が、ヴァルモンはアガサ・クリスティが創造したエルキュール・ポアロの原型ではないかとも言われるゆえんだ。ポアロはフランス人ではなくベルギー人であり、フランス人と間違われると非常に怒っていたが、それはそれでクリスティがひとひねりを加えたのだとも言えよう。フランス人もベルギー人もガリア人の子孫であることは間違いないし、ヴァルモンもポアロも同じ文化の申し子である。ヴァルモンがイギリスの証拠主義の「本格」的な推理に異議を唱えているのは、いささか乱暴な、下手をするとハードボイルドのほうへ道を逸れてしまいかねない極論だが、ポアロもまた『開いたトランプ』などで証拠主義に対するアンチテーゼとして心理学的推理法を提唱しており、より成熟したヴァルモンと言ってもいいかもしれない。

またヴァルモンの徹底した証拠嫌いは、友人のコナン・ドイルのホームズ・シリーズへのからかいでもある。「シャーロック・ホームズのライヴァルたち」と総称される、一八九〇年代以降に数々発表された名探偵を主人公とする連作読切り短篇推理小説は、代表的な作品としてフリーマンのソーンダイク博士、オルツィ男爵夫人の隅の老人、フットレルの思考機械などのシリーズが有名である。しかし基本的には彼らはホームズの方法論を踏襲しており、「ライヴァル」というよりもむしろ「弟子」と言ったほうがいいのではないだろうか。ところがバーのヴァルモンは、ホームズの推理法に敢然としてアンチテーゼを提出しているのである。ホームズとは反対の方向を目指しているということでは、ヴァルモンが本当の意味でのライヴァルと言えるのではないだろうか。

なお、以下の各短篇の解説はストーリーに踏み込んでいるので、未読の方はご注意されたい。

「ダイヤモンドのネックレスの謎」
(初出「サタデー・イヴニング・ポスト」一九〇四年六月四日号および六月十一日号。および「ウィンザー・マガジン」一九〇四年)

このシリーズの楽しみの一つは、実在する人物や事件が上手にちりばめられていて、思わずにやりとさせられることである。「ダイヤモンドのネックレスの謎」の鍵となる豪華なネックレスにまつわるエピソードも実話だ。「首飾り事件」として知られる詐欺事件で、アレクサンドル・デュマの『王妃の首飾り』さらにモーリス・ルブランの『怪盗紳士ルパン』所収の「女王の首飾り」、池田理代子の『ヴェルサイユのばら』、映画『マリー・アントワネットの首飾り』(二〇〇一年、アメリカ)でもテーマになっている有名な事件である。

またこのネックレスの輸送の任務に当たったとされているドレフュス中尉は、翌年一八九四年に、ドレフュス事件に巻き込まれるという不運に見舞われているので、これもネックレスの呪いなのだろう。この事件はフランス陸軍参謀本部で情報漏洩事件が起き、ユダヤ人のアルフレッド・ドレフュス大尉が犯人に仕立て上げられて、終身刑を言い渡されたというもので、大佛次郎が紹介して日本でも有名になった。作家のエミール・ゾラらが激しい反対運動を起こし、ドレフュスが無罪判決を得られたのは本書が刊行された一九〇六年になってからのことだった。

「シャム双生児の爆弾魔」

(初出「サタデー・イヴニング・ポスト」一九〇五年七月一日号「The Fate of the Picric Bomb(ピクリン酸爆弾の運命)」。および「ロンドン・マガジン」一九〇六年十一月号)

この作品では当時恐怖の的だったアナーキズムがとりあげられている。体制転覆を謀るアナーキストはヨーロッパ各国でさまざまな暗殺事件を繰り広げていた。たとえばフランス大統領カルノー(一八九四年)、イタリア国王ウンベルト一世(一八七八年暗殺未遂、一九〇〇年暗殺)、オーストリア皇后エリーザベト（一八九八年）、アメリカ大統領マッキンリー（一九〇一年）、ロシア首相ストルイピン（一九一一年）らが命を落としていた。またロンドンにはヨーロッパ中からさまざまな過激思想を持った人間が集まって来ていたのも事実であり、なかでも有名なのがカール・マルクスとフリードリヒ・エンゲルスの二人だろう。二人ともヨーロッパ各国を追放になり、最後にたどり着いたのがイギリスだった。彼らがイギリスに来たのはヴァルモンよりも二世代ほど前だったが、その当時でさえイギリス政府は表現の自由をたてにとって、二人の保護と活動を保障したのである。

なおかつてヴァルモンが命を守ったとされるイギリス国王は、ヴィクトリア女王の長男のエドワード七世である。夫アルバート公を亡くし、思い出のなかに引きこもっていた母女王とは対照的に社交的だった彼は、皇太子時代からヨーロッパを足しげく訪問してイギリスの外交に貢献し、「ピースメーカー」とも呼ばれた。しかし彼が頻繁にパリを訪れたのは、むしろ享楽が目的で、お気に入りの娼館で過ごしていたとも言われている。

この作品の題名になっている「シャム双生児」とは、十九世紀にサーカスの見世物興行に出演していた胸と腹部で繋がっていた結合双生児のチャンおよびエン・ブンカー兄弟のことである。

何度も登場するアブサンという酒は、ニガヨモギなどを含むリキュールの一種で、十九世紀末から労働者のあいだで流行した。ヴェルレーヌ、ランボー、ゴーギャン、オスカー・ワイルド、悪魔主義者のクロウリーなどが愛飲したといわれている。しかしその成分には依存性があり幻覚症状を起こすと言われて、二十世紀初めに禁止された。だが現在は再び規制が解かれて入手することができる。

「銀のスプーンの手がかり」
（初出「サタデー・イヴニング・ポスト」一九〇四年八月二十七日号。および「ピアソンズ・マガジン」一九〇四年十二月号）

ライオネル・ダクレが自分のことをフランス人だと称しているなかに、一〇六六年という年号が出てきている。これはノルマンディー公ウィリアム一世がイングランド王位継承をハロルド二世と争い、勝利した年である。ウィリアム一世に従ってイングランドを征服したノルマン人貴族の一人が、ダクレの先祖であり、そのときにイングランド人貴族の所領を取り上げて、自分のものにしたことから、「泥棒」と自称しているのだろう。

またヴァルモンが休憩をしたリージェント街のカフェは、カフェ・ロワイヤルである。一八六三年にフランス人ダニエル・ニコラが開いたこの店は亡命フランス人の憩いの場になっただけでなく、オスカー・ワイルドら文化人のお気に入りの場所でもあった。さらにいえば、「有名な依頼人」のなかでシャーロック・ホームズが暴漢に襲われたのが、この店の前だった。

ちなみにギブズに仕えているジョンソンという従僕、これは言いかえれば「紳士づきの紳士」という存在で、イギリスでは息の長い人気シリーズであり、最近ようやく日本でもその真価が認められるようになったウッドハウスの「ジーヴス」シリーズ（国書刊行会刊）の主人公、ジーヴスがまさしくこの「紳士づきの紳士」である。

「チゼルリッグ卿の失われた遺産」
（初出「サタデー・イヴニング・ポスト」一九〇五年四月二十九日号）

この作品は先行邦訳があり、『名探偵登場』（ハヤカワポケットミステリ、一九五六年）、『シャーロック・ホームズのライヴァルたち1』（早川文庫、一九八三年）、『本の殺人事件簿――ミステリ傑作20選2』（バベル・プレス、二〇〇一年）で、すでに紹介されている。
本編冒頭に登場するエジソンは、もちろんあの発明王トーマス・アルバ・エジソンのことである。エジソンはイタリアから一八八九年にグランド・オフィサー・オブ・ザ・クラウン章を受けているから、もしかしたらこの授章式のことかもしれない。

「うっかり屋協同組合」
（初出「サタデー・イヴニング・ポスト」一九〇五年五月十三日号。および「ウインザー・マガジン」一九〇六年五月号）

ロバート・バーの名前はこの作品のみによって、現在の日本では記憶されているといってもいいだろう。エラリー・クイーンや江戸川乱歩が激賞したおかげで、数々のアンソロジーに収録されている。(『新青年』一九三六年新春増刊号、『黄金の十二』(ハヤカワポケットミステリ、一九五五年)、『世界短編傑作集1』(創元推理文庫、一九六〇年)、『世界推理小説大系二十四　ハメット/ワイルド』(東都書房、一九六四年)、『世界推理小説全集五〇　世界短編傑作集1』(東京創元社、一九五七年))。

『世界短編傑作集1』に寄せた江戸川乱歩の「序」によれば、この作品は『エラリー・クイーンズ・ミステリ・マガジン』が「一九五〇年に、十二人の作家評論家に、推理小説はじまって以来の傑作十二編を投票させ、全体の最高点から十二位までを、高位順にならべた」(六ページ)なかの第五位に入っている。さらにその四年前にクイーンが私案として発表したベスト・テンでも第九位に入っている。さらに乱歩は「かつて十五種の英米の著名な傑作集に収められた作品を集計したことがあるが(中略)ポオの「盗まれた手紙」だけが頻度六、バーからバークリーまでの三編が頻度四、コリンズ以下はすべて頻度三である」(七ページ)と述べており、この作品は「盗まれた手紙」に次いでアンソロジーにしばしば収められる人気作品だそうだ。乱歩自身にしても「私の二種のベスト・テン」で、この作品を「奇妙な味に重きをおく場合」の十作品の一つに選んでいる。

乱歩が造った「奇妙な味」と呼ばれる作品群は一時期人気を博していたが、最近ではほとんど聞かなくなった。その理由の一つは「奇妙な味」の定義の難しさだろう。乱歩自身「では、その「奇妙な味」とは何かというと、どうも一口では説明出来ないのだが、先ず邦訳のある「健忘症聯盟」と「二瓶の調味剤」(但し訳文はよくない)によって一応想像して頂きたい」(「英米短篇ベスト集と「奇妙な味」」『江戸川乱歩推理文庫　幻影城』、講談社文庫、一九八七年、一六九ページ)と言っている。

この作品については同じエッセイで、「放心家の物忘れを利用した犯罪というユーモラスな着想そのものにも「奇妙な味」があるけれども、最も適例となるのは、この小説の終りの方で、詐欺師の手先の青年外交員が、素人探偵に詐欺を看破され面詰されても、まるで馬鹿のように無感動に、平然として、ヌケヌケとした嘘を云う、あの辺の会話のやりとりに、私の所謂「奇妙な味」が最も濃厚なのである」（前掲書）と述べている。

しかしこの「奇妙な味」という視点は乱歩ひいては日本独自のものであり、海外ではほとんどそういう評価はされていないように思われる。エラリー・クイーンは「ロバート・バーが意図したものはフランスおよびイギリス両国の警察機構における国家的差異の風刺だった」（名和立行訳「クイーンの定員」連載第四回、『エラリー・クイーンズ・ミステリ・マガジン』一九八一年七月号、八十七ページ）と評価した。そういう視点から考えれば、この作品の冒頭にヴァルモンがフランス時代に外務大臣の居室を無断で捜索していたという「話の枕」も利いてくる。またこの作品だけではなく、短篇集全体を読み通せばヴァルモンが事あるにつけて、イギリスの警察は証拠主義、令状主義で推定無罪の原則をふりかざし、非常に面倒きわまりないとぼやいていることのほうがずっと記憶に残るだろう。この「青年外交員」のヌケヌケとした態度も、実は「奇妙な味」というよりもむしろこの証拠主義、令状主義を逆手に取っているものだから、安心しきっているふてぶてしい態度と見たほうがいいのではないだろうか。

この小説の前半で言及されるアメリカ大統領選挙で敗れた民主党の政治家ブライアンは、本文中で言われているとおり一八九六年の選挙では銀の自由鋳造運動を公約として掲げていた。金本位制だった当時のアメリカでは金を造幣局に持ち込むと、経費を差し引いて金貨に鋳造してくれていた。同じことを銀でも行うようにという要求だったのだ。

またクリスチャン・サイエンスとは、アメリカで起こったキリスト教系の新興宗教で、病気は心的原因によって起こると説いている。

なお夏目漱石の『吾輩は猫である』のなかで、雑誌で読んだ話としてこの作品が言及されているのは、探偵嫌いの漱石なのにおもしろい。


「幽霊の足音」

(初出「サタデー・イヴニング・ポスト」一九〇五年五月二十七日号)


なぜかヴァルモン作品に登場するイギリス貴族は、若くない限り、ケチか偏屈かのどちらかと相場が決まっている。この作品には昔ながらの偏屈な貴族、そして成金なのにいきなり爵位が舞い込んで来て有頂天になってしまった男の二種類が登場する。

この事件の舞台になるラントレムリー城は、チャールズ二世がウースターの戦いの後に身を隠した場所と言われている。このウースターの戦いとは、清教徒革命でクロムウェルらがイギリス国王チャールズ一世を処刑した後、息子のチャールズ二世はスコットランドで戴冠式を行って国王となり、議会軍に抵抗をしていた。そして一六五一年九月三日にウースターで両軍は激突したのだが、国王軍は敗れてチャールズ二世はヨーロッパ大陸に亡命したのである。その亡命の際にイングランド国王の王冠を残して行ったのが、ホームズ物語の一つ「マスグレイヴ家の儀式書」に登場するマスグレイヴ家だった。チャールズ二世は両方の屋敷によってから大陸に脱出したのか、それともマスグレイヴ家のご先祖がラントレムリー城へ王冠を受け取りに参上したのだろうか。

「ワイオミング・エドの釈放」
（初出「サタデー・イヴニング・ポスト」一九〇五年六月十日号）

この作品はアメリカ西部を背景にしている。実際の舞台はほとんどがロンドンなのだが、アメリカの荒々しい情景を抜きにしては物語が成り立たない。知事選を買収して囚人を脱走させようという発想そのものが荒唐無稽だが、それに対してヴァルモンはまだ知事選の予定はない、と言って、あたかも実際に選挙があったら可能であるかのようにふるまっているのは、それまでイギリスとフランスをさんざん風刺してからかっていたバーの矛先が、今度はアメリカに向かったといっていいのかもしれない。このヴァルモンのシリーズはアメリカが初出なので、アメリカを舞台にした作品があっても当然だっただろう。

この作中の脱獄の方法は、『モンテ・クリスト伯』の変法である。まったく同じ方法をとっていたのが乱歩の『幽霊塔』、すなわちその原作たる一八九八年発表のA・M・ウィリアムスンの『灰色の女』（中島賢二訳、論創社、二〇〇八年）である。

「レディ・アリシアのエメラルド」

（初出「サタデー・イヴニング・ポスト」一九〇五年七月八日号。および「ウインザー・マガジン」一九〇六年一月号）

この作品では、美しい女性を見ただけでのぼせてしまうというフランス人気質を大いにからかっている。それまでは探偵料を値切られて憤懣やる方なく、翌朝一番に帰ろうとしていたヴァルモンだったが、美女を目にしたとたんにころりと豹変してしまうというのは、いかにもフランス人のカリカチュアとして典型的すぎるとも言えよう。その美女がたとえられているルイ十四世の宮廷で知られていたというド・ベレール侯爵夫人については調べがいきとどかず、不明だった。読者のみなさんのご教授を願えれば幸いである。

なお、この作品でも言及されている結婚式を執り行う時刻が決められているという事実から、ホームズものの「ボヘミアの醜聞」で、アイリーン・アドラーの結婚式は実はお芝居ではなかったのかという疑問も、シャーロッキアンのあいだでは呈されているということも付け加えておこう。

本稿を執筆するにあたってトロント市立図書館司書ペギー・パーデュー氏と、ロンドン・ウエストミンスター図書館司書キャサリン・クック氏にいろいろお教えをいただいた。ここに記して感謝したい。さらに、本書の出版は、ミステリを愛して止まない編集担当の佐藤純子氏の情熱なくしては、不可能だった。お礼を申し上げる。

二〇一〇年九月

平山雄一

著者
ロバート・バー　Robert Barr（1849－1912）
イギリス、バロニー生まれ。カナダで育ち、アメリカで新聞記者を勤める傍ら作家となる。イギリスに戻ったのち「アイドラー」誌を創刊。編集者、作家として活躍した。コナン・ドイルと親交があり、「ルーク・シャープ」名義でホームズもののパロディも執筆している。他の作品に *In the Midst of Alarms*（1894, 1900, 1912）、*A Woman Intervenes*（1896）など。

訳者
平山雄一（ひらやま ゆういち）
1963年、東京生まれ。
東京医科歯科大学大学院歯学研究科卒、歯学博士。日本推理作家協会、「新青年」研究会、日本シャーロック・ホームズ・クラブ、ベイカー・ストリート・イレギュラース、ロンドン・シャーロック・ホームズ協会会員。著書に『江戸川乱歩小説キーワード事典』（2007年、東京書籍）、共編書に『Sherlock Holmes in Japan』（2004年、Baker Street Irregulars）など。

ウジェーヌ・ヴァルモンの勝利

2010年10月20日　初版第1刷発行

著者　ロバート・バー

訳者　平山雄一

発行者　佐藤今朝夫

発行　株式会社国書刊行会
〒174-0056　東京都板橋区志村1-13-15
TEL. 03-5970-7421　FAX. 03-5970-7427
http://www.kokusho.co.jp

装幀　臼井新太郎

装画　南奈央子

印刷　株式会社シナノパブリッシングプレス

製本　株式会社ブックアート

ISBN978-4-336-05292-6

シャーロック・ホームズ
七つの挑戦

イタリア屈指のシャーロキアンが送る
新しいシャーロック・ホームズ譚。待望の初邦訳！

エンリコ・ソリト 著
天野泰明 訳

未発表のワトソン博士の手記がイタリアで発見された⁉
謎のメッセージを残して殺された男と、
消えた少年たちをめぐる「十三番目の扉の冒険」、
フィレンツェを舞台に「あの」大作家が巻き込まれた
「予定されていた犠牲者の事件」ほか全七篇。